D1718997

SUTTON KRiMI

Manfred Köhler

Die verschlüsselte LISTE

EIN KRIMI AUS DER REGION HOF

Informationen über den Autor: www.manfred-koehler.de

Die Handlung ist frei erfunden.
Ähnlichkeiten mit lebenden Personen sind rein zufällig.

Sutton Verlag GmbH
Hochheimer Straße 59
99094 Erfurt
http://www.suttonverlag.de
Copyright © Sutton Verlag, 2008

ISBN: 978-3-86680-275-9

Gestaltung: Markus Drapatz
Druck: Oaklands Book Services Ltd., Chalford / GL, England

1

„Fertig. Und jetzt will ich …"

Ein Hustenanfall unterbrach den Satz. Er räusperte sich, wollte weitersprechen, aber seine Zunge war so dick und geschwollen, seine Kehle so rau und trocken, dass der Versuch in Keuchen und Würgen erstickte. Hartriegel, der hinter ihm stand, riss ihm die eng mit winzigen Buchstaben und Zahlen voll gekritzelte Liste aus den Händen und zeigte auf die rechte untere Ecke.

„Ich weiß, was Sie wollen, aber wir sind erst bei minus sieben Millionen siebenhunderttausend Zerquetschte."

„Mehr …"

Der Hustenkrampf schüttelte ihn bis auf die Knochen. Er wollte sich umdrehen, wollte aufstehen, wollte weitersprechen. Heftiges Schwindelgefühl zwang ihn zurück auf den Stuhl.

„Jetzt stellen Sie sich nicht so an. Hier."

Hartriegel ließ die Liste vor ihm auf den Schreibtisch flattern. Die Internetseite auf dem Bildschirm des Laptops daneben zeigte einen Tageskursverlauf mit langen, schwarzen, bogenförmig nach unten weisenden Balken.

„Weitermachen!"

„Aber mehr … habe ich, hatte ich nicht zur Verfügung. Es ist alles …"

„Was?"

„Alles … weg …"

„Und was sind das für Depots? Auf dem da sind noch knapp drei Millionen, auf dem um die fünf …"

„Nicht mein … kha … Geld …"

„Aber Sie haben Zugriff."

„Ja, weil …"

Der Satz endete in trockenem Würgen und Husten. Hartriegel stöhnte angewidert und schenkte ein Glas halb voll Wasser. Das Häufchen Elend vor ihm auf dem ledernen Schreibtisch-

Chefsessel zuckte und wand sich unter Krämpfen. Er stieß ihn an und hielt ihm das Glas entgegen.

„Trinken Sie."

Als er das Wasser sah, wollte er aufspringen und hastig danach greifen. Hartriegel entzog es ihm sofort.

„Sitzen bleiben. Beherrschen Sie sich. Hier."

Gezwungen langsam hob er die Hände zum Glas, nahm es und führte es vorsichtig an den Mund. Er sog einen Schluck durch die Lippen, zwang sich, das Wasser im Mund zu behalten, um erst mal seine Zunge einzuweichen, seinen kratzigen Rachen zu befeuchten, gab sich der Illusion hin, das Wasser werde von der vertrockneten Schleimhaut restlos aufgesogen, und merkte nicht, wie es längst zwischen seinen gefühllos gewordenen Lippen hindurchrann, den Mund wieder verließ und über das Kinn auf sein durchgeschwitztes Hemd tropfte. Ein zweites Nippen, kaum beherrscht, dann ein gieriges Schütten, noch eines, er ließ es laufen, das Gefühl des Absorbierens trog, er musste schlucken, konnte es nicht, der Mund lief über. In der Aufregung verschüttete er den halben Inhalt, und da war das Glas auch schon leer, der Mund gerade befeuchtet, der Schlund kaum mit dem Wasser in Berührung gekommen. Saugen, lecken, ein letztes schweres, schmerzendes Schlucken. Er hielt Hartriegel zitternd das Glas entgegen.

„Mehr!"

Immerhin, seine Stimme funktionierte wieder halbwegs.

„Erst die Arbeit."

„Nur noch ein Glas."

„Hören Sie auf zu betteln, machen Sie weiter."

„Aber mein Geld ist weg."

„Wir machen mit dem kleinsten der anderen Depots weiter, dem da. Räumen sie es, und zwar heute noch."

„Das ist unmöglich. Und außerdem …"

„Nichts ist unmöglich."

„Die Börse schließt in weniger als zwei Stunden. Außerdem …"

„Erhöhen Sie die Einsätze. Traden Sie Auslandsmärkte. Gehen Sie in Optionen. Herrgott noch mal, Sie stellen sich an wie der hinterletzte Anfänger."

„Aber das ist wirklich nicht mein Geld! Wenn ich diese Depots antaste …"

„Na schön."

Hartriegel drehte sich halb um und pochte mit drei kurzen Doppelklopfzeichen an die Wand, die auf einen verabredeten Befehl schließen ließen.

„Nein!"

„Nein!"

Das erste Nein hatte er an seiner dicken, pelzigen, vom Wasserschock juckenden Zunge vorbeigequetscht; das andere Nein wurde im Raum nebenan ausgestoßen und schrillte gedämpft herüber. Eine Frau fing an zu schreien, entsetzt, abwehrend, dann wie unter heftigen Schmerzen.

Er wollte aufspringen und zur Tür stürmen. Hartriegel stoppte ihn mit dem ausgestreckten Zeigefinger.

„Lassen Sie sie in Ruhe. Ich tu's ja!"

Hartriegel hob die Faust zum Klopfen, hielt inne und starrte ihn auffordernd an. Resignierend drehte er sich dem Bildschirm zu, rief die Kaufeingabemaske des Trading-Depots auf und begann den Auftrag auszufüllen.

Hartriegel beendete die Schreie nebenan mit einem Doppelklopfzeichen, nach einem kurzen Wimmern wurde es still. Mit zwei Schritten war Hartriegel am Schreibtisch, überflog den Trade, presste die Lippen zusammen und entriss ihm die Maus, bevor er den Auftrag bestätigen konnte.

„Verdammt noch mal, wie oft denn noch: Ich sagte, nichts mit Zahlen im Symbol!"

„Aber …"

„Nichts aber. Machen Sie mit den Papieren weiter, die ich Ihnen vorgegeben habe."

„Von Optionen hab ich keine Ahnung."

„Dann nehmen Sie eben die Aktien. Es stehen genug zur Auswahl."

„Kann ich erst noch ein Glas Wasser haben? Ein volles diesmal ..."

Hartriegel nahm das Glas, wog es kurz in der rechten Hand und schleuderte es unvermittelt mit voller Kraft gegen ein gerahmtes und verglastes Bild einer jungen Frau an der Wand. Beim Aufprall zersprangen beide Gläser, ein Splitterregen prasselte durch den Raum. Mit einem Ruck drehte Hartriegel den Schreibtischsessel samt dem darauf Sitzenden dem Bildschirm zu.

„Erst wird das Depot abgeräumt. Danach sind Sie herzlich dazu eingeladen, sich tot zu saufen."

2

„Herr Daniel?"

Er hatte sie nicht gehört oder gesehen, vertieft wie er war, aber geahnt in der Sekunde, bevor sie ihn angesprochen hatte. Ein Duft von frischem Regen wehte vor ihr her. Mit nassen Haaren, geröteten Wangen, schniefend und darüber schmunzelnd stand sie an seinem Lesepult.

„Nur Daniel, bitte."

So leise, wie er geantwortet hatte, stand er auf, schob geräuschlos den Stuhl unter den Tisch und streckte ihr lächelnd die Hand entgegen.

„Sie suchen mich?"

„Ja. Ich hatte vorhin Ihren Vermieter am Telefon, er hat mir gesagt, dass Sie hier anzutreffen sind."

Automatisch hatte sie ihre Stimme seinem gedämpften Bücherei-Raunen angepasst.

„Kennen wir uns?"

„Nein. Das heißt, ich kenne Sie aus dem Internet."

„Aus dem Internet?", fragte Daniel verblüfft.

„Ja. Ich bin Lilia Fuchsried. Haben Sie kurz Zeit?"

„Klar."

Er legte einen Zettel mit der Aufschrift „Bitte steckenlassen, danke, Daniel" wie ein Lesezeichen zwischen die Seiten, ging ein paar Schritte zu einem Regal und stellte das Buch in die passende Lücke.

Lilia ließ den Blick wandern. Sie war seit sehr langer Zeit nicht mehr in der Hofer Stadtbücherei gewesen, vermutlich seit ihrer Schulzeit nicht mehr. Computer mit Internetanschluss und modernere Regale waren die auffallendsten Veränderungen. Der Charme der niedrigen, großflächig verglasten Säle, den sie in Erinnerung hatte, war erhalten geblieben. Man saß praktisch im Grünen, schaute hinaus in den Wittelsbacher Park und vergaß, dass man mitten in der Stadt war, nur unweit des Zentrums.

„Wir können los", flüsterte Daniel.

„Los? Wohin? Ich dachte, wir suchen uns hier einen Platz."

„Beim Laufen redet es sich besser. Sie wollen doch reden, oder?"

„Aber es regnet nicht nur, es schüttet!"

„Na und?"

„Ich bin schon ganz schön durchnässt und wollte mich hier ein bisschen aufwärmen und wieder trocken werden."

„Beim Laufen wird Ihnen schon warm. Kommen Sie, hier ..."

Er schnappte sich auf dem Weg zum Ausgang einen Schirm und eine Regenjacke. Den Schirm gab er Lilia, die Jacke zog er selbst an. Sie war irritiert, wie jugendlich er in Aktion wirkte. Jeans, T-Shirt, Turnschuhe, die halblangen fransigen Haare, der schlendernde Gang – aber er musste in ihrem Alter sein, Ende 20, vielleicht schon Anfang 30.

„Bäh ...", machte sie, als ihr am unüberdachten Ausgang sofort der Regen ins Gesicht spritzte, noch bevor sie den Schirm hatte aufspannen können. Er hielt ihr die Tür auf und zog sich selbst die Kapuze über den Kopf.

„Ist ja nur Wasser."

„Wir könnten uns ein Café suchen. Gibt es noch das Galeriehaus? Oder den Treffpunkt?"

„Ich denke ja, aber ich gehe nicht in Kneipen. Sind Sie Hoferin?"

„Gebürtig, ja."

„Hört man Ihnen nicht an."

„Ich hab nie Dialekt gesprochen."

„Und wo leben Sie jetzt?"

„Frankfurt."

„Main?"

„Ja."

Sie erreichten das Wahrzeichen der Hofer Bücherei, *Die Lesende*, die Bronzeplastik eines sitzenden Mädchens mit aufgeklapptem Buch.

„Ist das jetzt Fußgängerzone hier?", fragte Lilia.

„Spielstraße. Für die Kinder der Sophienschule, damit der Park für sie nicht mehr so abgeschnitten ist. Sie waren wohl schon lange nicht mehr hier?"

„Einige Jahre."

Er deutete mit der Hand in Richtung Wörthstraße, ging los und zog sie durch seine Bewegung mit. Schräg unter der Kapuze hervor warf er ihr einen Blick zu.

„Wie wollen wir es machen? Soll ich einfach weiter fragen? Oder möchten Sie von sich aus erzählen?"

„Wie machen Sie es denn üblicherweise?"

„Es gibt kein Üblicherweise. Jeder Klient ist anders."

„Dann würde ich gern gleich zur Sache kommen."

„Ist mir recht."

„Aber dazu brauchen wir ein trockenes Plätzchen. Ich muss Ihnen was zeigen."

„Kein Problem. Ich halte den Schirm."

Sie schüttelte unwillig den Kopf, gab ihm trotzdem den Schirm, griff in die Innentasche ihrer Jacke und zog ein zweimal gefaltetes Din-A-4-Blatt hervor.

„Was haben Sie eigentlich gegen Kneipen und Cafés?"

„Nichts, aber frische Luft ist mir lieber. Was ist das?"

Sie nahm ihm den Schirm wieder ab und gab ihm das Blatt. Er trat dicht an sie heran und faltete das Papier auseinander, sorgsam darauf achtend, es nicht nass zu machen. Sie betrachtete mit nachdenklich verzogenem Mund das, was unter seiner Kapuze hervorschaute, seinen blonden Haarschopf und seine Nasenspitze.

Hinter seinen schmalen Schultern spiegelte sich das gegenüberliegende Bürogeschäft Höhne im Schaufenster der Bäckerei Kaiser.

„Warum sind wir nicht einfach in der Bücherei geblieben?", fragte sie etwas genervt.

„Ich dachte, Sie wollten reden."

Er ließ den Blick über den Zettel schweifen. Das Papier war in vier senkrechte Spalten unterteilt und jede Spalte mit handgezogenen Kugelschreiberlinien in 30 bis 40 etwa einen Zentimeter hohe, langgezogene Kästchen gegliedert. In der obersten Spalte stand „Nord 03/06", alle folgenden Kästchen enthielten codeartige Kürzelfolgen in winziger Handschrift. Daniel las halblaut den Inhalt des ersten Kästchens vor:

„1.170 IFX 8,58 (24.3.) / 9,64 (26.4.) – 10.088,50 / 11.246 = 1.156,50."

Er schaute sie an.

„Sofern ich das richtig entziffere …"

Lilia fragte:

„Und, was sagen Sie dazu?"

„Was ich dazu sage? Keine Ahnung, was soll das bedeuten?"

„Sie haben keine Ahnung?"

„Nein. Ich bin nicht gerade ein Mathe-Genie."

„Aber Rätsellöser sind Sie doch."

„Was bin ich?"

„Eine Art semiprofessioneller Dechiffrierungs-Experte. Sie knacken Rätsel und Codes."

Er schüttelte verblüfft grinsend den Kopf.

„Nein. Aber so was von überhaupt nicht. Wie kommen Sie denn auf die Idee?"

„Auf dieser Internetseite stand …"

„Was denn überhaupt für eine Internetseite? Mit Internet und dergleichen hab ich schon gar nichts am Hut."

„Ein Weblog mit …"

„Ein was?"

Mit finsterem Blick nahm sie ihm das Blatt ab und steckte es wieder ein, während er den Schirm hielt.

„Würden Sie mich vielleicht mal ausreden lassen!"

„Klar."

„Kennen Sie eine Marina Simson-Nützel?"

„Schon möglich."

„Ja oder nein?"

„Ich rede nicht über meine ehemaligen Klienten."

„Das sollen Sie auch nicht. Aber diese Marina schreibt in ihrem Internet-Tagebuch, der Hofer Rentner Daniel ..."

„Pf, was, Rentner?", prustete er. „Ich heiße Rentler."

„Entschuldigung, Rentler Daniel habe den Code eines schier unlösbaren Rätsels geknackt durch bloßes Fragen sowie Zuhören und die Polizei damit ..."

„Nein-nein-nein-nein-nein!", unterbrach er sie abermals. „Also mal langsam, dachten Sie, ich bin Aktiv-Rentner, eine Art besonders früh pensionierter rätsellösender Guru und Privat-Polizist? Wenn Sie meinen Nachnamen nicht wussten, wie haben Sie mich dann überhaupt gefunden?"

„Auf Marinas Seite war die Telefonnummer Ihres Vermieters angegeben."

„Und?"

„Wie gesagt, Ihr Vermieter hat mir mitgeteilt, dass Sie tagsüber immer in der Bücherei sind. Also lösen Sie gar keine Rätsel?"

„Sehe ich so aus? Ich bin Lebensberater."

„So sehen Sie schon gleich gar nicht aus. Sind Sie etwa Psychologe oder Psychiater oder so was?"

„Nein, ich kann nur gut zuhören. Eigentlich mache ich nichts anderes, als die Leute durch die Saaleauen zum Theresienstein zu führen und zurück. Während des Gehens stelle ich Fragen. Über die Antworten kommen die Leute von selbst auf Lösungen. Der Rhythmus des Laufens wirkt krampflösend, äußerlich und vor allem innerlich."

„Und was hat dann diese Marina mit Rätsel und Code und so weiter gemeint?"

„Keine Ahnung, vielleicht das Rätsel ihres Lebens, ihrer Umstände. Und ich weiß wirklich nicht, was das mit der Polizei zu tun gehabt haben könnte."

„Sie war Kleptomanin."

„Wie bitte!"

„Das wussten Sie nicht mal? Jedenfalls hat sie dank Ihnen eine Therapie besucht, die Sache mit der Polizei in Ordnung gebracht und sich ein neues Leben aufgebaut. Das hat mich beeindruckt."

„Und das steht alles im Internet? Ohne mein Wissen?"

„In einem speziellen Blogger-Forum zum Thema Rätsel und Verschlüsselungen. Ist vielleicht eher zufällig dort gelandet. Jedenfalls waren Sie der einzige Hofer in diesem Forum, und deshalb, na ja ..."

Daniel schaute sie mit großen Augen an.

„Was ist?", fragte sie irritiert.

„Wissen Sie, was ich glaube?"

Sie schüttelte den Kopf.

Er wies mit dem Daumen in Richtung Scala-Kino, lief einfach los, als sie nicht gleich reagierte, und da er immer noch den Schirm hatte, beeilte sie sich, an seiner Seite zu bleiben. Als er abrupt nach rechts den Sophienberg hinunter abbog, bekam sie einen weiteren Schwall Regen ab.

„Was soll das werden?"

„Nun sind Sie schon mal hier, also gehen wir meine übliche Route. Dabei erzählen Sie mir, was Sie auf dem Herzen haben."

„Ich habe nichts auf dem Herzen."

„Sie verfolgen doch irgendein Ziel, oder? Sie wollen diesen Zettel enträtseln, den Zahlencode. Warum?"

„Ich will einfach wissen, ob mehr dahinter steckt."

„Mehr als was? Wissen Sie denn wenigstens ansatzweise, was das zu bedeuten hat und von wem es stammt?"

Sie starrte auf die Spitzen ihrer durchweichten Schuhe, lauschte dem Klack-Klack ihrer Absätze und presste die Backenzähne fest aufeinander. Ihr kleiner Überbiss wölbte die Oberlippe nach vorne. Wie ein Häschen, dachte Daniel, und unterdrückte ein Schmunzeln.

„Lilia, kommen Sie schon. Wenn Sie ein bisschen mitmachen, kommen wir der Sache vielleicht über Umwege auf die Spur."

„Ich will darüber nicht reden. Nicht über die Hintergründe …"

Sie erreichten die Ampelkreuzung Pfarr und Königstraße. Daniel zog sie bei Rot zwischen den Autos hindurch in Richtung Saaleauen.

„Ich mache Ihnen einen Vorschlag: Reden Sie einfach über das, was sie bereit sind, zu verraten. Den Rest können Sie weglassen. Dass Sie gegen eine Wand reden, muss ich ja nicht erwähnen."

„Gegen eine Wand?", fragte sie verständnislos.

„Ja. Eine Wand hört zwar zu, wird aber nie etwas weitererzählen."

Er grinste. Sie lächelte zurück.

„Alles klar."

„Was machen Sie eigentlich beruflich?"

„Ich bin Journalistin."

„Dann sind Sie hier in Hof einer Story auf der Spur?"

„Mit dem Code? Nein, das ist rein privat."

„Zeitung oder Fernsehen?"

„Was? Ach so, nein, keine spezielle Richtung. Ich bin Freiberuflerin und verkaufe meine Recherche-Ergebnisse an den jeweils Meistbietenden, egal ob Agenturen, Funk, Printmedien, Internet … Geliefert werden sauber gegliederte Stichpunkte, die Ausarbeitung machen dann die jeweiligen Redakteure nach ihrem Stil."

„Und wie finden Sie Ihre Themen?"

„Ich kenne viele Leute. Man erzählt mir gezielt etwas oder ich schnappe ein Gerücht auf. Ich hänge ständig im Internet, hangle mich von Link zu Link oder entdecke News, die man noch vertiefen könnte. So was alles. Und wie finden Sie Ihre Klienten?"

„Die finden mich."

„So ganz ohne Werbung?"

„Mundpropaganda. Was ich da mache, ist ja eigentlich kein Job, das geht seit meiner Kindheit so. Ich hab mir schon immer gern anderer Leute Probleme angehört."

„Ist nicht Ihr Ernst!"

„Doch, das interessiert mich einfach. Irgendwann haben die Leute angefangen, mir was zu schenken, wenn sich die Probleme infolge eines Gespräches geklärt haben. Wissen Sie, was ich glaube?"

„Was?"

„Dieser Code – das ist so eine Art Einkaufs- und Verkaufsliste."

Lilia, noch ganz in Mutmaßungen über den finanziellen Gegenwert gelöster Probleme vertieft, schrak auf.

„Was? Ach so. Na, das weiß ich doch längst."

„Aber, wenn Sie das wissen, was ..."

„Es handelt sich um ein Trading-Protokoll. Die Dokumentation von Aktienkäufen und -verkäufen. Was mich stutzig macht, ist ..."

Sie waren stehen geblieben. Er schaute sie erwartungsvoll an, während der Regen mit unverminderter Stärke auf den Schirm prasselte. Lilia überlegte kurz, zuckte mit den Schultern und dirigierte Daniel zu dem Pavillon, der seit der Landesgartenschau am Saaleufer stand. Beim Näherkommen sah sie Graffitis an den Brüstungen und ärgerte sich darüber. Auf dem Boden stand ein leerer Glühweintopf. Geschützt von der Überdachung des Pavillons, zog sie das Blatt aus der Tasche und faltete es auf.

„Schauen Sie her, dieser erste Trade auf der Liste: 1.170 IFX 8,58 (24.3.) / 9,64 (26.4.) – 10.088,50 / 11.246 = 1.156,50. Das bedeutet, am 24. März wurden 1.170 Infineon-Aktien zum Kurs von 8,58 Euro je Anteilschein gekauft und am 26. April zum Kurs von 9,64 Euro wieder abgestoßen. 11.246 Euro Verkaufserlös minus 10.088,50 Einkaufspreis macht 1.156,50 Euro Gewinn."

„Infineon?"

„Das ist ein Chiphersteller. IFX ist das Symbol für die Aktie, ein Kürzel."

„Und ALV, VOW, SIE?"

„Allianz, Volkswagen, Siemens."

„Und mit jedem Geschäft, egal mit welcher Aktie, wurden so um die 1.000 Euro Gewinn gemacht. Warten Sie mal."

Daniel fuhr mit dem Finger von oben nach unten über die Kästchen und zählte leise.

„… 27, 28, 29, 30. Mal vier Spalten macht um die … genau 115.432,11 Euro Gewinn, das da unten ist dann ja wahrscheinlich das Gesamtergebnis. Ich würde sagen, da hat jemand großes Glück gehabt – oder geschummelt?"

„Schummeln geht dabei nicht. So, und jetzt schauen Sie sich mal diese Liste an. Fällt Ihnen etwas auf?"

Lilia hatte ein weiteres Din-A-4-Blatt hervorgezogen und aufgefaltet. Daniel nahm es in die andere Hand und verglich die Listen.

„Okay, das System ist dasselbe, außerdem dieselbe Handschrift. Oben steht Nord 07/06 im Gegensatz zu Nord 03/06."

„Ganz einfach, Nord bedeutet, dass es sich um Trades auf einem Depot des Onlinebrokers Nordnet handelt."

„Häh?"

„Nicht so wichtig. Das andere sind Zeitangaben: März und Juli."

„Minus 2.344.445,12 Euro im Juli!", rief Daniel.

„Ganz genau."

„Also waren die Gewinne im März nur Glück."

„Könnte man meinen, aber das stimmt nicht. Was fällt Ihnen noch auf?"

„Die Einsätze wurden erhöht", murmelte Daniel nach ein paar vergleichenden Blicken hin und her.

„Genau richtig. Von kontinuierlich um die 10.000 Euro pro Geschäft auf wahllos über 100.000 und mehr. Das macht die Verluste so einschneidend."

„Ich verstehe nicht, wieso er plötzlich ausschließlich Minus gemacht hat. Gab es im Juli einen Börsenzusammenbruch oder so was?"

„Nein, einen kleinen Crash gab es im Mai. Und trotzdem hat er da seine üblichen rund 120.000 Euro Gewinn gemacht. Wie in jedem Monat zuvor in den letzten Jahren und wie auch noch im Juni. Aber im Juli dann der Totalverlust – dabei war das ein ausgesprochen guter Börsenmonat."

„Moment mal", unterbrach sie Daniel, der den Blick nicht von den Listen genommen hatte und gar nicht zugehört zu haben schien. „Mir fällt noch was auf: Auf der März-Liste kommen fast ausschließlich Symbole mit Buchstaben vor – in den ersten Spalten im Juli ebenfalls, aber dann plötzlich, von einem Tag zum anderen, sind es Kürzel, die außer Buchstaben auch Zahlen enthalten."

Lilia strahlte, als sie ihn das sagen hörte, und stieß ihn an.

„Sie sind gut. Weiter!"

„Okay, mit dieser Veränderung beginnt auch die Verzehnfachung der Einsätze. Und – von dem Moment an nichts als horrende Verluste."

„Verstehen Sie jetzt, was ich meine?"

Er starrte auf die Blätter und schüttelte den Kopf.

„Daniel?"

„Nein. Für mich ist das völlig unverständlich."

„Darin steckt ein Code."

„In den Zahlenkürzeln, oder wie? Und was bedeutet der Code?"

„Das weiß ich ja eben nicht. Fakt ist: Bis zum Juli wurden jahrelang Monat für Monat ausschließlich Bluechips gehandelt, und zwar mit jeweils exakt um die 10.000 Euro Einsatz und um die 1.000 Euro Gewinn."

„Was für Dinger – blaue Chips?"

„Bluechips, so nennt man die besonders schwergewichtigen Aktien wie eben Siemens und Allianz."

„Und die mit den Zahlen?"

„Von der Marktkapitalisierung her geht's da querbeet. Die Zahlenkürzel stehen für Dax-Unternehmen wie Münchner Rück, ist gleich MUV2, bis runter zu absolutem Schrott, der in keinem Index gelistet ist."

„Okay, ich hab kein Wort verstanden, aber ich rate mal, dass mit der Erhöhung der Einsätze kein Wert mehr auf die Qualität gelegt wurde."

„So ist es. Noch was?"

„Ja … Ach ja, während sich die Käufe auf der Liste 03/06 über den ganzen Monat März erstrecken, vom 1. bis zum 31., endet die Liste 07/06 schon am 4.7. Sonst hat er im Schnitt vier Geschäfte pro Tag abgeschlossen, und jetzt plötzlich: 1.7. bis 3.7. noch normal, und dann – sämtliche über 100 Verlustgeschäfte an einem einzigen Tag. Wahnsinn!"

„Und hier sind Tag 2 und 3 der Verlustserie."

Lilia zog zwei weitere Blätter aus der Tasche und gab sie ihm. Er faltete sie auseinander und las:

„Minus 4.669.327,11 am 5.7. und minus 842.239,90 am 6.7. – insgesamt an den drei Tagen minus 7.856.012,13 Euro."

„Etwas mehr als der in Wertpapieren angelegte Teil seines Vermögens."

„Etwas mehr? Wie geht das?"

„Konto überzogen."

Daniel nickte und legte die Blätter zusammen.

„Und ich nehme mal an, der Mann ist jetzt tot."

„Ist das so zwingend?", fragte Lilia und klang verblüfft und verärgert gleichermaßen.

„Nein, aber wenn die Geschichte nicht übel ausgegangen wäre, dann hätten Sie wohl kaum diese Listen und würden rätseln, was sie bedeuten."

Sie brummte eine Zustimmung.

„Also doch eine Story?", fragte Daniel sanft.

„Nein. Diese Listen … sie stammen von meinem Vater."

3

Wenn Gerhard Crisseltis die zerschrammte Tür öffnete, fiel sein Blick auf Scherben, Schutt und ineinander verschlungene Haufen aus der Wand gerissener schwarzer Kabel. Im gesamten Gebäude gab es weder Strom und Heizung noch fließend Wasser. Nur den vier mal sechs Meter großen Raum, in dem er hauste, konnte er notdürftig mit einem alten Kanonenofen warm halten. Für das Ofenrohr hatte er mit der Spitzhacke ein Loch in die Außenwand geschlagen, die Rauchabzugskonstruktion ragte waagrecht ins Freie wie ein überdimensionaler

Auspuff. Crisseltis vegetierte wie ein Landstreicher, aber er hatte ein Ziel, eine Vision: Eines Tages würde er aus dieser Ruine eine ganz große Touristen-Attraktion in Deutschland machen. Er musste nur daran glauben, ganz fest, und durchhalten. Immer vorwärts denken, den Traum im Geiste vorausleben.

„Okay, lächle, sei gut drauf, klinge fröhlich und optimistisch! Du kannst es, du schaffst es! Heute klappt es ganz bestimmt!"

Er verzichtete darauf, seine Suggestionsformeln im Waschraum vor einem der zerschlagenen, halb blinden Spiegel zu verstärken, indem er sich angrinste. Seinem zerknitterten grauen Gesicht sah er besser nicht in die Augen, wenn er diesmal Erfolg haben wollte.

Mit knirschenden Schritten stapfte er durch den Dreck des feuchtkalten und zugigen Kasernenruinenflurs und fischte mit seinem Handy nach einem Netz.

Die blinkende Meldung „Nur Notruf möglich" verschwand für einen Augenblick, dann hatte er die Stelle auch schon wieder verloren, suchte sie, fand sie wieder, drückte die Wahlwiederholung. Schon nach dem ersten Klingeln wurde abgehoben. Statt eines Grußes hörte Crisseltis ein Räuspern. Sofort legte er los:

„Guten Morgen, Herr Hartriegel, hier ist Gerhard Crisseltis von der Crisseltis Wildnis-Labyrinth und Gedenkstätten GmbH."

„Sie schon wieder", bellte ihm Hartriegels laute, schrille Stimme entgegen. Wie konnte man mit einer solchen Krähenstimme erfolgreich sein? Selbst wenn es Hartriegel noch so freundlich meinte, man kam sich angeschrien vor.

Diesmal meinte er es ganz und gar nicht freundlich.

„Hören Sie endlich auf, mich zu belästigen!"

„Aber, Herr Hartriegel, ich habe doch Gründe, es gibt Neuigkeiten."

„Ich pfeif auf Ihre Neuigkeiten!"

„Das Raumordnungsverfahren ist abgeschlossen, wir können loslegen."

„Ich habe Ihnen schon tausendmal gesagt, dass Ihr Projekt absoluter Käse ist. Niemals würde ich auch nur einen Cent in ein sogenanntes Wildnis-Labyrinth stecken."

„Sie vergessen, dass ich zwei Attraktionen plane: Wildnis-Labyrinth und Stasikasernen-Gedenkstätte."

„Gerade das ist ja das Irrwitzige an Ihrem Plan, Sie Riesenross. Ihre Ideen sind beide nichts wert. Miteinander kombiniert ergeben sie den größten Schwachsinn, den ich je gehört habe. Ich sage es Ihnen jetzt zum letzten Mal, lassen …"

„Aber das Raumordnungsverfahren …"

„Scheiß drauf!"

„Aber Herr Hartriegel, hören Sie …"

Nichts mehr zu hören. Er machte ein paar Schritte, blindlings, zog das Handy durch die Luft, hielt es wieder ans Ohr.

„Herr Hartriegel? Hallo?"

Das Display meldete „Nur Notruf möglich".

Blöder Mist! Crisseltis wechselte den Standort und drückte unverdrossen auf Wahlwiederholung.

4

„Was ist das denn?"

Sie tauchten auf dem Fuß- und Radweg entlang der Saale unter der Michaelisbrücke hervor. Lilias Blick blieb an einem Wald meterhoher Hartholz-Kantpfosten hängen, an denen von oben bis unten Unmengen bunter Schilder in allen Formen, Farben und Beschriftungen befestigt waren.

Daniel, der den ganzen Weg vom Saaleauen-Pavillon hierher auf den Boden gestarrt und gegrübelt hatte, hob kurz den Blick.

„Das ist der Fernwehpark. Den kennen Sie nicht?"

„Der was? Nein, was soll denn das sein?"

„Gute Frage."

Er war froh über die Ablenkung und merkte erst jetzt, dass es aufgehört hatte zu regnen. Lilia schüttelte den Schirm aus, er klappte seine Kapuze zurück.

„Hier können Touristen aus aller Welt ihre Schildergrüße anbringen. Und vor allem Stars."

„Stars? Und Touristen aus aller Welt – in Hof?"

Sie verzog in übertriebenem Erstaunen die Augenbrauen.

„Sie waren wirklich schon lang nicht mehr hier. Wir haben seit ein paar Jahren auch die größte Teddybären-Sammlung der Welt in Hof. He, was haben Sie vor?"

Lilia drückte ihm den zusammengeklappten Schirm in die Hand und stürmte voraus, mitten hinein in das Labyrinth aus Pfählen, Pfosten und bis zu tischplattengroßen Schildern.

„Sepp Maier, Pierre Brice, Kurt Felix und was ist das, Johnny Cash, hä, was soll das denn? Roland Emmerich, Angela Merkel und Gerhard Schröder, waren die wirklich alle hier? Sind die Autogramme echt?"

„Ja, ich denke schon. Hören Sie mal …"

„Wie wär's eigentlich, wenn wir uns duzen?"

Daniel, aus seinem Gedanken gerissen, zuckte mit den Schultern.

„Ja klar, gern."

„Okay."

Sie gab sich betont erfreut und munter, wandte sich wieder den Schildern zu, ließ den Kopf kreuz und quer von oben nach unten zur Seite und zurück über die lebensgroßen Gesichter auf den breitflächigen Tafeln kreisen und schien vor Begeisterung völlig aus dem Häuschen zu geraten. Daniel merkte genau, dass es nur Selbstablenkung war. Kein Wort hatte sie über ihren Vater erzählen wollen, über das, was ihm passiert war – und wollte es in Wirklichkeit natürlich unbedingt. Das richtige Stichwort fehlte. Beide waren auf dem Weg hierher nicht darauf gekommen, wie sie die Blockade überwinden konnten.

Am besten, man überlegte nicht lang und ging die Sache ohne Umschweife an.

„Ich stelle dir jetzt einfach mal eine ganz direkte Frage, okay?"

Sie schaute ihn verwundert an, so als sei es während ihres ganzen Spaziergangs nur um Heiterkeit und bunte Schilder gegangen, was sollten da plötzlich direkte Fragen?

„Also: Wenn dein Vater sein ganzes Vermögen verspielt hat und jetzt tot ist, dann vermute ich mal, es war Selbstmord."

„Falsch vermutet."

„Also vielleicht der Schock über das Begreifen, ein Herzinfarkt, Gehirnschlag oder so was?"

„Nein."

Er verzog zweifelnd das Gesicht und fragte leise und düster:

„Mord?"

Sie antwortete genauso leise:

„Wer weiß ..."

„War denn irgendwie ... die Polizei verwickelt, gab es eine Obduktion?"

„Die gab es."

„Und?"

Sie schaute noch mal kurz und flüchtig über die Schilder, ohne hinzuschauen. Den Kopf gesenkt, ging sie an ihm vorbei in Richtung Theresienstein. Er folgte ihr.

„Es war Austrocknung", sagte sie schließlich mit einem Seitenblick zu ihm. Daniel schaute sie nur fragend an. Sie redete leise weiter.

„Für die Polizei sieht der Fall so aus: Er hat bei einem seiner Trades danebengehauen und heftig verloren. Das war er nicht gewohnt, er ließ vor Schreck jede Vorsicht fahren, erhöhte den Einsatz, verlor wieder und geriet in den typischen Teufelskreis des Spielers: Einsätze immer weiter erhöhen, um das verlorene Geld zurückzugewinnen, noch mehr verlieren, in immer größere Verzweiflung geraten und sich immer mehr hineinsteigern, bis schließlich alles weg war. Dabei ging sein ganzes Leben den Bach runter, er konnte nicht schlafen, nicht essen, und das Trinken vergaß er völlig. Genau in dieser Zeit herrschte diese extreme Hitzewelle, weißt du noch?"

„Schon."

„Und deshalb gilt er auch als Hitzetoter. Er hat dann zwar irgendwann getrunken, hat einen ganzen Liter auf einmal in sich hineingeschüttet, hat aber gleich alles wieder von sich geben müssen. Unter dem plötzlichen Wasserschock ist der Kreislauf zusammengebrochen, er wurde ohnmächtig und wachte nicht mehr auf, finito."

„Aber du glaubst nicht, dass es so war?"

„Ich habe keine Ahnung, ob es so war. Aber die ganzen Umstände sind so merkwürdig, dazu die auffällige Veränderung seiner Trading-Gewohnheiten ..."

„Aber die passen doch gerade in diese Bild, finde ich."

„Nein. Er hat ja davon gelebt. Er hatte sein System, das funktionierte, und zwar in jeder Börsenphase. Davor hatte er jahrelang experimentiert und verloren, er war auch schon mal pleite gewesen und hoch verschuldet, hat sich aber wieder berappelt und ein neues Vermögen gemacht. So war er – nicht einer, der die Kontrolle verliert, zusammenbricht und aufgibt."

„Bei der ersten Pleite war er eben noch jung, aber diesmal ... Wie alt war er überhaupt?"

„53. Kein Alter, um alles hinzuschmeißen."

„Na ja. Zugegeben, und das mit dem möglichen Code ..."

„Da ist noch mehr als nur der Code."

Sie erreichten die Fußgängerbrücke über die grünschwarz dahindämmernde Saale. Von der Schlittschuhbahn des Eisteiches dröhnte die Eismaschine herüber.

„Umkehren?", fragte Daniel.

Statt einer Antwort ging sie einfach weiter, den Fußweg zum Eisteich und dann einen der steil ansteigenden Wege am bewaldeten Hang hoch in Richtung Tennisplätze.

„Seine Lebensgefährtin ist seitdem verschwunden", setzte sie ihren Bericht schnaufend fort. „Miranda Heilweg. Sie war ähnlich vermögend wie Paps, vielleicht sogar noch reicher."

„War?", fragte Daniel.

„Ihre Konten wurden komplett leer geräumt, und zwar kurz nach den letzten Orders, die er machte. Seitdem gibt es von ihr keine Spur mehr."

„Das macht irgendwie keinen Sinn."

„Für die Polizei schon. Es war nämlich nicht nur sein eigenes Geld, was er da angeblich verspielt hat. Er verwaltete ein paar

Millionen Euro, die ihm Freunde überwiesen hatten, eine Art Privatfonds, den er seit der Auflegung verdoppelt hatte. Auch das ist jetzt alles weg."

„Ja und?"

„Als Miranda ihn beim Zocken erwischte und die finanzielle Katastrophe begriff, geriet sie in Panik, weil sie fürchtete, dass sie als seine Lebensgefährtin finanziell haften müsste. Deshalb machte sie sich mit ihrem Geld aus dem Staub. So sieht es die Polizei."

„Und du?"

„Kompletter Blödsinn. Ihr Geld war sicher, denn die beiden waren weder verheiratet noch sonst irgendwie finanziell aneinander gebunden. Außerdem konnten die meisten Geschädigten mit dem Geld ausbezahlt werden, das aus der Versteigerung von Haus, Grundstück und den sonstigen Vermögenswerten meines Vaters erlöst wurde."

„Wird sie denn gesucht?"

„Sie gilt als vermisst."

„Also keine Fahndung?"

„M-m."

„Sonst noch irgendwas?"

„Nein, der Fall ist abgeschlossen."

„Aber nicht für dich."

„Erst wenn ich weiß, ob er mir mit den Zahlensymbolen etwas hat mitteilen wollen."

„Und da wendest du dich an mich? Wie wär's mit professionellen Aktien-Experten? Du lebst doch in Frankfurt."

Sie schaute ihn vorwurfsvoll an.

„Schon gemacht?", fragte er.

„Na klar. Jeder sagt zwar, das ist seltsam, aber herauslesen kann niemand etwas. Andere Trader sehen nur die Symbole als solche, aber sie verstehen nicht die Verschlüsselung, die mein Vater daraus gemacht hat."

„Mutmaßlich daraus gemacht hat."

„Ganz sicher daraus gemacht hat! Da steckt eine Botschaft drin. Und irgendwann komme ich dahinter."

Sie umrundeten den Schilfteich am Botanischen Garten und folgten dem vernetzten Wegesystem des Theresiensteinparks in Richtung Labyrinth-Ruine.

„Okay", sagte Daniel, ohne Lilia anzuschauen, „dann lass uns mal davon ausgehen, es steckt wirklich ein Code dahinter. Egal erst mal, was dieser Code, so es ihn gibt, an Information enthält – gehen wir stattdessen alle Möglichkeiten durch, was er theoretisch an Information enthalten könnte. Warum sollte er überhaupt gezwungen gewesen sein, eine verschlüsselte Botschaft zu hinterlassen?"

„Er war nicht allein. Jemand war bei ihm, er hatte Angst vor diesem Jemand und konnte deswegen nicht auf normalem Weg nach Hilfe rufen."

„Der Code als verschlüsselter Hilferuf?"

„Was sonst?"

„Aber wieso? Was sollte dieser Jemand von ihm gewollt haben?"

„Dieser Jemand hat ihn gezwungen, sein Geld zu verspielen."

„Und was hätte derjenige davon gehabt?"

„Keine Ahnung. Vielleicht ging es demjenigen gar nicht um sein Geld, sondern um das von Miranda."

„Der ganze Aufwand als falsche Spur?"

„Wäre doch möglich."

„Na gut, halten wir es mal für möglich. War derjenige dann ein x-beliebiger Einbrecher? Oder könnte es jemand gewesen sein, den er gekannt hatte? War es vielleicht sogar seine Lebensgefährtin selbst?"

„Nein, niemals."

„Warum?"

„Kein Motiv."

„Wer weiß. Eifersucht, Rache, eskalierender Streit, plötzlich dem Wahnsinn verfallen …"

„Miranda ist eins fünfzig groß und wiegt knapp über 40 Kilo."

„Selbst ein Kind kann jemanden mit einer Pistole zu allem möglichen zwingen."

„Nein, nein, völlig idiotisch."

„Also ein Fremder?"

„Auf jeden Fall."

„Nein, auf keinen Fall."

„Wieso?"

„Weil die Polizei Spuren gefunden hätte. Hat sie aber nicht, oder?"

„Das kann man so nicht sagen. Es gab zwar keine anderen Fingerabdrücke als die von ihm und ihr …"

„Das ist allerdings seltsam."

„Was?"

„Überhaupt keine fremden Fingerabdrücke?"

„Nein, keine."

„Hatten die beiden denn nie Besuch? Freunde, Verwandte? Putzfrau?"

Lilia schnaufte, bog den Kopf nach hinten, starrte blicklos in den Himmel und seufzte.

„Tja, also, ehrlich gesagt, in den letzten Jahren hatte ich praktisch keinen Kontakt zu ihnen, deshalb …"

„Wann hast du denn deinen Vater das letzte Mal gesehen?"

„Vor ungefähr … das war, als ich zuletzt hier in Hof war, in der Gegend, vor vielleicht, na ja, etwas über fünf, vielleicht sechs oder auch sieben Jahren."

„Aber ihr habt telefoniert?"

Lilia deutete ein Kopfschütteln an und schwieg.

„Wart ihr verkracht?"

„Nicht direkt."

„Was dann?"

„Das ist jetzt ziemlich privat und gehört auch nicht hierher."

„Ich finde, dass alles hierher gehört. Wenn du ein Rätsel knacken willst, darfst du keine möglichen Lösungswege ausklammern, nur weil es vielleicht weh tut, sie zu gehen."

„Was soll denn das bitte heißen?"

„Das weißt nur du selbst. Ich will dir nicht deine Geheimnisse entreißen, sondern dir helfen, hinter den Vorhang zu blicken."

Sie blieb abrupt stehen und rammte ihm den Schirm entgegen, den sie die ganze Zeit getragen hatte.

„Ich hoffe nur, dass du damit nicht das meinst, was ich jetzt vermute!"

„So wie du reagierst, hab ich wohl ins Schwarze getroffen", antwortete Daniel leise.

„Das hätte er nie getan!"

„Wie bitte, er? Was?", fragte er verdutzt.

„Du denkst doch, weil ich ihn vernachlässigt habe, hätte er sein Geld verspielt, damit ich nichts erbe, und sich dann durch Verdursten umgebracht."

Daniel lachte entsetzt auf.

„Nein, also das hab ich ganz bestimmt nicht gemeint. Denkst du das etwa?"

„Natürlich nicht. Ich habe mein Erbe schon als Kind ausbezahlt bekommen, als meine Mutter sich von ihm getrennt hat und weggezogen ist. Damals stand er wesentlich besser da, das heißt, ich habe heute mehr als er selbst zuletzt hatte. Das klingt protzig, aber ich will damit sagen, dass es ums Geld überhaupt nicht geht, was ihn und mich betrifft."

Daniel nickte verständnisvoll und Lilia imitierte seine Bewegung mit wütender Übertreibung.

„Kannst du mir dann vielleicht mal sagen ..."

„Wollen wir nicht weitergehen?"

Sie standen am Querweg zur Hermann- und Bertel-Müller-Anlage am Fuß des Labyrinth-Berges. Lilia schüttelte trotzig den Kopf.

„Hast du etwa Angst, dass ich dir dein Honorar nicht gebe, wenn du mich zu sehr vor den Kopf stößt? Wie viel bekommst du?"

Er verdrehte die Augen und machte eine abwehrende Handbewegung.

„Sag schon, wie viel? Ich rede erst weiter, wenn wir das geklärt haben."

„Na schön. Wenn das, was ich dir gleich sage, dir hilft, dein Problem zu lösen, dann gibst du mir das, was dir diese Hilfe wert ist."

„Blablablub. Was verlangst du normalerweise?"

„Gar nichts. Ehrlich, die Leute geben mir, was sie für richtig halten."

Sie lächelte zynisch und zog ein Geldbündel aus der Hosentasche.

„Ziemlich raffiniert. Es will natürlich niemand als knauserig dastehen, und so bekommst du viel mehr als du eigentlich verlangen könntest, wenn du feste Preise hättest, stimmt's? Und stehst dabei noch als bescheidene Seele da."

„In der Regel sind es um die 100 Euro", antwortete Daniel gekränkt.

„Okay, 100 Euro für eine Stunde herumlatschen und labern, Verzeihung: Du bietest ja Lebensberatung durch Zuhören."

Sie zog die beiden Worte betont in die Länge, fischte beim Sprechen zwei Fünfziger aus ihrem Geldbündel und hielt sie ihm so hin, dass er einen Schritt auf sie zumachen musste. Daniel nahm die Scheine, behielt sie aber in der ausgestreckten Hand.

„Es geht nicht ums Zuhören und Beraten."

„Sondern?"

„Ums Ergebnis. Ich nehme kein Geld, wenn ich nicht wirklich helfen konnte."

„Sehr edel."

„Ach quatsch, edel, jetzt hör aber auf! Warum bist du so feindselig?"

Lilia schüttelte den Kopf und starrte schräg neben ihm auf den Boden.

„Schluss mit der Fragerei. Ich will jetzt dein Ergebnis hören."

„Okay, ich sag dir ganz offen, was ich denke: Du hast ein schlechtes Gewissen."

Sie riss die Augen auf.

„Wie, was – oh nein! Also ..."

„Oh doch. Das Ganze ist jetzt fünf Monate her. Statt dich damit abzufinden, tingelst du durch die Republik, folgst den absonderlichsten Spuren und fahndest nach einem Code, der angeblich auf einen Mord hinweist, und warum? Weil du dich dann mit dem Gedanken trösten könntest, dass du irgendwann ganz bestimmt den ersten Schritt gemacht, dich mit deinem Vater ausgesöhnt und von da an um ihn gekümmert hättest, wenn nicht völlig unvorhergesehen dieses grausame Schicksal zugeschlagen hätte. Tut mir leid, ich weiß, das klingt unnötig hart, aber manchmal ..."

Er zögerte.

„Was? Manchmal ist es nötig, verbale Fußtritte auszuteilen, um die Leute auf den richtigen Weg zu bringen? Oder um irgendetwas Dramatisches losgeworden zu sein, damit deine großartige Lebensberatung nicht als geistiger Dünnpfiff in Erinnerung bleibt?"

„Zieh das, was ich gesagt habe, einfach mal als Möglichkeit in Betracht. Ich will dich weder verletzen noch beeinflussen. Ich habe nur ausgesprochen, was sich aufgrund der Sachlage einfach aufdrängt."

Sie wollte etwas nachsetzen, ließ es sein, seufzte und schüttelte den Kopf.

„Na gut, es war ja nur ein Versuch."

Daniel hatte die Hand mit dem Geld sinken lassen. Er wusste nicht recht, ob er es einstecken oder zurückgeben sollte.

„Was ist, gehen wir noch ein Stück? Oder willst du umkehren?"

„Ich gehe allein weiter. Mach's gut."

„Warte!"

Sie reagierte nicht und ging mit schnellen Schritten zurück in Richtung Stadt. Der Regen hatte wieder eingesetzt, Daniel spannte den Schirm auf und beeilte sich, sie einzuholen.

„Jetzt steck das Geld schon ein", sagte sie mit versöhnlicher Stimme, aber ohne ihn anzuschauen. Sie ließ es zu, dass er sie unter den Schirm nahm. Ein ganzes Stück gingen sie schweigend nebeneinander her, dann fragte sie:

„Hat bisher eigentlich jemand das Geld zurückgenommen?"

„Nein."

„Also hast du allen helfen können?"

„Ich hoffe es."

„Oder die Leute haben nur so getan."

„Das war bisher einfach nie ein Thema."

Sie pustete hörbar die Luft aus und verdrehte die Augen.

„Tut mir echt leid."

„Schon gut. Was willst du denn jetzt machen? Weitersuchen nach jemandem, der den Code entschlüsselt?"

„Du denkst doch, es gibt keinen Code."

„Ich weiß nicht, ob es einen gibt. Aber ich denke, es geht dir gar nicht wirklich darum."

„Es geht darum."

„Okay. Dann zeig mir noch mal die Listen."

Sie blieb stehen und schaute ihn ungläubig an.

„Wozu?"

„Ich will dir nicht meiner Meinung nach geholfen haben, sondern deiner Meinung nach."

„Das ist schön von dir, aber du kommst nicht dahinter."

„Wieso nicht?"

„Weil du nicht der Richtige dafür bist. Eigentlich war mir das schon in der Bücherei klar, aber …"

„Aber?"

„Ich wollte dir eine Chance geben."

„Verbindlichsten Dank. Mir ist aber gerade etwas eingefallen."

Sie schüttelte den Kopf.

„Dein Talent liegt im zwischenmenschlichen Bereich. Hier geht es wirklich nur um das Rätsel an sich."

„Eben, und dazu ist mir wirklich etwas eingefallen: Mein Vermieter ist ein absoluter Querdenker, einer der schlauesten Menschen, die ich kenne: sachlich, logisch, geradlinig, brillant. Und er interessiert sich ziemlich leidenschaftlich für Aktien."

5

Robin drapierte eine lila-rosa gefleckte Christbaumkugel in ein Osternest aus Moos und Zweigen, das mit Kieselsteinen und

Glasperlen gesprenkelt war, trat einen Schritt zurück, noch einen, legte den manikürten Zeigefinger an die Lippen und schüttelte sich. Mit spitzen Fingern wurde die Christbaumkugel wieder entfernt. Sie plumpste federnd in einen Abfallkorb, der zur Hälfte mit zerknülltem Nadeldrucker-Lochstreifenpapier gefüllt war. Der Korb stand, leicht schräg gestellt, auf dem Glastischchen neben dem Osternest.

Zwei Schritte zurück, an die Lippen klopfen, zustimmendes „Hmhm!" – und schon war Robin mit dem nächsten Objektkunstwerk zugange: Ein ausgestopfter Schlafsack lag quer über einer Bundeswehr-Schaumgummimatratze auf dem Parkettboden im Eck des Salonerkers. Robin spitzte die Lippen und kratzte sich rhythmisch in seiner puschelartig aufgetürmten Lockenfrisur, wobei die Hand fast ganz darin verschwand.

„Oh neineinein!"

Mit wehenden Hosenbeinen und fliegenden Jackenzipfeln trippelte er zu dem Gebilde, schubste es mit spitzer Schuhspitze eine Idee weiter in die Ecke, trat wieder zurück und spürte Unzufriedenheit in sich aufsteigen. So war das nichts, so ging das nicht. Da fehlte etwas!

Lametta. Konfetti. So etwas in der Art. Oder Luftschlangen. Nein, bloß keine Luftschlangen! Was war nur mit ihm los? Wo hatte er seine Inspiration gelassen? Spontaneität fehlte!

Mit zwei entschlossenen Schritten war er bei einer graublassen männlichen Schaufensterpuppe, die wie besoffen über einem Ständer hing, der mitten im Raum stand, riss ihr mit entschlossenem Ruck den rechten Arm ab, steckte der Plastikhand ein goldenes Armband über und eilte damit zur Matratze. Das, womit er den Schlafsack ausgestopft hatte, musste hervorquellen, *das* war es: bunte Tücher, Flickchen, ein altes Abendkleid seiner Großtante, ein riesiges topfreinigerartiges Metallgebilde, eine zerschlissene Uniformjacke aus dem Ersten Weltkrieg – und da mitten hinein steckte er den Arm.

Zwei Schritte zurück: Bravissimo! Mit dem Arm, der aus dem Schlafsack ragte, sah es jetzt aus, als hätten zwei Menschlein sich im einsamen Liebensnest ihrer Bekleidung entledigt, steckten darin und ineinander, und einer musste in der Hitze des Gefechtes den rechten Arm zum Kühlen heraushalten. Ein Glanzstück, aber hallo, ein Highlight.

Das Highlight!

„He, und wo soll ich bitte heute Nacht schlafen?"

Daniel kam mit Lilia über die knarrenden Parkettdielen herangelaufen und begrüßte Robin mit einem Klaps auf die Schulter.

„Wo – immer – du – willst. Aber nicht hier. Wie findest du's?"

„Genauso unmöglich wie jedes Mal."

„Danke. Und wer ist das?"

Robin hatte Lilia nur mit einem kurzen Seitenblick gestreift und sich dann gleich wieder seinem Kunstwerk zugewandt.

„Lilia – das ist Robin."

Empört federte er herum.

„Robeöh bitte."

„Robeöh und weiter?", fragte Lilia.

„Nur Robeöh."

„Freut mich. Und Sie wohnen auch hier?"

„Wieso auch?"

„Er ist mein Vermieter", klärte Daniel sie auf und grinste.

„Er?"

Lilia verzog das Gesicht beim Versuch ernst zu bleiben, biss sich auf die Lippen, platzte fast, konnte sich nicht länger beherrschen und prustete los.

„Also so was, ich kenne Sie ja vom Telefon, aber …"

Robin drückte den Zeigefinger auf sein Unterlippen-Minibärtchen, während er ihren Lachanfall nachdenklich betrachtete.

„Könnten Sie das noch mal machen?", fragte er interessiert.

„Dieses Nebeneinander von Ausdrücken, superb, das wäre nicht zu verachten als kleine pantomimische Live-Performance in einem der Ausstellungs-Nebenräume."

„Sorry, aber … Sie wurden mir beschrieben als knallharter, streng logisch analysierender Börsenexperte."

„Ach ja? Wie nett!"

„So stimmt das aber nicht", mischte sich Daniel ein. „Ich habe gesagt, er interessiert sich für Aktien."

„Sie etwa auch?", fragte Robin schmunzelnd.

Die ganze Zeit hatte er Lilia verzückt zwinkernd von oben bis unten betrachtet. Jetzt hakte er sie unter und zog sie aus dem Raum.

„Kommen Sie mal mit, Häschen, ich zeige Ihnen mein Trading-Kämmerlein."

„Sind Sie Franzose?", fragte Lilia, während sie durch ein komplett mit schwarzen Tüchern verhülltes Nebenzimmer geschleppt wurde, in dem eine einzige rote Kerze flackerte.

„Wie kommen Sie darauf?"

„Der Name …"

„Oh, nein, haha, ich bin Hofer. Aber kein gewöhnlicher."

„Wie sind denn die gewöhnlichen Hofer?"

„Ach, die Hofer …", seufzte er und schüttelte stumm den Kopf.

Sie gelangten in den Treppensaal der ausladenden Jugendstilvilla. Eine bleiverglaste Fensterfront, die vom Keller über das Erdgeschoss bis ins nächste Stockwerk reichte, war das einzige schmückende Element des kargen Aufgangs. Lilia war dabei, den krassen Gegensatz zu den Kitsch-Kabinettchen des übrigen Hauses zu verarbeiten und fragte:

„Warum nutzen Sie die Halle hier nicht auch als Ausstellungsfläche? Auf der breiten Treppe könnten Sie kleinere Objekte verstreuen."

„Was denn für Objekte?"

„Na, Kunstobjekte wie das Osternest mit den Steinchen oder den gefüllten Schlafsack – Sie sind doch Künstler, oder?"

„Nein, wo denken Sie hin. Was Sie meinen, ist die Deko, Häschen. Verkauft werden bei mir antiquarische Bücher und historische Wertpapiere."

„Ach? Ich habe bisher kein einziges Buch gesehen."

„Das ist doch gerade der Clou, die Leute müssen die Bücher suchen. Es ist meinem Publikum erlaubt, in alle Schränke und Vitrinen zu gucken, in alle Kisten, Kästen und Koffer, hinter und unter die Möbel, sogar im Schlafzimmer können sie herumstibitzen. Nur hier darf niemand außer Ihnen hinein."

Mit diesen Worten zog er sie von der Treppe zur schräg gegenüberliegenden ersten Tür eines langgezogenen und mit Teppichen ausgelegten Flures, stieß sie auf und präsentierte mit einem „Tata" den Raum dahinter. Lilias Blick fiel auf einen U-förmigen Schreibtisch mit drei Flachbildschirmen und einem zusätzlichen Laptop. Dominierend darüber hing ein drei Meter breites Gemälde, auf dessen linken zwei Metern vage, da künstlerisch verfremdet, aber doch unzweideutig der Dax-Verlauf zu erkennen war.

„Wird jährlich ergänzt von einem namhaften Künstler und Handelsfreund", erklärte Robin stolz und erfreute sich an Lilias verblüfftem Blick. Eine Regalwand war vollgepackt mit populärer Börsenliteratur und Zeitschriften wie „Der Aktionär" oder „Börse online". In einer Ecke des Schreibtisches lagen kreuz und quer übereinander ausgedruckte Chartbilder und dazu Lineale, Bleistift, Buntstifte, ein Radiergummi. Alle Charts waren vollgezeichnet mit Unterstützungs- und Widerstandslinien.

„Von wegen Kämmerlein", staunte Lilia, „Sie sind ein Profi-Trader."

„Ach, i wo, kein Profi", wand er sich geschmeichelt. „Mein liebes kleines Hobby ist das."

„Wie bei meinem Vater sieht's hier aus."

„Ihr Vater ist auch ein Börsenfreund?"

„War. Er ist leider im Sommer verstorben."

Robin hob betroffen die Hand zum Mund und ließ den Kopf hängen.

„Sehr herzliches Beileid." –

„Schauen Sie, das ist von ihm."

Sie zog aus ihrer Jeansjacken-Innentasche die zweimal gefalteten Tradinglisten hervor und gab sie ihm. Robin, sofort Feuer und Flamme, fischte aus einer Tasche seiner Strickjacke ein Monokel, das an einer Uhrkette an seinem breiten Schuppengürtel hing, und klemmte es ins linke Auge.

„Das sind auch meine Lieblingsaktien. Wir Börsenfreunde sind doch alle gleich, gell: Dax, Dax und nochmals Dax."

Er kicherte und ließ den Blick über die Mai-Liste fliegen.

„Da haben wir bei so manchem Trade gleichermaßen zugeschlagen. Hier ..."

Er deutete auf eines der Kästchen.

„Als die Deutsche Telekom die Flügelchen hängen ließ, hab ich auch unterstützend eingegriffen. Ihr Vater kam dem Ausverkauf sogar um vier, wenn ich mich an den zwischenzeitlichen Tiefstkurs recht erinnere, oder gar fünf Cent näher, ein echter Börsen-Hai. Nicht der schlechteste Trade war das, tja, heute steht das Papier wieder über 13, zeitweise nahe 14. Aber Ihr Daddy hatte ein durchaus anderes System als ich es habe."

Lilia beobachtete ihn schweigend dabei, wie er eine Liste nach der anderen studierte.

„Da machen Sie mir ein großes Geschenk, Häschen, es ist nichts annähernd so lehrreich wie anderen Tradern über die Schulter ... Moment mal!"

Robin war bei der Juli-Liste angekommen und stutzte. Das Monokel wechselte vom linken ins rechte Auge. Kopfschütteln. Kratzen und Wühlen in der aufgetürmten Wuschelfrisur.

„Ist das von ein und demselben Mann abgefasst? Die Handschrift scheint identisch, ja, aber ... wie bitte, ein Verlust von ... – nachdem er die Monate davor systematisch gewonnen hatte, das gibt's nicht, da stimmt etwas nicht."

„Siehst du", sagte Lilia nicht ohne Triumph zu Daniel, der ihnen schweigend gefolgt war.

„Auf einmal handelt der Mann ohne jedes System, der Dax spielt jetzt eher eine Nebenrolle, und ... Na so was! Das kommt mir fast so vor, als hätte er sich gezielt die Verlierer dieses Monats ausgesucht. Auch damit lässt sich eine Menge Geld verdienen, aber natürlich hätte er dann short gehen müssen – das hier begreife ich nicht."

„Short?", fragte Daniel.

„Auf fallende Kurse setzen", murmelte Robin, ließ sich kopfschüttelnd in seinen ledernen Schreibtischsessel plumpsen, startete einen der PC und schlug die Beine übereinander.

„Sonst fällt dir nichts auf?", fragte Daniel.

„Scht!", macht Lilia, „lass ihn doch."

„Wenn ihr meint, dass er von einem Moment zum anderen nur noch Papiere mit Zahlen im Wertpapiersymbol handelt, das ist ja offensichtlich. Ich muss da mal was nachprüfen …"

„Für Sie als Hintergrund:", sagte Lilia leise, „mein Vater hat an wenigen Tagen sein gesamtes Vermögen verspielt und ist gleich danach ums Leben gekommen. Ich vermute …"

„Da vermuten Sie ganz richtig."

„Was?"

„Momentchen noch."

Als der PC hochgefahren war, ging Robin ins Internet, rief die Startseite des Online-Brokers Comdirekt auf, tippte P1Z. etr in die Wertpapiersuchzeile ein und forschte, als das Papier aufgerufen war, nach einer ganz bestimmten Angabe.

„Die Umsätze", murmelte er, „gleich haben wir's."

Er gab einen weiteren Befehl ein. Das Bild wechselte, eine praktisch identische Abbildung erschien.

„Aha!"

„Klärst du uns bitte auf", verlangte Daniel etwas genervt.

„Aber gerne doch. Schaut her, man kann jede Aktie an verschiedenen Handelsplätzen kaufen und verkaufen. Die höchsten Umsätze hat man in der Regel auf dem vollelektronischen Handelssystem Xetra, auch für Ihren Vater war das obligatorisch, er hat deswegen nie einen Vermerk zum Handelsplatz gemacht. Xetra ist billiger, geht schneller, man bekommt exaktere Kurse."

„Ja und?", fragte Daniel.

„Ich weiß schon, was Sie meinen", übernahm Lilia. Sie zeigte auf dem Bildschirm links unten auf die sechste Zeile des Kursdaten-Kästchens. „Bei dieser Aktie hier haben im Parketthandel Frankfurt heute 530 Stück den Besitzer gewechselt. Und unter Xetra …"

Robin klickte zurück auf die vorherige Anzeige.

„116.762 Stück."

„Ja und?", kam es abermals von Daniel.

„Du wiederholst dich, alter Negativling", mäkelte Robin.

„Das heißt, diese Aktie in Frankfurt zu handeln, ist in der Regel Blödsinn. Aber genau das hat mein Vater gemacht. Bisher ist mir das noch gar nicht aufgefallen."

„Weil es nur ganz selten vorkommt", murmelte Robin. „Da, beim größten Teil der Trades gibt es keinen Vermerk zum Handelsplatz, außer bei der Münchner Rück, die er absurderweise in Berlin-Bremen handelt, MUV2.bre – da, seht Euch das an: Tagesumsatz auf Xetra 1,7 Millionen Stück, in Frankfurt 9.853 und in Berlin-Bremen gerade mal 100. Bei ihm damals waren es 200, die er bestens eingestellt hatte, ein Irrsinn an dieser Börse. Das macht man nur als blutiger Anfänger – oder eben, wenn man absichtlich verlieren will."

„Wieso, was heißt das: Bestens?"

„Eine unlimitierte Order", erklärte Lilia.

„Na und?"

„Also das funktioniert so", übernahm Robin und veränderte seine Sitzposition. Man sah ihm an, wie sehr er es genoss, endlich einmal ausufernd über das Thema reden zu können – und wie wenig ihm Daniel dabei bisher offenbar zugehört hatte.

„Die Münchner Rück kostet meinetwegen aktuell 125 Euro pro Aktie. Ein besonderer Pfiffikus sagt sich, die will ich billiger, und stellt einfach mal eine Order mit 200 Stück zu 115 Euro ein. In der Regel kann er warten, bis er schwarz wird, aber unter bestimmten Bedingungen, zum Beispiel nach einem Terroranschlag, geht es in Sekundenschnelle nach unten, die Order wird bedient. Daran ist dem Pfiffikus nicht unbedingt gelegen, denn wer sagt denn, ob es danach auch wieder raufgeht. Worauf der spekuliert, ist die Dummheit eines Anfängers, der nicht auf den Handelsplatz schaut und kein Limit eingibt."

Lilia räusperte sich, als sie Daniels fragendes Gesicht sah, und erklärte: „Limit heißt: Wenn die Aktie gerade 125 Euro wert ist, will der Anbieter genau diese 125 Euro dafür haben oder auch beliebig mehr, keinesfalls aber weniger."

„Alles klar. Und wer unlimitiert ordert, akzeptiert jeden Preis?", fragte Daniel.

„Ganz genau", lobte Robin. „Der Schnäppchenjäger jubelt, denn in Berlin-Bremen luchst er dem Dummling eine Aktie für 115 Euro ab, die er gleich darauf auf Xetra für 125 Euro wieder loswerden kann. 10 Euro Differenz in diesem Fall macht mit einem Wimpernschlag 2.000 Euro Gewinn bei besagten 200 Stück."

„Leicht verdientes Geld", sinnierte Daniel.

„So leicht auch wieder nicht, man muss warten können, denn so was klappt vielleicht alle paar Monate mal, außer ..." – Robin sah hinüber zu Lilia und die ergänzte seinen Satz:

„... außer jemand sieht diese Order und bedient sie ohne Limit, weil er absichtlich Verlust machen will."

„Okay, in einem solchen Fall aber – wären die von Xetra abweichenden Handelsplätze keine Besonderheit, die auf einen Code schließen lassen, sondern schlicht Notwendigkeit", gab Daniel zu bedenken.

„Das müsste man anhand aller in Auftrag gegebenen Trades überprüfen."

„Kann man denn das – ich meine, so weit rückwirkend?"

„Bei den Brokern, mit denen ich arbeite, wohl eher nicht. Die Polizei könnte es, wenn sie die entsprechenden Unterlagen einfordert, aber bei dieser Ordermenge ist das eine Fieselarbeit ohnegleichen."

„Die Ermittler damals wollten schon von einem möglichen Code nichts hören und wollen es bis heute nicht", sagte Lilia frustriert. „Aber das ist jetzt erst mal egal, konzentrieren wir uns auf das, was wir prüfen können. Angaben zum Handelsplatz gibt es noch bei drei anderen Aktien seiner Zahlenkürzel-Trades: SIX2.fse, SOO1.fse und DRW3.fse."

„Momentchen", trällerte Robin, gab die Symbole ein und verglich jeweils die Handelsplätze. „Sixt, Solon und Drägerwerk – in allen drei Fällen sind die Umsätze unter Xetra erheblich höher. Dann haben wir da aber seltsamerweise CCC3 ist gleich Coca Cola ohne Angabe, was wiederum ... – nein, hier zumindest sinnvoll war."

„Was meinst du?"

„Bei ausländischen Papieren wie eben Coke sind meist die Umsätze in Frankfurt höher als auf Xetra. In diesem Fall aber gerade nicht."

„Und was bedeutet das?"

„Keine Ahnung. Wahrscheinlich gar nichts."

Lilia, die bei den Erklärungen und Abschweifungen zunehmend ungeduldig geworden war, nahm Robin die Listen aus der Hand und machte damit ein paar Schritte planlos durch den Raum.

„Egal, fassen wir zusammen, was wir haben: Von den 20 Zahlenkürzel-Aktien werden scheinbar willkürlich, aber konsequent genau fünf an anderen Börsen als Xetra gehandelt. Münchner Rück zum Beispiel …"

Sie ließ den Zeigefinger über die Kästchen der Listen fahren.

„… zwei mal und beide Male in Berlin-Bremen. Was könnte das bedeuten?"

„Wie viele Buchstaben hat das Alphabet?", fragte Daniel gedankenverloren. Er murmelte alle Buchstaben durch und zählte mit den Fingern.

„26 ohne ä, ö, ü."

„Schade."

„Wieso?"

„Weil ich dachte, vielleicht steht jedes Symbol für jeweils einen Buchstaben des Alphabets."

„Das wäre ein bisschen zu einfach", meinte Robin. „Wobei ein möglicher Code aber auch nicht zu kompliziert sein dürfte. Immerhin musste er im Kopf die Übersicht behalten über das, was er anhand der Kürzel mitteilen wollte – mal angenommen, er konnte den Code nicht aufschreiben, weil er irgendwie bedroht wurde, und davon gehen wir doch aus, oder? Sonst macht das alles auch gar keinen Sinn."

„Bei meinem Vater können wir ruhig von einer ganz harten Nuss ausgehen."

„Aber zu kompliziert durfte er es trotzdem nicht machen, wenn er wollte, dass seine Botschaft auch verstanden wird. Er konnte ja nicht sicher sein, bei wem sie landet und wie schlau dieser Empfänger sein würde."

„Aber wir sind uns einig, dass ein Code dahinter steckt?", fragte Lilia und schaute zweifelnd von einem zum anderen. Robin ließ sich von Lilia die Kurslisten geben, überflog sie noch einmal und schaute dann zu ihr auf.

„Mein liebes Häschen, für mich gibt es da keinen Zweifel: Die Auswahl der Papiere war ganz klar nicht sachbezogen, sondern hatte andere Hintergründe."

„Will heißen?", fragte Daniel.

Robin rollte mit seinem Stuhl zu ihm herum, hob die Brauen, so dass ihm das Monokel entglitt, und wedelte mit den Kurslisten.

„Soll heißen: Irgendetwas wollte dieser Trader uns mit der Auswahl seiner Trades sagen. Und um auf die bisher unausgesprochene Vermutung meinerseits zurückzukommen: Ich glaube nicht, dass es die Wut über seine Verluste war, die ihn umgebracht hat."

6

„Was soll denn das werden?"

Gerhard Crisseltis zuckte herum und ließ beinahe die Glasscheibe fallen, als er direkt hinter sich die Stimme hörte.

„'tschuldigung, Herr äh, ich wollte Sie nicht erschrecken."

Crisseltis erkannte aus den Augenwinkeln die blau-gelbe Postboten-Uniform, beruhigte sich, stellte vorsichtig die Scheibe ab und lehnte sie an die Wand.

„Ich hab Sie nicht gehört", murmelte er, „ich war in Gedanken."

„Hab an der Straße geparkt und zu Fuß gesucht. Konnte mir nicht vorstellen, dass hier wirklich jemand ist, die Adresse gibt es eigentlich gar nicht. Hier bitte."

Er reichte ihm einen amtlich aussehenden Umschlag und hielt ihm mit der anderen Hand Schreiber und Touchscreen-Display zur Bestätigung entgegen.

„Ich bräuchte dann hier eine Unterschrift."

„Wieso?"

„Das ist ein Einschreiben."

„Kanzlei Rollert, Halter und Kriens, Hamburg", las Crisseltis halblaut den Absender vor.

„Was wird denn das mit der Glasscheibe?", fragte der Postbote. Seine Stimme klang nuschelig, er kaute auf irgendetwas herum. Crisseltis störten seine langen, grauen, ungepflegten Koteletten und die pickelige Haut, und zugleich sagte er sich: Schau dich selbst mal an, alter Penner!

„Ich verglase die unteren Fenster neu", antwortete er beiläufig, während er unterschrieb und seine Unterschrift auf dem Display kaum wiedererkannte.

„Echt?", fragte der Postbote grinsend und mit offenem Mund weiterkauend. „Wieso?"

„Hier entsteht eine neue Touristen-Attraktion, gebaut von der Crisseltis Wildnis-Labyrinth und Gedenkstätten GmbH", sagte Crisseltis seinen Spruch auf. „Haben Sie das Schild nicht gesehen?"

„Ne. Ist nicht Ihr Ernst! Ich dachte, die Ruine wird bald mal abgerissen."

„Das ist keine Ruine, sondern eine denkmalwürdige Anlage. Hier wird ganz bestimmt nichts abgerissen."

„Denkmal? Dieses Stasirattenloch? Darauf kommt auch nur einer aus dem Westen."

„Wieso?"

„Mitten in der Wende wollten die hier noch mit Panzern ausrücken."

„Eben. Hier hat sich ein Stück Weltgeschichte ereignet."

„Weltgeschichte, ph! Stalinistische Provinzrambos waren das."

„Waren Sie hier stationiert?", fragte Crisseltis interessiert.

„Ne!"

„Oder haben Sie mit jemandem gesprochen, der dabei war?"

„Auch nicht. Ich weiß nur, was man so hört."

„Gerüchte also", brummte Crisseltis enttäuscht.

„Ne, das war schon so. Immerhin haben sich die Typen, die hier am Werk waren, nicht in Luft aufgelöst."

„Dann kennen Sie jemand von damals? Können Sie mir Namen sagen? Wissen Sie, ich würde gern nähere Details erfahren, um die Geschichte dieses Ortes zu recherchieren. Für ein Dokumentationszentrum."

„Ne, ich kenne niemand. Besser, man lässt das hier alles zuwachsen und vergisst es."

„Na ja", meinte Crisseltis, „so was Ähnliches entsteht hier zusätzlich noch."

„Ich muss jetzt weiter", nuschelte der Postbote und nahm ihm das Registriergerät aus der Hand.

„Ein Wildnislabyrinth."

„Was für ein Ding?"

„Einen Teil der Anlage lasse ich so überwuchert und vom Wald zurückerobert, wie er jetzt ist."

„Na und?"

Der Briefträger hatte sich schon zum Gehen gewandt, für ihn war das Gespräch beendet. Crisseltis begleitete ihn zur Ausfahrt; das Einschreiben in seiner rechten Hand hatte er vergessen. Du willst Touristenmassen anlocken, sagte er sich, dann versuch jetzt wenigstens, diesen einen Mann hier zu begeistern.

„In Rio hab ich so was mal gesehen, den Lage-Park. Eine verwunschene kleine Urwald-Welt mit Brücken, Türmchen, Höhlen, verschlungenen labyrinthartigen Wegen …"

Crisseltis registrierte einen zweifelnden Seitenblick. Der Postbote war fast schon auf der Flucht vor ihm. Jetzt erst recht!

„… und genau so was will ich hier auch anlegen. Die Wildnis ist ja schon da, eingewachsen darin die alten Gebäude und Anlagen. Sie müssten sich auf dem Gelände mal umschauen, es gibt sogar noch einen Sportplatz."

„Ne, danke."

Der Briefträger riss die Tür seines Postautos auf und schwang sich hinein.

Nicht lockerlassen!

„Als ich das erste Mal hier herumstreunte, dachte ich: Wow, das ist, als könnte ich einen Blick in die Zukunft werfen, auf die Zeit nach dem Ende der Menschheit. Alles, was zwei Beine hat, ist weg, und nun holt sich die Natur ihr Terrain zurück. Die Aufmarschplätze sind jetzt verfilzte, hüfthohe Wiesen, aus den Kanaldeckeln sprießen armdicke Bäumchen, auf den Dächern und in den Häusern wuchern Sträucher und Gebüsch."

„Nix für ungut, aber für mich ist das einfach nur ein Schandfleck erster Güte", nuschelte der Briefträger, ohne Crisseltis anzuschauen. Er startete den Motor.

„In ein paar Monaten ...", rief Crisseltis, aber die Tür war schon zu, der Wagen rollte von der Auffahrt zur Straße.

Jetzt fiel ihm der Brief in seiner Hand wieder ein. Er riss ihn auf, während ein Schotterlastwagen vom nahen Steinbruch Richtung Neundorf an ihm vorbeirumpelte.

„Unterlassungsverfügung", las er gegen den Lärm an, schnaufte und schüttelte den Kopf. „... ist es Ihnen unter Strafandrohung verboten, weiterhin die Firma HBI, insbesondere den Inhaber und Geschäftsführer Hr. Hartriegel, durch Telefonanrufe zu belästigen und/oder um Geld anzubetteln."

Crisseltis zerknüllte Brief und Umschlag zu einer Papierkugel, warf sie in die Luft und kickte sie mit einem Fußtritt schwungvoll auf die Straße.

„Von wegen betteln. Du wirst mich noch anbetteln, dass ich dich mitmachen lasse!"

7

„Seid ihr ein Pärchen?"

Lilia saß mit Daniel auf einer nachträglich zum Wintergarten umgestalteten ehemaligen Terrasse, eingerahmt von unzähligen Yuccas, an einem runden, wackligen Holztischchen und nippte an einem Cappuccino.

„Wer, wie, Pärchen, meinst du etwa ...?", fragte Daniel sichtlich irritiert und deutete mit dem Zeigefinger auf sich und mit dem Daumen nach oben in ungefähre Richtung des Büroraums, wo Robin sich unter großem Tamtam empfohlen hatte und zurückgeblieben war, um zu versuchen, einen möglichen Code zu finden und zu knacken.

„Da ist doch nichts dabei heutzutage."

„Spinnst du? Du kannst dir doch nicht so einfach eine Meinung bilden. Ich zahle Miete, und, ja, wir sind außerdem befreundet, meinetwegen auch sehr lange und sehr gut befreundet, mehr aber nicht."

„Reg dich doch nicht so auf."

„Tu ich ja gar nicht. Es ist zwar nichts dabei, aber wir sind trotzdem nicht das, was du jetzt meinst. Weder ich noch er."

„Nicht? Wo ist denn eigentlich deine Wohnung?"

„Wohnung?"

„Ja, hier im Haus. Wenn du Miete zahlst, musst du doch auch irgendwo Räume für dich zur Verfügung haben. Außerdem tust du das auch."

„Was?"

„Dir einfach eine Meinung bilden."

„Über wen?"

„Über mich. Frag nicht so dumm."

„Inwiefern?"

„Was war deine erste Vermutung über meine Motive? Ganz mies, dass ich bloß eine Story suche. Dann, etwas weniger mies, aber ganz schön indiskret, dass ich ein schlechtes Gewissen habe und nicht loslassen kann, weil ich an meinem Vater nachträglich was gutmachen will. Dass wirklich ein Verbrechen hinter seinem Tod stecken könnte, glaubst du doch immer noch nicht."

„Ich glaube, dass die Polizei ein bisschen mehr von so was versteht als du und ich. Oder gar noch Robin ..."

„Die Hälfte aller Morde bleibt ungeklärt, weil man sie für natürliche Todesursachen oder Unfälle hält."

Daniel schob seine Tasse zur Seite und lehnte sich zurück.

„Das kann ja alles sein ..."

Lilia ließ den Kopf kreisen, betrachtete jedes Detail des Wintergartens, schaute hinaus auf die Bäume, die schon im Schatten standen und hinter denen nur an den vorbeihuschenden Lichtern der Feierabendverkehr auszumachen war. Mit einer schnellen Drehung des Kopfes erwischte sie Daniel dabei, wie er sie anstarrte.

Sie lächelte ihn übertrieben strahlend an.

„Schön habt ihr's hier."

Daniel legte den Kopf schief und verzog den Mund ob der erneuten Anspielung.

„Find ich auch."

„Also, wo ist nun dein Wohnbereich?"

„Überall und nirgends."

„Sprich …"

„Wo mein Schlafsack gerade hingekickt wurde, da penne ich. Im Moment hat ihn Robin für seine nächste Ausstellung beschlagnahmt und mit irgendwas ausgestopft. Also werd ich das Zeug entweder entfernen oder mir eine Decke suchen und mich heute Nacht auf irgendeine Couch verkrümeln."

„Du hast überhaupt keine eigenen Räume?"

„Ich zahle auch nicht gerade viel. Eher symbolisch …"

„Wie lange geht das schon so?"

„Keine Ahnung. Ein paar Jahre …"

„Woher kennt ihr Euch?"

„Schiller-Gymnasium, Sport-LK."

„Leistungskurs Sport, ihr zwei?"

„Da gibt's überhaupt nichts zu grinsen. Robin war ein Top-Volleyballer. Und ich, also, mir lag eigentlich alles. So halbwegs."

„Und danach habt ihr euch so derart auseinanderentwickelt."

„Wie, auseinanderentwickelt, was meinst du? Weil er jetzt so dick ist, ich meine imposant?"

„Auch."

„Und noch?"

„Gehört ihm diese Villa?"

Daniel brummte statt einer Antwort.

„Und was gehört dir?", bohrte sie weiter.

Für einen Moment sah es aus, als wolle er zu einer heftigen Erwiderung ansetzen – aber er hielt inne, grinste und deutete durch ein Nicken an, dass er bereit war, das Spiel weiter mitzuspielen.

„Vielleicht war er ja schon immer reich. Und ich war schon immer arm."

„Selbst wenn. Er jedenfalls tut etwas. Und du bist ein fauler Hund."

„Ich tue auch etwas!"

„Du meinst deine Saale-Spaziergänge? Und was tust du noch?"

Seine gespielte Empörung wandelte sich in echte. Lilia betrachtete fasziniert die minimale Veränderung im Gesichtsausdruck, die anzeigte, dass sie einen Nerv getroffen hatte. Sie liebte dieses Spiel.

„Werte das gefälligst nicht so ab! Ich habe vielleicht kein Psychologie-Studium hinter mir …"

„Ich werte es ja gar nicht ab. Ich bezweifle nur, dass dich das ausfüllt."

„Darum geht's doch gar nicht."

„Ach nein?"

„Wir leben in einer Zeit, in der keiner dem anderen mehr wirklich zuhört. Die Menschen sehnen sich danach, ihre Probleme mitzuteilen. Bloß weil ich kein Büro habe und keine Sekretärin und keine festen Stundensätze …"

„… und keine Ahnung, was du da eigentlich machst."

„Ich habe meinen gesunden Menschenverstand, das reicht. Die Leute verabschieden sich von mir nicht als durchanalysierte Wracks, sondern klarer im Kopf und frisch gestärkt."

„Du musst dich nicht verteidigen."

„Verteidigen?"

Daniel stand so heftig auf, dass der Stuhl fast umkippte. Lilia nickte und nippte gelassen an ihrer rosenverschnörkelten Tasse.

„Ich verteidige mich doch gar nicht, hab ich nicht nötig. Aber was ist eigentlich wirklich dein Problem? Das mit deinem Vater, willst du Hilfe dabei – oder andere Leute anstänkern?"

„Und wenn es so wäre? Wenn mir Stänkern ein Herzensbedürfnis wäre, das ich bei dir gegen Geld ausleben will? Ließe sich ein wirklicher Profi so von mir provozieren? Würde ich das wollen? Oder wäre es nicht eher kontraproduktiv?"

„Ist mir doch egal. Ich versuche, dir zu helfen, dein Code-Ding auf die Reihe zu bekommen, deswegen sind wir hier. Zerpflücken lasse ich mich nicht."

Lilia schaute ihn interessiert an, registrierte, dass er genug hatte, und zauberte schnell ein versöhnliches Lächeln ins Gesicht.

„Tut mir leid. Komm, setz dich wieder. Ich bin nur neugierig. Wechseln wir das Thema."

„Das Thema ist nicht das Thema. Wechseln wir lieber deine Fragetechnik."

Er warf sich in einen Sessel, der aussah wie eine überdimensionale, geöffnete Hand. Das Ding pendelte und wackelte unter seinem Schwung und knickte fast ein.

„Das dauert vielleicht", murrte er vor sich hin und hielt das Schaukeln künstlich durch Beinstöße aufrecht.

„So richtig schön scheußlich", kommentierte Lilia.

„Was?"

„Das Ding, auf dem du da herumturnst. Ist das als Möbel gedacht oder als Deko?"

„Das weiß man bei Robin nie so recht."

„Wie heißt er eigentlich noch? Auf dem Klingelschild steht nichts."

„Weil ihn jeder kennt. Robert Theodor Schmittnagel heißt er, aber verrate bloß nicht, dass ich dir das gesagt habe."

„Robert – Theodor – Schmittnagel?", lachte Lilia ungläubig. „Wie uninspirierend, unromantisch und … unschwul."

Daniel sah sie tadelnd an und schaukelte weiter.

„Robin ist sein Künstlername. Hat er sogar in den Ausweis eintragen lassen."

„Er ist also Künstler?"

„Ein raffinierter Geschäftsmann ist er. Wenn du wissen willst, was er wirklich macht: Er reist durch die Lande und klappert Trödelläden und Flohmärkte ab auf der Suche nach antiquarischen Büchern und sonstigem angestaubtem Kram. Das Zeug erfeilscht er sich für fast umsonst und verkauft es dann in seinem eigenen Laden in der Marienstraße fürs was-weiß-ich-wie-viel-fache weiter. Oder über E-Bay und was es sonst noch gibt im Internet, ich kenn mich da nicht aus. Und die Einnahmen vervielfacht er wiederum mit seinen Aktiengeschäften. Der Bursche ist superhyperreich. Eigentlich könnte er sich längst zur Ruhe setzen."

Lilia verzog anerkennend die Mundwinkel.

„Nicht schlecht mit … geschätzt 30?"

„Er ist 29, ich 30. Sonst noch Fragen?"

Er pendelte und lächelte und räkelte sich. Lilia kam es vor, als sei auch seine Empörung nur gespielt gewesen. Teil des Spiels – nicht, weil sie ihn aus der Reserve gelockt hatte, sondern weil er erwartet hatte, dass es ihr Freude machen würde, ihn aus der Reserve zu locken. Sie lächelte zurück.

„Jede Menge. Was soll das dann mit den Ausstellungen oder Kunstaktionen hier, dieses chaotische Gerümpel-Durcheinander?"

„Wenn du hier rausfliegen willst, dann stell diese Frage mal genau so dem Robin. Er liebt sein Gerümpel. Für ihn ist es Kunst. Und die Leute kommen, weil sie wissen wollen, was er sich nun schon wieder hat einfallen lassen. Unterm Strich hat jeder seinen Spaß. Und für Robins Geschäft ist es die beste und billigste Werbung, die man sich vorstellen kann. Einzig Leidtragender bin ich, weil ich ständig den Schlaf- und Leseplatz wechseln muss."

„Und was …?"

Sie hörten oben die Tür zum Tradingraum aufgehen und Robin grazil-schwerfällig die Treppe herunterstöckeln.

„Also, wie lautet der Code?", fragte Daniel, als die fliederfarben-leuchtende Tropfengestalt seines Hausherrn in der Tür erschien.

Robin wedelte mit einem Zettel und seufzte theatralisch, als sein Blick auf Daniel fiel.

„Entferne dich bitteschön aus meiner Riesenhand, du Flegelchen. Scheuch-scheuch! Herumlümmeln auf wertvollen Kunstobjekten verboten!"

„Jetzt sag schon!", forderte auch Lilia.

„Ihr Kinderchen, solch drängende Neugier lässt mich ganz stumm und zurückhaltend werden und förmlich erstarren. Ich muss das nach meinem Gusto loswerden oder es für mich behalten."

Daniel lehnte sich enttäuscht zurück und murrte:

„Das heißt, es ist gar nichts dabei herausgekommen."

„Nicht so schnell mit den vorschnellen Urteilen. Ich berichte besser ganz von vorn, damit ihr Unwissenden mir auch folgen könnt. Habt ihr schon mal von der holländischen Tulpenzwiebel-Hausse gehört?"

„Nicht schon wieder die Tulpenzwiebeln", stöhnte Daniel und ließ sich mitsamt der Riesenhand nach hinten kippen.

8

Gerhard Crisseltis schüttelte das zerschrammte Einweg-Feuerzeug, schnippte wieder und wieder am Zündstein, bis endlich ein Flämmchen aufleuchtete und auf den Spirituskocher übersprang. Erleichtert stöhnte er auf und setzte den Campingtopf auf die Abstellfläche.

Er hatte kein elektrisches Licht in dem Verschlag, den er der Kasernen-Ruine als Wohnbereich abgetrotzt hatte, nur eine Jahrzehnte alte Petroleumlampe und ein paar Kerzen, die er sich in dieser Nacht aufsparen konnte, denn Sterne und Mond schienen hell genug, um im Raum alles, was wichtig war, erkennen zu können. Sturmböen drückten gegen die verschmierte, aber zum Glück noch intakte Fensterscheibe. Das Feuer im alten Kanonenofen knisterte und knackte dazu.

Richtig gemütlich, dachte Crisseltis, lehnte sich zurück gegen die frostklamme Wand, zog die beiden Decken, in die er sich eingewickelt hatte, fester um die Schultern und wartete darauf, dass das Wasser im Campingtopf kochte. Meine Situation, so elend sie ist, dachte er, sie hat auch lehrreiche Aspekte. Wer in einer ständig beheizten Wohnung lebt, weiß gar nicht, wie befriedigend es ist, einen eiskalten Raum warm werden zu fühlen, der rauen Welt ein bisschen Gemütlichkeit abzutrotzen. Schön. Richtig schön.

Von jetzt an würde es Schritt für Schritt wieder besser werden, das spürte er genau. Er würde Geldgeber auftreiben, er würde den Winter nutzen können für erste Sicherungsarbeiten am Gebäude, bis dann im Frühling ein Bautrupp anrücken und seine Pläne in die Tat umsetzen würde. Bereits im Sommer würde er einen Teilbereich eröffnen können. Am besten, ich mache jetzt schon Werbung, schoss es ihm durch den Kopf. Aufschreiben das, sofort, wo ist die Liste, wo ist der Kugelschreiber …?

Das Handy schreckte ihn aus seiner Suche nach Papier und Stift. *Eye of the Tiger* hatte er als Klingelton programmiert, eine Siegermelodie, sie durchflutete ihn bei jedem Anruf mit neuer Energie, so auch jetzt.

„Crisseltis Wildnis-Labyrinth und Gedenkstätten GmbH, Gerhard Crisseltis am Apparat", meldete er sich kraftvoll und störte sich sofort daran, dass seine Stimme hier im kahlen Raum so hohl klang. Nicht professionell genug, da muss sich was ändern, das kommt mit auf die Liste: Irgendwas als Schallbrecher an die Wände stellen.

„Hey, du bist noch im Dienst", hörte er eine gezwungen freundlich-begeistert klingende Stimme antworten. „Das ist toll."

„Wendi?"

„Ja, ich bin's, Wendelin, dein Investor."

Das klang nicht gut. Dieser unfreundschaftliche Hinweis gleich zur Begrüßung. Die nervöse Überdrehtheit in der Stimme. Die Uhrzeit des Anrufes.

„In erster Linie doch mein alter Kumpel Wendelin, oder?", ruderte Crisseltis gegen die Vorahnung an.

„Na logo. Wie geht's dir denn?"

„Super, es geht einfach … toll. Und dir?"

Er versuchte, bei aller Herzlichkeit, seine Stimme wie die eines erfolgreichen Geschäftsmannes klingen zu lassen.

„Dann läuft dein Laden?"

„Unser Laden, ja. Könnte nicht besser sein. Und bei dir? Alles im Lot?"

„Eher nicht so. Deshalb rufe ich auch an. Ich, äh ... Um am besten gleich zur Sache zu kommen ..."

„Ja?"

„Ich bräuchte dringend meinen Einsatz zurück, also, du weißt schon, die 3.000 Euro. Ist was Privates ..."

„Was ist denn passiert?"

„Ach, das gehört eigentlich nicht hierher, aber egal, Mo und ich, wir ... Das wird nichts mehr. Und wenn sie auszieht – ich allein kann mir die Wohnung nicht leisten, muss also umziehen, du verstehst schon."

„Tut mir leid", versuchte Crisseltis zu trösten, aber es klang deutlich durch, dass ihm das, was sich da abzeichnete, für sich selbst gewaltig leid tat.

„Dein Geld kannst du natürlich jederzeit wiederhaben, wie versprochen."

„Gott sei Dank!"

„Aber es ist hier gut investiert. Ich meine, wenn es auf der Bank fest angelegt wäre, würdest du es doch auch nicht so einfach abheben."

„Doch, auf jeden Fall."

„Du könntest bald schon ein Vielfaches ..."

„Ich brauch's aber jetzt."

„Schon klar."

„Kannst du es am besten gleich morgen an mich zurück überweisen? Hast du meine Kontonummer noch?"

„Ja, schon, aber so schnell ... Du erinnerst dich vielleicht, dass wir eine gewisse Kündigungsfrist ..."

„Aber doch nicht unter Freunden. Ich meine, das ist doch jetzt kein geschäftliches Gespräch, sondern wir wissen, ich hab dir das Geld als Freund zur Verfügung gestellt, bei allen Versprechungen von dir, und du hast als Freund ..."

„Natürlich, schon klar, auf jeden Fall. Aber es war eben auch eine geschäftliche Beteiligung, verstehst du. Dein Geld liegt ja nicht auf einem Konto herum, sondern wurde investiert."

„Aber doch nicht alles!"

„Ich fürchte schon."

„Du fürchtest?"

„Na ja, also …"

„Du willst mir doch nicht weismachen, du hättest jeden müden Euro irgendwo festsitzen und gar kein Bargeld zur Verfügung?"

„Um die Wahrheit zu sagen …"

Er hielt inne in der Erwartung, wieder unterbrochen zu werden. Zu hören war nur Schweigen. Ratlos starrte er auf den schwächer werdenden Feuerschein zwischen den Ofenklappen-Ritzen.

„Wendi? Es ist nicht so, dass ich nicht will, verstehst du, im Moment ist nur gerade eine gewisse Talsohle erreicht, also …"

„Du hast mir versprochen, bei unserer Freundschaft versprochen, dass …"

„Moment, Wendi, Freundschaft und Geschäft sind immer zwei paar Stiefel."

„Ich krieg mein Geld auf jeden Fall wieder, hast du gesagt, ein Vielfaches, hast du versprochen, aber im schlimmsten Fall mindestens den Einsatz."

„Ich weiß. Du erinnerst dich aber daran, dass nie von Kündigung Knall auf Fall und dann sofortiger Rückzahlung die Rede war. Ich meine, es handelt sich bei so was immer um Risikokapital, das im schlimmsten Fall auch ganz …"

„Sag mir bloß nicht, das Geld ist weg!"

Erstmals schwang eine Drohung in der Stimme mit. Crisseltis zwang sich, jetzt erst recht besonders freundlich und zuversichtlich zu klingen.

„Es ist höchstens im Augenblick weg, aber ich bin noch nicht am Ende, mein Geschäft gibt es noch, ein Konkurs ist in weiter Ferne, und …"

Oje-oje, dachte er, viel zu negativ formuliert, ich hätte …

„Du bist pleite, stimmt's? Genauso hörst du dich an."

„Ich stecke im Moment in genau der kritischen Phase, die jedes Unternehmen durchmacht, bevor der große Durchbruch kommt. Und ich schwör dir, ich werde alles tun …"

„Ich will mein Geld, Gerd, mir egal, was du deswegen tun musst."

„In einem Vierteljahr bekommst du es, falls du es dann überhaupt noch …"

„Mo will Unterhalt, die wartet kein Vierteljahr. Alles, was ich habe, sind Schulden. Ich brauche das Geld jetzt. Sofort, auf der Stelle. Am liebsten gestern."

„Sofort ist unmöglich."

„Verkauf deine Konkursmasse, dann hast du Geld."

„Es gibt keine Konkursmasse, ich bin noch im Rennen."

„Allein das Grundstück muss doch ein paar Tausender …"

„Wir haben alles für einen Euro bekommen, erinnerst du dich? Du hast doch das Protokoll der betreffenden Gesellschafterversammlung sicher …"

„Wo ist dann mein verdammtes Geld geblieben?!"

Diesmal war es Crisseltis, der schwieg. Aber es blieb ihm keine Bedenkpause.

„Morgen machst du die Überweisung, okay! Dann muss das Geld spätestens überübermorgen auf meinem Konto sein. Wenn nicht, dann …"

„Wendi, jetzt mal im Ernst!"

„Dann kannst du erleben, wie es sich anfühlt, wenn ich zwischen Freundschaft und Geschäft unterscheide!"

9

„Ich kenne die Tulpenzwiebel-Geschichte von meinem Vater", sagte Lilia und wischte rasch Keksbrösel und Kaffeeflecken weg, als sich Robin mit einem missbilligenden Blick auf Daniels bisherigen Platz setzte. Der kroch unterdessen hinter dem Riesenhandsessel hervor, stand auf und nörgelte: „Und mir hast du die Story schon mindestens tausendmal erzählt."

„Weil sie dich ein bisschen was über den Umgang mit Geld lehren könnte, mein sorglos in den Tag hinein lebender Kamerad."

„Und was haben die Zwiebeln mit einem möglichen Code zu tun?", fragte Lilia, obwohl das Thema „Daniel sorglos" sie durchaus interessiert hätte.

„Damals in Holland …", setzte Robin an und machte eine wedelnde Handbewegung, als Daniel aufstöhnte. „Damals wurde vermutlich erstmals etwas dokumentiert, das auch heutzutage noch regelmäßig stattfindet: Die Leute geraten in Panik, den großen Reibach zu verpassen, zahlen immer höhere Preise für etwas, das zunehmend gefragt und eigentlich schon viel zu teuer ist, womit die Preisspirale immer weiter hochgetrieben wird. So entstehen Blasen – damals bei den Tulpenzwiebeln, heute an den Aktienmärkten. Hat Ihnen der Cappuccino übrigens gemundet, Häschen?"

„Sehr, danke", hauchte Lilia.

Die beiden lächelten sich an, als wären sie allein im Raum.

„Eine Spezialmischung meiner Tante selig."

„Na und?", fragte Daniel dazwischen. Er ärgerte sich über das plötzliche Einverständnis der beiden und fühlte sich außen vor. Immerhin war er es gewesen, der sie miteinander bekannt gemacht hatte.

„Was, na und?", fragte Robin zurück, ohne Lilia aus den Augen zu lassen.

„Na was, na und? Was hat die Zwiebel-Blase mit dem möglichen Code zu tun?"

„Hier bitte, schau's dir selbst an."

Robin reichte Daniel die Zettel, die er von oben mitgebracht hatte. Mit der freigewordenen Hand fasste er nach Lilias ausgestreckten Fingern. Sie war im Begriff gewesen, ebenfalls nach den Zetteln zu greifen, wäre Daniel ihr nicht zuvorgekommen.

„Ich hätte Ihren Vater gerne kennengelernt, Häschen. Er war ein großer Geist. Seine Protokolle verraten so viel über ihn: seine Intelligenz, seinen Wagemut, seine Liebe zum Trading."

„Danke sehr."

„Was soll das?", fragte Daniel dazwischen und starrte auf den Zettel, auf dem eine Abfolge von Buchstaben und Zahlen ausgedruckt war:

SIX2 CCC3 HEN3 SIX2.fse ES6 DRW3.fse L1O SIX2.fse
NOA3 GWI1 P1Z.fse ES6 DRW3.fse SIX2 TUI1 SOO1.fse
ES6 DRW3.fse TUI1 SIX2 SOO1.fse L1O AS1 DRW3.fse ES6
DRW3.fse ES6 MUV2.ber SOO1.fse L1O UP4A TUI1 SIX2.
fse SOO1.fse NOA3 TUI1 DRW3.fse ES6 FPE3 FPE3 TUI1
HEN3 ES6 DRW3.fse MUV2 ES6 FPE3 SOO1.fse L1O TUI1
ES6 DRW3.fse NOA3 MUV2 SIX2.fse DRW3.fse AS1 NOA3
DB1 AS1 DB1 UP4A DRW3.fse SIX2 TUI1 MUV2 UP4A
SIX2 SIX2 AS1 L1O L1O ES6 SIX2 MUV2.bre ES6 DRW3.fse
SIX2 PHI1 SIX2.fse ES6 L1O ES6 NOA3 SIX2 TUI1 DRW3.
fse AS1 FPE3 ES6 FPE3 UP4A ES6 DRW3.fse

„Ich habe die geordneten Zahlenkürzelwerte einfach mal hintereinander geschrieben."

„Und was ist dabei herausgekommen?"

Robin ließ Lilias Hand los und stand auf.

„Ach Gottchen, ich habe alle erdenklichen Möglichkeiten geprüft, aber nichts macht einen Sinn, leider."

„Als da wären?", fragte Daniel und begriff plötzlich, was sich verändert hatte: Robin war verknallt! Das schwulstige Geschwafel seines Freundes und WG-Partners ebbte zusehends ab. Noch nie, seit er ihn kannte, hatte er derart normal geredet und sich benommen.

„Zum Beispiel: Die Zahl ist das Entscheidende und deutet auf den jeweiligen Buchstaben des Kürzels, der gilt: bei AS1 dann also das A, bei BC8 abgezählt im Kinderreim und-rausbist-du das C. Fehlanzeige. Oder: Die Zahl gibt in Rastern angeordnet den Hinweis, welchen Buchstaben im Alphabet sie symbolisiert. Auch nichts."

„In Rastern?", fragte Daniel ungläubig-spöttisch.

„Geometrische Kästchenstrukturen", lieferte Robin eine Erklärung, über die Daniel nur den Kopf schütteln konnte.

„Ich finde, das ist alles viel zu kompliziert gedacht. Wie wär's denn damit, dass der jeweils erste Buchstabe des Kürzels auch der gemeinte Buchstabe des Alphabets ist?"

Robin stöhnte. Lilia antwortete in das Stöhnen hinein: „Na, dafür hätte ich keine Hilfe gebraucht."

„Was?

„Längst geprüft, haut nicht hin."

„Was heißt, haut nicht hin? Was kommt denn dabei raus?", ließ Daniel nicht locker.

„Das da", antwortete Robin und fischte aus den verstreuten Zetteln einen heraus.

Daniel las: „SCHSEDLSNGPEDSTSEDTSSLADEDEMS-LUTSSN – TDEFFTHEDME – FSLTEDNMSDANDA – DUDST – MUSSALLESMEDSPSELEN – STDAFEFUED"

Kopfschütteln.

„Und rückwärts gelesen DEUFEFADTS …"

„Brauchst du gar nicht erst probieren", unterbrach ihn Robin.

Daniel schaute ihn an und fragte: „Was sollen die Gedankenstriche?"

„Die sind von mir an Stellen gesetzt, an denen mir der jeweilige Kästchen-Unterstrich minimal dicker gezeichnet vorkam als sonst. Kann ein Hinweis sein, aber auch eine Täuschung meinerseits."

„Wie völliger Wortsalat klingt das nicht", sinnierte Daniel. „Eher wie eine fremde Sprache. Vielleicht holländisch? Ach so – bist du deswegen auf die Tulpenzwiebel-Geschichte gekommen?"

„Interessanter Gedankensprung", lobte Robin, „aber nein, leider."

„Das ist überhaupt keine Sprache", mischte sich Lilia ein. „So weit war ich, wie gesagt, auch schon. Keine Sprache, kein Dialekt, selbst Esperanto scheidet aus."

„Mann, also … irgendwie ist das ja sehr viel komplizierter als es anfangs klang", murmelte Daniel und starrte wahlweise die Kürzelreihenfolge und den Decodierungsversuch an. „Aber je mehr man sich damit befasst, desto weniger willkürlich will es scheinen."

„Schön, dass du das auch endlich einsiehst."

„Nur leider fehlen eben die Ansatzpunkte zur Decodierung."

„Das Problem ist nicht nur das Fehlen von Ansatzpunkten, sondern die mangelnde Durchgängigkeit."

„Und was ist damit bitte wieder gemeint?", fragte Daniel genervt.

Robin seufzte, und der Seufzer war echt. Daniel ärgerte sich über diesen Gefühlsausdruck. Der überdrehte Robin, der vor allem dann seufzte, wenn es nichts zu seufzen gab, und die echten Seufzer-Momente abwartete, um Geschäfte zu seinen besonderen Gunsten abzuschließen, während seine Kunden vom Seufzen abgelenkt waren, dieser alte Robin war ihm wesentlich lieber.

„Es gibt einfach keine Regeln. UP4A zum Beispiel, ein Papierchen namens Aqua Society, hat keinen Zusatz zum Handelsplatz, was bei Lilias Vater so viel heißen sollte wie Xetra, aber das ist in dem Fall unmöglich, weil bei dieser Aktie auf Xetra kaum Umsatz stattfindet. Bei manchen Brokern kann man nicht mal eine Order dort stellen, alles läuft über Frankfurt. Hat er den Zusatz fse also nur vergessen? Aber jedes Mal bei UP4A? Auch das muss also was bedeuten, ich komme nur nicht dahinter, was."

„Sixt ist auch so ein Rätsel", ergänzte Lilia, „die handelte er mal in Frankfurt, dann wieder, wie es zu erwarten gewesen wäre, auf Xetra, was auch keinen Sinn macht."

„Genau wie er Münchner Rück willkürlich auf Xetra oder in Berlin-Bremen orderte", ergänzte Robin.

„Auuuuußer ...", dehnte Daniel und verharrte.

„Was außer?"

„Vielleicht hat der Hinweis auf den Handelsplatz in dem Fall gar nichts mit der Order selbst zu tun, sondern dient nur als Tarnung für die eigentliche Information."

„Hab ich schon geprüft", kam es erwartungsgemäß von Lilia, „alle handschriftlich festgehaltenen Orders auf seinen Listen stimmen exakt mit den Orderbestätigungen des jeweiligen Brokers überein. Er hat UP4A, diese Aqua Society, also tatsächlich auf Xetra gehandelt. Auch die Sixt-Orders waren genauso durcheinander wie protokolliert."

„Na und?", beharrte Daniel. „Vielleicht musste er das machen, damit der spätere Mörder keinen Verdacht schöpft. Deshalb kann es doch trotzdem was bedeuten."

„Und was, bitteschön?"

„Xetra ist erste Wahl", murmelte Daniel halb fragend halb feststellend.

„Genau."

„Und Frankfurt zweite Wahl. Dann kommt Berlin-Bremen. Wie wäre es damit: …"

Er schaute erwartungsvoll von einem zum anderen.

„Womit?"

„Jedes Kürzel, bei dem nichts steht, ist erste Wahl, sprich: der erste Buchstabe zählt. Bei fse gilt der zweite, bei bre der dritte. Könnte doch hinhauen."

„Das habe ich allerdings noch nicht geprüft", presste Lilia kleinlaut hervor.

„Ich auch nicht, aber was sollte das auch schon …"

„Gib mal her!", verlangte Daniel und holte sich von Robin den Stift. Er begann damit, auf dem Decodierungsblatt alle Buchstaben zu übermalen, deren korrespondierendes Kürzel einen Zusatz zum Handelsplatz hatte. Lilia und Robin verrenkten die Hälse, um an ihm vorbeischauen zu können.

„Das gibt's doch nicht", flüsterte Lilia, „auf einmal …"

Daniel beendete sein Buchstaben-Übermalen, überflog den Text, setzte Querstriche innerhalb der Zeilen und filetierte damit Wörter aus endlosen Buchstabenreihen.

„Was sagt ihr dazu!", rief er schließlich, richtete sich auf und begann zu lesen:

„SCHIERLING ZERSTOERT SOLARE REVOLUTION – TREFF THERME – FOLTERN MIRANDA – DURST – MUSS ALLES VERSPIELEN – STRAFE FUER"

„Strafe für was?", fragte Robin sofort.

„Keine Ahnung. Mehr Zahlenkürzel gibt es nicht."

Lilia schluckte, räusperte sich und verdrehte den Kopf, als steckte ihr Hals in einer Schlinge.

„Ich habe eine Gänsehaut", krächzte sie und ließ sich auf den Stuhl sinken. „Das ist wie ein Hilferuf aus dem Grab."

10

Gerhard Crisseltis hockte auf seiner Matratze und spielte mit einer der Glasscherben, die im ganzen Gebäude verstreut lagen. Er war deswegen mit der Taschenlampe eigens unten im Keller gewesen, trotz seines Unbehagens in finsteren, unterirdischen Räumen, hatte sich eine besonders spitze und scharfe Scherbe herausgesucht, sie wieder mit hoch genommen, seine wenigen Habseligkeiten geordnet und dabei zugesehen, wie das Feuer im Ofen niederbrannte und verlosch. Gleichermaßen hatte er seine Hoffnung verlöschen sehen, spürte nun die Kälte nach ihm greifen und ansonsten gar nichts in sich. Er hatte keinen Funken Hoffnung, keinen Ausweg mehr.

Wann würde man ihn wohl finden? Würde der Postbote sich die Mühe machen, wenn er eine weitere Rechnung, Mahnung oder Pfändung brachte, das Gebäude nach ihm zu durchsuchen? Wollte er überhaupt gefunden werden? Wäre es nicht ein schöner, romantischer Gedanke, hier an Ort und Stelle zu vergehen, sich aufzulösen und für immer zu bleiben – an dem Ort, den andere so fürchterlich fanden und den er so liebte? Eines Tages würde alles einstürzen und würde das, was von ihm übrig blieb, unter sich begraben. Es würde Wildnis darüber wachsen, die Wildnis, die er sich als Park hier erträumte, und er wäre ein Teil davon.

Nur würde er nichts mehr davon mitbekommen.

Er wollte es aber mitbekommen!

„Ihr kriegt mich nicht klein", sagte er laut und schmiss die Scherbe an die Wand. Sie klirrte zu Boden ohne zu zersplittern, und das betrachtete er sofort als Zeichen. Irgendwann ist ein Punkt erreicht, an dem man nicht mehr weiter zerbricht, sondern kompakt genug geworden ist, um alles zu überstehen. Trotzig steckte er seine Beine in den Schlafsack, voll angekleidet, wie er es inzwischen gewohnt war, drehte sich auf die Seite und begann seine allnächtliche Selbstsuggestion: Er dachte so fest an sein Projekt, das Dokumentationszentrum und das Wildnis-Labyrinth, dass er das Bild mit in seine Träume nehmen und dort weiter mit Kraft aufladen würde.

Das heute war mein schwärzester Moment, dachte er noch. Von jetzt an wird es heller, der Tag ist nah.

11

Daniel nahm seine Regenjacke vom Haken, als Lilia mit zerzausten Haaren aus dem Gästezimmer kam, das Robin ihr am Vorabend aufgedrängt hatte. Es war Robins privates Kamin-, Lese-, Studier- und Kreativzimmer. Noch nie war es in eine seiner Vernissagen einbezogen worden, noch nie hatte Daniel mit seinem Schlafsack dorthin ausweichen dürfen, wenn alle anderen Räume belegt waren. Sich zum Lesen dort einzunisten, war genauso wenig erlaubt – aber für Lilia hatte Robin sogar in die hochheilige Ordnung des Möbel-Arrangements eingegriffen, hatte Platz für ein Schlaflager und ihre sonstigen Bedürfnisse geschaffen, obwohl er jede Menge andere Räume des riesigen Hauses viel leichter in Gästezimmer hätte verwandeln können, auch wenn sie als Durchgangsstation für die heutige Vernissage vorgesehen waren. Er wollte sie an seinem Lieblings-Ort haben, das war offensichtlich. Daniel indes hatte nicht mal seinen Schlafsack zurückbekommen, sondern war mit alten Decken in einen kalten Nebenraum auf ein durchgelegenes Sofa verbannt worden.

„Wo willst du denn hin?", fragte Lilia verschlafen-überrascht, als er schon halb zur Tür hinaus war.

„In die Bücherei. Bis später."

„Jetzt? Warte mal, ich dachte …"

„Was?"

„Wir wollten doch nach Bad Steben fahren und diese Therme besuchen."

„Robin und du, ihr habt das ausgebrütet."

„Er hat aber heute keine Zeit."

60

„Und ich bin nach wie vor der Meinung, du solltest mit dem entschlüsselten Code zur Polizei."

„Will ich ja. Aber es kann nicht schaden, wenn wir uns danach einen schönen Saunatag gönnen. Wann kommst du denn zurück?"

„Irgendwann heute Abend."

Daniel wollte die Tür von außen zuziehen, aber Lilia, die in einem von Robins ballonartigen T-Shirts steckte, das er ihr als Nachthemd geliehen oder geschenkt hatte, schnappte nach dem Knauf und hielt ihn fest.

„Warte, warte, komm noch mal rein, bitte."

„Wieso?"

Widerstrebend ließ er sich nach innen ziehen. Lilia schloss die Tür.

„Bist du irgendwie sauer auf mich?"

„Nein."

„Gestern warst du ganz anders. Anfangs …"

„Gestern war auch noch alles ganz anders."

„Inwiefern?"

„Es gab eine Aufgabe zu lösen, und sie wurde gelöst."

„Und damit ist der Fall für dich erledigt?"

„Natürlich."

„Und die tausend Fragen, die sich aus der Geheimbotschaft meines Vaters ergeben? Wer oder was ist Schierling, was hat es mit dieser Solaren Revolution auf sich, warum musste er alles verspielen? Da steht *foltern Miranda*, verdammt noch mal, das war seine Lebensgefährtin! Was ist mit ihr passiert? Wurde sie wirklich gefoltert, danach vielleicht entführt, umgebracht? Und haben sie meinen Vater auch gefoltert, bevor sie ihn …?"

Sie brach ab und schniefte. Daniel sah ihre Augen feucht werden und seufzte mitleidig und hilflos.

„Lässt dich das denn alles kalt?", fragte sie leise und fuhr sich durch die Haare.

„Nein, natürlich nicht. Aber du hättest gleich gestern damit zur Polizei gehen müssen."

„Ich hab eine Telefonnummer von dem Kommissar oder Hauptkommissar, der damals zuständig war. Ich ruf ihn dann gleich an. Fährst du mit mir nach Bad Steben?"

„Ich hab kein Auto."

„Aber ich, du Dödel."

Sie wischte sich über die Augen und lächelte schniefend.

„Ich steh nicht auf Sauna."

„Jetzt komm schon."

Oben ging eine Tür auf. Robin polterte über den Gang zur Treppe und die Stufen hinab.

„Guten Morgen, guten Morgen, habt ihr süß geschlafen, meine Lieben?"

Mit turmhoher Wuschelfrisur, rosig betupften Wangen und flatternden Klamotten erschien die überbreite Gestalt des Hausherrn. Er strahlte und tat sogleich erschreckt, als sein Blick auf Lilia fiel.

„Häschen, hast du geweint?"

Er eilte an ihre Seite, hakte sich bei ihr unter und zog sie durch den Hausflur Richtung Küche.

„Nun trockne deine Tränchen. Ich brühe dir einen schönen Kaffee auf, dann sieht die Welt auch gleich schon wieder sehr viel freundlicher aus."

Daniel sah ihnen hinterher, verzog eine Braue und schüttelte den Kopf.

„Daniel?", rief Lilia von der Küche aus.

„Ich bin in der Bücherei, wenn ihr was wollt", rief er grimmig zurück, riss die Haustür auf und stürmte hinaus.

„Die Büchlein dort lesen sich schließlich nicht von allein", flötete Robin zum Abschied aus der Küche, aber die Tür war schon ins Schloss gefallen.

12

„Nun kommen Sie schon, junger Freund, halten Sie durch, Sie haben's ja gleich geschafft."

Schierling hatte sich beim Sprechen weder umgedreht noch seinen Wanderschritt verlangsamt. Wie die Kolben einer geölten Maschine stampften seine stämmigen Kniebundhosenbeine über den engen, von Wurzeln überzogenen Waldweg bergab.

„Schließen Sie zu mir auf. Lassen Sie uns reden."

„Entschuldigen Sie bitte", murmelte der schmale junge Mann im dunklen Anzug und drängte sich vom letzten Platz der Dreier-Wandergruppe an Hartriegel vorbei hinter Schierling auf Platz zwei.

„Passen Sie doch auf!", murrte Hartriegel, als er wegen der Drängelei beinahe über eine Wurzel stolperte, und zischte lauter als beabsichtigt: „Kleiner Arschkriecher!"

Mit dem sechsten Sinn des talentierten Profi-Bücklings hatte der mit Pomade frisierte Schnösel beim Händeschütteln auf dem Thermen-Parkplatz in Bad Steben sofort erkannt, wer den Ton angab. Vor Schierling buckeln, lautete von da an die Parole – und mit Hartriegel umspringen wie mit einem besseren Sekretär. Am Telefon, als es darum gegangen war, den Termin für das Testgespräch zu vereinbaren, hatte der kleine Speichellecker noch vor Hartriegel verbal die Hacken zusammengeschlagen.

„Also, junger Freund", sprach Schierling in die eigene Laufrichtung, aber auch für Hartriegel ganz hinten noch deutlich zu hören. „Nun faszinieren Sie uns mal mit Ihrer Börsenerfahrung. Seit wann sind Sie denn Profi-Trader?"

„Schon seit zwölf … Jahren, Herr Schierling."

Erik Hensel, Nichtraucher, aber leider auch Nichtsportler, versuchte, seinen keuchenden Atem beim Sprechen zu kontrollieren und lebensfroh, forsch und durchtrainiert zu wirken. Seine Füße in den glänzend-polierten Bussiness-Schuhen schmerzten fürchterlich, vor allem am Ballen unter der linken großen Zehe. Sein Anzug war vom Nieselregen durchweicht, seine leuchtend rote, teure, neue Krawatte baumelte verschrumpelt wie ein alter Strickschal vor seinem Bauch. Auf alles hatte er sich vorbereitet, auf jede mögliche Fach- und Fangfrage, jeden psychologischen Winkelzug zur Ergründung seiner Flexibilität, Loyalität und

Teamtauglichkeit. Zur besonderen Herausforderung hatte er es sich gemacht, eben jene gefürchtete Aufforderung „Nun erzählen Sie mal ein bisschen von sich …" auf zwei Dutzend verschiedene Arten beantworten zu können und dabei vorher schon an der Stimmlage des Fragestellers herauszuhören, ob eher persönliche oder eher fachliche Auskunft gewünscht war. Aber darauf, dass sein erstes großes Bewerbungsgespräch am Arsch der Welt im Laufschritt über Stock und Stein bergab stattfinden könnte, dass ihn der Teamchef dabei nicht mal anschaute, sondern ihm den Rucksackbuckel und eine wippende Feder am Tirolerhut zuwandte, darauf hatten weder sein Stapel bunter Bewerbungsbroschüren und Ratgeberliteratur noch das Manager-Magazin ihn vorbereitet.

Wollte er für diese wanderlustige Knalltüte überhaupt arbeiten? Dieser Schierling, wie der schon daherkam! Man sollte ja nicht nach Äußerlichkeiten urteilen, aber ein Teamchef mit rotkariertem Wanderhemd und Lodenjacke – und dazu dieses Profil mit Hexenkinn und Säbelnase, das ihn an eine Zwickzange aus dem Werkzeugkasten seines Großvaters erinnerte oder an einen aufgerissenen Geierschnabel. Nett war er ja, irgendwie fürsorglich und väterlich, als er antwortete:

„Zwölf Jahre, beeindruckend. Sie müssen noch ein halbes Kind gewesen sein …"

„Ich war 14. Baute mir aus 1.000 Mark Startkapital … mein heutiges Vermögen auf. Setzte … zum Beispiel auf MLP und SAP, lange bevor sie in den Dax kamen. Finanzierte mir auch … mein Studium mit Börsengeschäften. Mein Vater … war es gewesen, der mein erstes Wertpapier-Depot für mich eröffnet hatte. Er meinte, ein junger … Mensch könne gar nicht früh genug an die Börse herangeführt werden. Mein Vater war …"

„Ja ja, schon gut, Ihr Vater spielt hier keine Rolle", unterbrach ihn Schierling mit schlagartig ganz anderer Stimme: drängend, fordernd, hart und kalt.

„Sagen Sie mir lieber, wie Sie aus dem Salami-Crash herausgegangen sind."

„Mit Gewinn natürlich, Herr Schierling."

„2003 im Vergleich zu 2000?", setzte der Geierschnabel mit einer Stimme nach, die keine Lüge duldete. Erstmals hatte er sich im Laufen halb umgewandt.

„Jawohl Herr Schierling, belegbar ... rund 20 Prozent im Zeitraum zwischen März 2000 und dem Tiefpunkt im Februar 2003. Leerverkäufe, müssen Sie wissen, sind ... mein Spezialgebiet."

„Wenn Sie so toll sind, warum wollen Sie sich dann überhaupt einer Gruppe wie der unseren anschließen?"

„Na ja, Herr Schierling, als Einzelkämpfer erreicht ... man irgendwann seine Grenzen. Ich will ... von Profis lernen, erhoffe mir ... den letzten Schliff als ... Trader."

Kaum ausgesprochen, erkannte er den Fehler und bekam von Schierling umgehend die Bestätigung.

„Mir ist ziemlich egal, was Sie sich erhoffen. Was ich von Ihnen hören will, ist: Welchen Vorteil kann sich unsere Gruppe von Ihnen erhoffen?"

„Na gut, also, Herr ..."

„Und Schluss mit dem Herr-Schierling-Gesülze!"

„Äh, Ihre Gruppe äh ... gewinnt mit mir einen hungrigen, ebenso wagemutigen wie risikobegrenzenden ..."

„Schwachkopf", unkte Hartriegel von hinten.

„Ist ja grauenhaft", stimmte Schierling ihm zu. „Nun lassen Sie uns mal Klartext reden: Wie viel Geld bringen Sie in die gemeinsame Kasse ein?"

„Knapp über ... eine Million ..."

„Ach Gott!"

„Und ich könnte noch ..."

„Jetzt fangen Sie bloß nicht auch noch mit sechsstelligen Beträgen an, die Sie sich irgendwo zusammenborgen. Ihre erste Einlage ist sekundär. Primär ist folgende Frage: Wie stehen Sie zum Börsengeschehen an sich?"

„Zum Börsengeschehen?"

„Wie lautet Ihre Philosophie?"

„Ach so, also ..."

„Antworten Sie nicht gleich, lassen Sie sich ein paar Minuten Zeit."

„Gerne."

„Wir sind sowieso gleich da. Da vorne ist es ja schon."

Der Wald öffnete sich. Sie gelangten über einen verschlungenen, glitschigen Pfad zu einem Haus, dem offensichtlich das Dach fehlte. Eingestürzt, nein, eine Bauruine war das, rohe Backsteine, unverputzt, die breite Treppe davor schon überwuchert von Brennnesseln.

„Das ist die Langenau", erklärte Schierling, „eines meiner bevorzugten Wanderziele auf dieser Welt."

„Und was soll das sein?", fragte Hensel. „Eine Art Geisterstadt?"

Er sah jetzt auch andere Gebäude, die um eine schmale Nebenstraße im Wald und ein riesiges, schwarz verschiefertes Jagdhaus verstreut lagen, dem alle Scheiben fehlten, die Fenster waren mit Brettern vernagelt. Schräg gegenüber verbarg sich hinter Bäumen und Sträuchern ein mit Holzschindeln verkleidetes Wohnhaus mit hohem Dach und verrammelten Fensterläden. Direkt auf der Treppe eines kleineren, unverputzten Nebengebäudes wuchs ein junger, aber schon ausladender Ahorn weit übers Dach hinaus.

„Nein, die ehemalige Forstbehörde von Bad Steben. Vor einigen Jahrzehnten wollte mal jemand das Verwaltungsgebäude zu einem Ausflugszentrum mit Gastronomie ausbauen und begann mit der Errichtung von Nebengebäuden, aber das Unternehmen wurde im Ansatz aufgegeben."

„Und jetzt?"

„Ist es ein romantisch-verwunschenes Wanderziel mit erstklassiger Heilwasserquelle."

Schierling ließ seinen Rucksack vom Rücken gleiten, während sie die Straße überquerten und auf ein Brunnenhäuschen am gegenüberliegenden Waldrand zustapften.

„Max-Marien-Quelle – Staatliche Kurverwaltung Bad Steben" stand auf einem Schild über dem Zapfhahn. Aus den Tiefen von Schierlings kugelförmigem Rucksack kam ein Stapel von ineinander gesteckten Plastik-Trinkbechern zum Vorschein. Er entnahm drei davon und steckte die anderen zurück.

„Für mich ist dieses Wasser das reinste Lebenselixier", schwärmte Schierling, stellte seinen Rucksack neben der Quelle ab, drückte einen Knopf neben dem Hahn, ließ die ersten Liter ins rostige Auffangbecken platschen und hielt dann der Reihe nach die Trinkbecher unter den Strahl. Hartriegel nahm einen davon entgegen, der junge Bewerber bekam den anderen. Er roch daran und verzog das Gesicht.

„Trinken Sie", ermutigte ihn Schierling freundlich.

„Riecht stark eisenhaltig, ich fürchte, ich vertrage das nicht."

„Trinken Sie."

„Ehrlich gesagt, wird mir schon von dem Geruch ganz anders."

„Trinken Sie!"

„Uah, also gut."

Mit gespitzten Lippen nippte er und verzog angewidert das Gesicht.

„Trinken Sie ganz aus."

Hensel atmete tief durch, setzte den Becher an die Lippen und trank das eiskalte Heilwasser in einem Zug leer. Über dem Gaumen mitten im Kopf bildete sich ein Kältekloß wie nach zu viel Eiscreme, Hensel zuckte vor Schmerz zusammen und schüttelte sich.

„Na sehen Sie. Was ist die Börse?"

„Bitte?"

„Das ist die Frage, über die Sie genau nachdenken sollten, bevor Sie antworten: Was ist die Börse?"

„*Was* die Börse ist?" Er lachte verblüfft, hakte nach: „Einfach so, oder … Sie meinen äh soziologisch betrachtet? Oder in der Bedeutung als Umschlagplatz oder äh Kapitalquelle für Investitionen?"

Schierling und Hartriegel schwiegen. Er sah ihnen die Entscheidung über seine Bewerbung bereits an. Jetzt erst recht! Er sammelte sich, suchte nach einer besonders klugen, tiefgreifend philosophischen, verblüffend neuen Antwort, fand keine, die

Bedenkpause wurde unerträglich, diese Blicke, die kalt und ablehnend auf ihm ruhten – Hensel begann aus bloßem Zwang heraus, das Schweigen zu brechen, einen Lehrbuchtext herunterzubeten:

„Die Börse ist ein weltweiter Marktplatz für vertretbare Güter, Währungen, Wertpapiere und sonstige Anlageformen, bestehend aus regionalen, durch vielfältige Beziehungen vernetzten, seit den Neunzigerjahren des 20. Jahrhunderts überwiegend vollelektronisch arbeitenden …"

Hartriegel grunzte einen hohntriefenden Lacher. Schierling hatte sich bereits kopfschüttelnd abgewandt.

„Was denn?"

„Eine auswendig gelernte Brockhaus-Definition wollte ich bestimmt nicht hören."

„Okay. Vorhin im Wald …"

Er besann sich, wurde ruhig, kühl, knallhart.

„… eigentlich wollten Sie doch meine Philosophie hören."

Schierling, der im Begriff war, noch mehr von dem eiskalten Wasser in sich hineinzukippen, ließ den Becher sinken und wandte sich ihm wieder zu.

„Ich will hören, wie weit Sie gehen würden, um Ihre Gewinne zu maximieren."

Hensels mühsam gesammelter neuer Mut verpuffte. Eine weitere verdammte Fangfrage! Es ging um das Wechselspiel von Wagemut und Verlustbegrenzung. Wie weit er gehen würde? Eigentlich steckte doch darin sogar seine Philosophie. Die einfachsten Börsengrundregeln waren die besten. Es gab keine Geheimnisse. Schierling war ein Rationalist, also …

Hensel streckte sich, zog sein feuchtes Jackett über den Schultern zurecht, schaute Schierling fest ins Gesicht und antwortete ganz ruhig und überlegt:

„Ich bin bisher immer am besten damit gefahren, billig zu kaufen, Qualitätstitel natürlich, und sie möglichst teuer zu verkaufen."

„Wie originell", spottete Hartriegel dazwischen. Hensel zwang sich, ihn keines Blickes zu würdigen. Nicht verunsichern lassen!

„Genau das will ich damit sagen: Es sind die unoriginellen, aber bewährten Leitlinien, die über den Erfolg entscheiden. Gewinne laufen lassen, Verluste begrenzen, obwohl das so einfach klingt, ist es zugleich die schwierigste Börsenregel überhaupt. Ich würde nie ins fallende Messer greifen. Kapitalerhalt steht an erster Stelle."

Schierling nickte, trank geräuschvoll aus seinem Becher und fragte sanft:

„Mit diesen Anfänger-Weisheiten aus dem Börsen-ABC wollen Sie also in einen der unkonventionellsten Trading-Clubs Deutschlands eintreten?"

Hensel straffte sich und sah in Gedanken die letzte Hürde vor sich. Schierling stellte das Gesagte in Frage, um seine Standfestigkeit zu prüfen. Würde er für seine eben ausgesprochenen Überzeugungen eintreten? Ja, denn sie waren richtig – in eigener, jahrelanger Erfahrung hatten sich die Regeln immer wieder bestätigt. Also nickte Hensel und bekräftigte:

„Ja, Herr Schierling, denn das sind keine Anfänger-Weisheiten, sondern millionenfach erprobte Wahrheiten."

Er hörte ihn schon antworten: Gratuliere Herr Hensel, Sie sind jemand, der sich nicht beirren lässt, willkommen in unserem Club!

Was er wirklich zu hören bekam, war:

„Gehen Sie mir aus den Augen. Unser Gespräch ist beendet."

Er konnte es nicht glauben. Das musste ironisch gemeint gewesen sein. Und er konnte nicht glauben, dass Hartriegel damit begann, ihn wegzuschubsen, handgreiflich und nicht gerade sanft. War das der letzte Test für seine Standhaftigkeit?

„Was war denn falsch an meiner Antwort?"

„Ich habe Ihnen eine Raubtierfrage gestellt – Sie haben eine Mäuschenantwort gegeben. Denken Sie auf dem Rückweg darüber nach."

„Aber ..."

„Nichts aber", fauchte Hartriegel und schob ihn über die Straße, während Schierling sich schon umgedreht hatte, die

Becher unter dem Heilwasserstrahl auswusch, mit Klopapier abtrocknete und im Rucksack verstaute.

„Gehen wir denn nicht zusammen zurück?", rief Hensel seine Frage über Hartriegel hinweg zu Schierling.

„Ganz sicher nicht!", antwortete Hartriegel an dessen Stelle und schubste ihn, stieß und trieb ihn immer weiter vor sich her vom Brunnenhaus weg an den Ruinen vorbei in Richtung des Waldweges, auf dem sie gekommen waren.

„Wieso, was? Heißt das, ich soll allein vorausgehen und in Silberstein an Ihrem Auto warten?"

„Nein, du sollst dich davonmachen."

Hensel begriff, dass es vorbei war, dass der rüde Ton ernst gemeint war. Sofort begann er, sich gegen das Geschubse zu wehren.

„Also Moment mal, erstens, so können Sie mit mir nicht …"

„Kann ich schon."

„Aber mein Auto steht in Bad Steben! Das sind mindestens 20 Kilometer!"

„Knappe 15. Nach Silberstein fünf, nach Geroldsgrün sieben. Vielleicht findest du unterwegs eine Bushaltestelle. Oder es nimmt dich jemand per Anhalter mit."

„Oh nein, also … so nicht, das lasse ich mit mir nicht machen! Sie bestellen mich von Bielefeld nach Bad Steben, überreden mich zu diesem Gewaltmarsch, mein Anzug ist ruiniert, meine Schuhe …"

„Jetzt hör mal zu, Bürschchen: Du ahnst gar nicht, welches Glück du gehabt hast. Immerhin kommst du …"

Mit einem gewaltigen Ruck überwandt er Hensels Widerstand und stieß ihn brutal zu Boden.

„… mit dem Leben davon! Also halt's Maul und hau endlich ab! Und wag es ja nicht, am Auto auf uns zu warten!"

13

„Häschen, liebes Häschen, das ist im Moment völlig außerhalb jeglicher zeitlicher Machbarkeit."

Robin saß am Küchentisch beim Kaffee und schüttelte ernst und traurig den Kopf. Lilia fasste aufmunternd nach seiner Hand.

„Aber wieso denn? Die Vernissage ist erst heute Nacht – und mit der Deko bist du fertig."

„Es gibt noch abertausend Kleinigkeiten zu bedenken. Ich muss noch hierhin und dorthin huschen, alles ein bisschen umrücken, neu kombinieren …"

„Ich helfe dir beim Huschen und Rücken."

„… muss meine launig-verkaufsfördernden Zwischenansprachen memorieren …"

„Ich frag dich unterwegs ab."

„… muss noch mal im Geschäft nach dem Rechten sehen, ja, ein Geschäft hab ich nebenbei nämlich auch noch zu führen …"

„Das machen wir, wenn wir Daniel auflesen."

„… muss vor allem mein Styling dem Anlass gemäß neu kreieren, ausfeilen, Bekleidungsbestandteile mit Accessoires in Einklang bringen …"

„Dein Styling ist top."

„Ist es nicht", kreischte Robin fingerwedelnd und um Bestätigung bettelnd.

„Ach, jetzt komm schon …!"

Sie machte mit gespitzten Lippen lautlos bittebittebitte. Er antwortete mit einem zerknirschten Grinsen, fasste beidhändig nach ihrer ausgestreckten rechten Hand und seufzte verzweifelt auf.

„Muss ich denn da unbedingt dabei sein? Ich bin doch gar kein Saunatyp."

„Ist doch egal, ich auch nicht."

„Du hast doch schon den Daniel mit dabei."

„Vielleicht schaffe ich's ja nicht, ihn zu überreden. Und allein will ich nicht."

„Aber wieso denn nicht?"

„Weil ich nicht will. Jetzt komm schon."

„Was, wenn ich aus dem Schwitzen nicht mehr herauskomme und wie ein Glühwürmchen leuchte? Was sagen und denken dann meine Gästinnen und Gäste?"

„Die denken, das ist der neueste Schrei."

„Ist es nicht!"

„Ach komm, du glühst schon nicht. Was treibt Daniel überhaupt den ganzen Tag in der Bücherei? Recherchiert er oder macht er ein Fernstudium?"

Robin wuchtete sich aus dem Stuhl und begann damit, seine verschnörkelten Tassen einzeln zum Geschirrspüler zu tragen.

„Ach, i wo, der schmökert sich bloß durch den Bestand."

„Wie …?"

„Der Tüchtige hat sich vorgenommen, jedes einzelne Buch der ganzen Bücherei zu lesen, und sei es nur quer. Er ist ein Schnell-Leserchen. Drei Seiten pro Minute oder so, glaub ich."

Lilia lachte ungläubig auf.

„Jedes Buch, im Ernst? Wieso?"

„Einfach so. Um sich zu bilden, zu unterhalten, die Zeit zu vertreiben."

„Wie wär's stattdessen mit Arbeit?"

„Arbeit, ach Gottchen …"

Robin rastete sorgsam die Spülmaschinenklappe ein und inspizierte seine Fingernägel auf Abschürfungen.

„Ja, Arbeit!", beharrte Lilia. „Er könnte dir doch bei deinen Vernissagen helfen. Dann hätte er Geld, könnte Miete bezahlen und bekäme dafür von dir ein ordentliches Zimmer für sich alleine."

Robin lächelte mild und schüttelte den Kopf.

„Du bist lieb, Häschen, aber das schlägst du ihm besser selbst vor. Ich muss jetzt huschen."

„Und ich gehe währenddessen zur Polizei. Wo treffen wir uns dann?"

„Du gibst wohl gar nicht nach?"

„Nein."

„Also gut, danach wieder hier und dann Abfahrt. Aber nur zwei Stündchen."

„Drei müssten es schon sein. Wir sind ja hin und zurück schon eine Stunde unterwegs."

„Drei Stunden! Aber Häschen!"

Er erwiderte ihren freundlich-fordernden Blick und kapitulierte kopfschüttelnd.

„Hach, was soll's, ich bin des Verhandelns müde und füge mich."

„Und schmink dich vorher ab."

„Wie bitte?!"

„Sonst siehst du nach dem ersten Saunagang aus wie ein schwitzender Clown."

14

Als Hartriegel ans Brunnenhaus zurückkam, war Schierling schon weitergelaufen. Er hatte einen der Wanderpfade in Richtung „Großvater" eingeschlagen, einer vor Jahrzehnten vom Blitz gefällten Riesentanne, deren letzte Überreste längst verrottet waren. Aber als Wanderziel war ihr einstiger Standort mit einem Unterschlupf und einer Infotafel markiert worden und damit in der Erinnerung lebendig geblieben. Hartriegel kannte diese bei Wanderern und Mountainbikern beliebten Anlaufpunkte in der Region, er kannte die Wege dorthin in- und auswendig. Monat für Monat musste er in Schierlings Schlepptau durch die raue Frankenwaldlandschaft marschieren. Dabei hasste er das Wandern, er hasste es, sich mit Freizeitklamotten verkleiden zu müssen, in klobigen Schuhen über verwurzelte Wege zu stolpern, er hasste das Draußensein an sich, vor allem im Winter. Am meisten hasste er es, von Schierling derart abhängig zu sein, dass er sich den ganzen Unsinn gefallen lassen und wie ein Hündchen hinter ihm hertrotten musste.

Er beeilte sich, zu ihm aufzuschließen, und machte sich schon mal auf das Donnerwetter gefasst, das ihn erwarten würde. Er war nun 51 Jahre alt, seit über 20 Jahren Chef seiner eigenen Ein-Mann-Firma, aber immer noch der Laufbursche vom Dienst, und warum? Weil seine Qualitäten zwar geschätzt waren, aber in einer Branche angesiedelt, die Leuten wie Schierling nicht gerade Respekt abnötigte. Für geborene Alpha-Männchen wie ihn war er, Hartriegel, der Ausputzer, die Feuerwehr, der Fußabtreter, der Unrat-Verräumer, der Depp für alle Fälle. Aber manche Fälle lagen ihm eben nicht so sehr wie andere. Altlasten loswerden, ja, das konnte er. Neue Investoren heranschaffen, wie Schierling das nannte, war bestimmt nicht seine Stärke. Und diesmal, mit diesem Rotzbürschchen Hensel, hatte er gründlich danebengegriffen.

„Wird er den Mund halten?", fragte Schierling in Laufrichtung, als Hartriegel ihn eingeholt hatte. Auch das hasste er: angesprochen zu werden, ohne dass er dem Sprecher ins Gesicht sehen konnte.

„Ich denke schon. Was soll er auch erzählen."

„Kommt drauf an, ob Sie sich beim Vorbereitungsgespräch genauso dilettantisch angestellt haben wie bei der Auswahl an sich."

„Ich wusste nicht, dass er so jung ist."

„Und Sie wussten auch nicht, dass er kein Geld hat und keine Ahnung und keinen Mumm."

„Was soll's, jemand anderes war bisher nicht aufzutreiben. Und Zeit haben Sie durch das Gespräch auch nicht verloren, oder?", gab Hartriegel heftiger zurück als gewollt und erlaubt. Schierling schwieg und stampfte bergauf durch den kalten, feuchten Wald.

„Brauchen wir denn überhaupt noch jemanden?", versuchte Hartriegel vom Thema abzulenken.

„Schauen Sie sich die Ergebnisse der letzten Monate an, dann müssten Sie nicht so dumm fragen."

„So viel schlechter als vorher sind die Ergebnisse auch nicht."

„Aber es geht kontinuierlich bergab. Wir brauchen wieder einen erstklassigen Charttechniker. Vor allem brauchen wir einen Computer- und Internet-Freak, der Fakten frisiert, Stimmungen manipulieren und notfalls Ad-hoc-Meldungen fälschen kann."

„Ich muss Ihnen sagen, dass mir diese Richtung nie gefallen hat. So ist das kein Spiel ohne Regeln mehr, sondern vorsätzlich kriminell."

„Sprach derjenige, der die Brennnessel vertrocknen ließ."

„Das ist genau der Punkt, es hätte nie so weit kommen müssen. Wir haben angefangen, aus purer Freude, das Machbare auszureizen."

„Wir?", fragte Schierling scharf.

„Dann eben Sie. Aber ich bin auch lange genug dabei. Lange genug haben wir Grenzen verletzt, ohne jemandem wirklich zu schaden. Und jetzt soll es plötzlich ein Geschäft sein, bei dem Manipulationen die Regel sind. Aber wozu? Niemand von uns ist auf das Geld angewiesen. Das Risiko ist langsam nicht mehr zu beherrschen."

„Im Risiko liegt ja gerade der Spaß. Ich bin jetzt über 70. Die paar Jahre, die mir noch bleiben, will ich vollstopfen mit Leben. Ach was: mit Nervenkitzel pur!"

„Ich habe noch mehr als nur ein paar Jahre. Und die will ich nicht im Gefängnis absitzen."

„Sie haben den Job angenommen und werden bestens bezahlt. Und Sie gehören übrigens für jedes Ihrer anderen sogenannten Geschäfte einzeln ein paar Jahre in den Bau."

„Ich habe alles im Griff – bis auf das."

Schierling blieb abrupt stehen, richtete sich auf und drehte sich langsam um.

„Sie haben *was* nicht mehr im Griff?", frage er, während ein Schweißtropfen in sein rechtes Auge rann. Mit einer heftigen Kopfbewegung schleuderte er das salzige Rinnsal aus der Bahn, ohne seine Pranken zu Hilfe zu nehmen.

„Weil Sie nicht mehr auf meinen Rat hören. Bleiben Sie im engen Kreis. Und machen Sie keine Rekordjagd daraus."

„Der Kreis bleibt eng."

„Mit eng meine ich, dass wir die Leute, die wir aufnehmen, schon lange kennen. Brennnessel war zwar lange dabei, aber er kam nicht auf dem üblichen Weg in den Kreis, und prompt war er auch der Einzige, der bisher Mist gemacht hat. Jetzt wollen Sie gar noch einen völlig Fremden dazu holen."

„Wen man lange kennt, der ist durch Freundschaft gebunden, und wen man nicht so lange kennt, den bindet man durch andere Mittel. Im Falle eines Fremden benutzen Sie eben andere Mittel. Punkt."

„Jemand, wie Sie ihn suchen, existiert wahrscheinlich gar nicht."

„In den Stellengesuchen renommierter Wirtschaftszeitungen sicher nicht. Gehen Sie lieber in die Internetforen, suchen Sie den größten Aufschneider und provozieren Sie ihn. So finden Sie unseren Mann und nicht anders. Und wenn Sie ihn gefunden haben, wird er zwangsrekrutiert und an die Kette gelegt."

15

„Ich kann das gar nicht leiden, wenn man mich hemmt oder drängt!", jammerte Robin.

„Jetzt sei nicht so zickig. Hier, nimm noch ein zweites Handtuch mit."

Lilia drückte ihm eines seiner flauschigen Zotteldinger an den leuchtend weißen Riesenbauch.

„Aber wieso denn?" Er betastete geistesabwesend seine aufgetürmte Lockenpracht. „Ich bräuchte vielleicht eher ein Badehäubchen …"

„Einen Bademantel bräuchtest du", antwortete Daniel an Lilias Stelle. „Und da du keinen hast, umwickelst du dich eben mit dem Handtuch."

Sie schoben Robin gemeinsam durch das Spinde-Labyrinth des oberen Umkleidesaals der Therme Bad Steben.

„Ich habe doch meine Badehose. Oder meint ihr etwa …? Sind wir da drin etwa …?"

Er formte lautlos mit den Lippen das Wort „nackt".

„Mein Gott, ich kaufe mir schnell noch einen Bademantel, wenn das so ist!"

„So ein Theater!", stöhnte Daniel und zerrte den zappelnden Fleischberg in den Duschraum. Lilia schob von hinten und drückte von außen die Tür zu, kaum dass er drinnen war.

„Lass mich nicht allein, Häschen!"

„Wir sehen uns gleich wieder", rief sie durch den Türspalt.

„Also, ich war ja auch noch nie in einer Sauna, aber ein bisschen was weiß man doch", krittelte Daniel, während er die Badehose abstreifte und zum Duschgel griff.

„Jetzt sei doch nicht so zu mir. So warst du noch nie."

„Du hast mich ja auch noch nie in eine solche Lage gebracht."

„In eine Lage habe ich dich gebracht? Welche denn?", fragte Robin irritiert und vergaß seine saunabedingte Not. Nackt der eine, mit Badehose der andere, standen sich die beiden im gefliesten Raum gegenüber, bewaffnet mit ihren Duschgelspendern.

„Wie konntest du sie überreden, bei uns zu übernachten?"

„Bei *uns*?"

„Bei uns in deinem Haus. Sie ist eine Klientin, verdammt. Und jetzt gehen wir auch noch mit ihr in die Sauna."

„Na und?"

„Du kennst meine Prinzipien."

„Ich wusste gar nicht, dass du welche hast."

„Spaßvogel. Geschäftliches nicht ins Private abgleiten lassen, wie wär's damit? Du hältst deine Kunden ja auch auf Distanz."

„Meine Kunden kennen jedes Winkelchen meiner Privatgemächer."

„Aber du lässt sie bestimmt nicht bei dir übernachten."

„Das ist ja wohl etwas anderes."

„Ist es nicht."

„Dani …"

77

Er patschte ihm die Hand auf die Schulter, legte den Kopf schief und lächelte. Ein Mann, der aus einer Duschkabine kam, schaute flüchtig hin, senkte sofort wieder den Blick und beeilte sich, den Raum zu verlassen.

„Du bist nicht Magnum oder Quincy oder Columbo. Auch nicht Derrick oder der Alte oder …"

„Jetzt hör schon auf mit dem Quatsch!", fauchte Daniel und schüttelte Robins Hand ab. „Du weißt genau, was ich meine."

„Ich weiß es besser als du selbst. Du hast keine Prinzipien. Du bist einfach nur verliebt."

„Genau das Gegenteil: Ich kann die Frau nicht ausstehen und will sie nicht in meinem Privatleben. Und schon gar nicht will ich sie Häschen-hüpf mit dir spielen sehen. So, jetzt weißt du's."

„Lügenbeutelchen. Eifersüchtig bist du."

Er spritzte mit seinem Duschgel nach ihm. Daniel spritzte sofort zurück.

„Jetzt schau, dass du fertig wirst."

Die Tür ging auf und Lilia steckte den Kopf herein.

„Wo bleibt ihr denn? Oh Mann!"

Sie erwischte die beiden Duschgel-Duellanten in voller Aktion. Während Robin wild kreischend herumhopste, ging Daniel taktisch vor und landete einen Treffer nach dem anderen.

„So hab ich mir das vorgestellt mit euch zweien, aber nicht gerade in der Öffentlichkeit."

16

„In zwei Stunden Sauna", ordnete Schierling an, als er Hartriegel mit seinem lastwagenartigen Jeep an der Schranke des unteren Thermenparkplatzes in Bad Steben absetzte.

„Ohne mich", murrte Hartriegel zurück. „Mir hat der Gewaltmarsch für heute völlig gereicht."

„Es gibt noch viel zu bereden. Nun kommen Sie schon, nur für zwei Stunden. Danach können Sie meinetwegen in der Spielbank versumpfen."

„Ich hatte nicht vor …", wollte sich Hartriegel entschieden verwahren, aber Schierling schnitt ihm das Wort ab:

„Verkaufen Sie mich nicht für dumm. Das ist doch das Einzige, was Sie hier interessiert."

„Ehrlich gesagt, verstehe ich nicht, warum gerade Sie das überhaupt nicht interessiert."

„Weil ich kein Zocker bin, deshalb."

„Ach nein? Und Ihre Aktien-Zockereien?"

„Sind keine solchen."

Hinter dem Jeep hupte es.

„Da will jemand auf den Parkplatz", kommentierte Hartriegel überflüssigerweise mit einem Blick auf den roten Mercedes, der dicht herangefahren war. Schierling, in seinem wuchtigen Geländefahrzeug wie in einem Panzer hockend, drehte sich nicht einmal um.

„Die Börse kann zwar auch eine Zockerbude sein", dozierte er, „aber in erster Linie ist sie Kapitalmarkt für Investoren."

Der Mercedes hupte ein zweites Mal. Schierling stellte demonstrativ den Motor ab.

„Meinetwegen", antwortete Hartriegel geistesabwesend. Er wusste nicht, warum, aber die Situation machte ihn nervös.

„Versuchen Sie's doch mal", lockte Schierling. „Wäre mir ein echtes Anliegen, Sie von der Spielbank weg und mehr als bisher an die Börse heranzuführen. Wir könnten sowieso einen weiteren voll engagierten Teilnehmer gebrauchen, ganz unabhängig von dem Mann, den wir noch suchen, und da Sie ohnehin schon zum engen Kreis gehören …"

Die Hupe des Mercedesfahrers übertönte den Rest.

„Ich bleibe lieber bei meiner Rolle. Spiel ist Spiel, und mir liegt eher das Unmittelbare."

Hartriegel gab dem Mercedesfahrer ein Zeichen, dass Schierling ihm nicht Platz machen könne, so lange er Stoßstange an Stoßstange hinter ihm stand. Inzwischen hatten sich zwei weitere Autos an der Zufahrt zur Schranke eingereiht. Warum hatte Schierling überhaupt hier gehalten, wenn er gar nicht auf den Parkplatz fahren wollte?

„Was meinen Sie mit unmittelbar?", fragte er interessiert und löste seinen Gurt.

Der Mercedesfahrer konnte wegen der Autos hinter ihm nun nicht mehr zurückstoßen und gab Zeichen, dass Schierling durch die offene Schranke auf den Parkplatz fahren sollte. Als sein Gestikulieren nicht zu sofortigem Erfolg führte, unterstrich er es durch weiteres Hupen.

„Wie?", fragte Hartriegel. Er sah ihm an, dass er nicht weichen würde, so lange ihr Dialog andauerte, also gab er nach:

„Diskutieren wir das doch am besten in der Sauna weiter. In zwei Stunden?"

„Sie meinen, dass Sie die rollende Kugel brauchen?", insistierte Schierling. „Die eleganten Damen, den schnöseligen Croupier, das ganze Glitzer-Ambiente?"

„Ich muss zugeben, das spielt eine Rolle, ja."

„Und wenn Sie gewinnen, bekommen Sie einen Batzen Chips, die Sie sofort zu echtem, fühlbarem Geld machen können."

„Auch diese Aussicht ist nicht ganz ohne Reiz."

„Hören Sie schon auf!", rief Schierling in gespielter Empörung. Inzwischen trugen noch mehr Autos in der Schlange zum Hupkonzert bei. Hartriegel hielt es nicht mehr aus. Er drückte die Beifahrertür, die er halb geöffnet in der Hand gehalten hatte, wieder ganz auf, stieg ein und deutete mit einem Nicken zu seinem BMW, der in der Mitte des Parkplatzes stand. Ihm fiel auf, dass der undefinierbare kleine Sportflitzer Hensels nicht mehr neben seinem Auto parkte. Er fragte sich, ob der Junge zu Fuß oder per Anhalter hierher zurückgefunden hatte, und stellte fest, dass er ihm ein bisschen leid tat – dabei war die Ablehnung für ihn wohl das beste gewesen, was ihm hatte passieren können, denn für ein Leben mit ständiger Angst vor klickenden Handschellen wäre er nicht der Richtige gewesen.

„Da vorne steht mein Auto. Sie können mich auch dort absetzen."

Schierling hatte sich ihm zugewandt und ließ sich weder von seiner Nervosität noch von dem immer lauter und nerviger werdenden Hupkonzert beirren.

„Jetzt sag ich Ihnen mal was", biss er sich fest und versprühte dabei Begeisterung für sein Lieblingsthema. Die ersten Autos ganz hinten in der Schlange begannen zu wenden und sich auf die Suche nach einem anderen Parkplatz zu machen. Der Mercedesfahrer direkt hinter ihnen rammte die Tür auf und stieg aus. „Bei unserem letzten Treffen hab ich genau hier auf diesem Parkplatz 100 Euro verloren. Der Schein muss mir irgendwie aus der Tasche gerutscht sein, als ich den Autoschlüssel rauszog. Ich sollte mir vielleicht mal einen Geldbeutel anschaffen. Jedenfalls …"

Der Mercedesfahrer, ein junger, durchtrainierter Typ mit viel zu engem Hemd und trotz der Kälte ohne Jacke, war an die Fahrerseite getreten und klopfte gegen die Scheibe. Schierling blieb mit dem Rücken zu ihm hocken und reagierte nicht.

„… bis heute tut mir das weh, es schmerzt mich, ärgert mich, ich könnte mich sonst wohin beißen. Einen Tag später verlor ich bei einem ziemlich aussichtsreichen Trade völlig unvermutet runde 8.000 Euro, einfach so. Und wissen Sie, was? Inzwischen hätte ich das vergessen, wenn es mir nicht zu folgender Einsicht verholfen hätte: …"

„He", rief es von draußen, „Sie da drin, sind Sie besoffen oder was?"

Hartriegel linste an Schierlings massiger Gestalt vorbei in das Gesicht des aufdringlichen Parkplatzsuchers. Der dachte, er hätte es mit harmlosen Kurgästen zu tun, die er einschüchtern und denen er einen Lektion erteilen könnte. Hartriegel begann sich auszumalen, was er mit dem Knaben alles anstellen würde, wenn er mit ihm alleine wäre. Brennnessel hatte ihm auch nicht angesehen und bis zuletzt nicht geglaubt, wozu er fähig war.

„Und die Einsicht wäre?", fragte Hartriegel, gelassen geworden, und lächelte dem Drängler an Schierling vorbei ins Gesicht. Der begriff die Provokation und wollte in die Vollen gehen, die Fahrertür Schierlings aufreißen und handgreiflich werden. Ohne sich umgedreht oder dem Angreifer nur die mindeste Beachtung geschenkt zu haben, drückte Schierling gerade rechtzeitig den Knopf der Zentralverriegelung.

„Die 100 Euro hatte ich in der Hand gehabt, hatte sie gesehen und gefühlt, mit allen Sinnen in Besitz genommen. Die 8.000 Euro dagegen waren nur eine abstrakte Zahl, um die sich eine andere abstrakte Zahl reduziert hatte. Ich begriff es mit dem Verstand, aber nicht mit dem Gefühl. Der Verstand vergisst schnell. Darin liegt der zentrale Unterschied zwischen uns beiden."

Hartriegel, der nur mit halbem Ohr zugehört, ansonsten dem Spektakel des Randalierers gelauscht und sich ausgemalt hatte, wie er den Angeber zerpflücken würde, schreckte aus seinen Gedanken und fragte:

„Was? Welcher Unterschied?"

Mit einem Seitenblick las er das Kennzeichen des roten Mercedes und prägte es sich ein. Das Gehämmer am Fenster wurde nun untermalt von dumpfem Gewummer, das nur von Kniestößen oder Tritten gegen die Fahrertür kommen konnte.

„Um Erfolg zu haben, in welchem Bereich auch immer, ist es wichtig, Misserfolge schnell zu vergessen. Dieser Parkplatz hier ist für mich negativ besetzt durch den haptischen Verlust der einhundert Euro."

„Haptisch?", fragte Hartriegel und versuchte, an Schierling vorbei nach draußen in das Gesicht des Tobenden schauen zu können.

„Meine Trading-Portale sind trotz aller Verluste, die auch ich schon habe ertragen müssen, positiv besetzt. Ich starte jeden neuen Tag mit Glücksgefühlen. Sie dagegen – woran denken Sie, wenn Sie in die Spielbank marschieren?"

„Dass ich diesmal gewinne", murmelte Hartriegel gedankenverloren und sah zu, wie der Muskeltyp, trotz aller Schläge und Tritte gegen den Jeep ganz und gar nicht abgeregt, unter wilden Flüchen und Fuchteleien von dannen zog, in seinen Mercedes einstieg und brachial den Rückwärtsgang einlegte. Mit quietschenden Reifen stieß er auf die Straße zurück.

„Das mag sein, aber Ihr Unterbewusstsein ist von der Angst vor weiteren Verlusten dominiert. Selbst wenn Sie überhaupt eine reelle Chance hätten, in einer Spielbank durch taktische Schachzüge zu gewinnen, Sie würden letztlich niemals gewinnen, weil die handgreiflichen Verluste der Vergangenheit sich in Ihr tiefstes Inneres gegraben haben. Sie sind auf weitere Verluste programmiert."

Hartriegel registrierte mit einem Seitenblick, dass der Weg hinter dem Jeep nun frei war.

„Denken Sie da mal drüber nach", sagte Schierling lächelnd. „Also dann, in zwei Stunden in der Erdsauna."

17

„Kommt Mädels, wir setzen uns gleich mal an die Bar", rief Lilia, kaum hatten sie das Drehkreuz von den Wasserwelten zur Sauna durchquert, ihre Badesachen abgelegt und die Glastür in den Nacktbereich passiert.

„Wo siehst du denn hier eine Bar?", fragte Daniel. Voranstürmend antwortete Lilia: „Da vorne!"

„Also ich weiß nicht", kam es von Robin, „dieses Ambiente hier, soll mir das gefallen? Auf Anhieb würde ich sagen eher so lala."

„Der Kamin wäre klasse als Leseplatz", bemerkte Daniel. „Hätte ich nur was dabei."

„Was ist, wo bleibt ihr denn?"

Lilia war bereits auf einen der Barhocker gerutscht, zog ihr Handtuch oben herum zurecht und sprach die Bedienung an.

„Entschuldigung, mein Onkel Schierling kommt immer mal hierher. Wissen Sie, ob er heute zufällig da ist?"

„Häschen", murmelte Robin entsetzt, „musst du so mit der Tür ins Haus fallen!"

„Tut mir leid", sagte die Bedienung, „mit Namen kenne ich die wenigsten Gäste. Ich bin auch noch nicht lange hier."

„Wer ist denn schon länger hier?"

„Vielleicht einer der Bademeister."

„Wo finde ich die?"

„Das sind die mit den orangen Shirts. Die kümmern sich hier um alles, legen Holz in den Kaminen nach, betreuen die

Samowar-Ecke und sind immer zur vollen Stunde in der Aufguss-Sauna."

„Danke."

Und schon war Lilia vom Barhocker gerutscht. Robin, eben dabei, die Cocktailkarte zu studieren, rief ihr hinterher:

„Drossel mal bitte dein Tempo. Wir bleiben zwei Stunden, nicht nur zwei Minuten!"

„Die Frau nervt", murrte Daniel, blieb einfach hocken und bestellte nach kurzem Blättern in der Karte:

„Einen Kakao mit Chili bitte."

„Igitt! Bestell das wieder ab. Wir müssen an Häschens Seite bleiben."

„Bleib du doch. Mir reicht's."

„Jetzt schon? Wir sind gerade erst ..."

„Mir reicht es schon seit der ersten Minute der Herfahrt. Ich frage mich, was das hier überhaupt soll."

„Wir können sie doch nicht im Stich lassen."

Daniel stutzte demonstrativ, wandte sich Robin zu und fragte:

„Wieso? Wir kennen sie doch überhaupt nicht. Was geht uns das alles denn an?"

„Wenn du so denkst, warum bist du dann erst mitgekommen?"

„Weil sie in die Bücherei gestürmt ist und mich so laut und ausdauernd bequasselt hat, dass ich sowieso kurz davor war rauszufliegen."

„Du denkst aber doch auch, dass sie Recht hat. Den Code gab es, und dessen Inhalt ..."

„Völlig egal. Wenn, dann kann ihr nur die Polizei weiterhelfen."

„Sie war doch heute Vormittag bei der Polizei, aber die ist leider nicht aktiv geworden."

„Es lässt eben nicht jeder wegen Frau Lilia Fuchsried gleich alles stehen und liegen und rennt ihr hinterher so wie du. Danke."

Daniel nahm seinen Kakao in Empfang, steckte einen Strohhalm hinein und schlürfte los.

„Banause. Trink gefälligst aus der Tasse, die Siebziger sind vorbei", kommentierte Robin die Misstöne.

Lilia, mit ihrem Badetuch kämpfend, kam mit klappernden Badeschlappen angestürmt.

„Wo bleibt ihr denn? Es geht gleich los!"

„Was geht los?", fragte Robin in Daniels Geschlürfe hinein und versetzte ihm einen Klaps.

„Der nächste Aufguss. Ich will vorher mit dem Bademeister sprechen."

„Ich komme, ich komme", rief Robin und rutschte vom Barhocker. „Kommst du auch?"

„Nein danke, ich versuche lieber mal das Weißwurst-Menü."

„Zum Kakao? Du Freak!", rief Robin und rauschte davon.

„Ein Weißwurst-Menü?", fragte die Bedienung, die Gewehr bei Fuß gestanden hatte.

„Noch nicht gleich."

Daniel trank aus, rutschte vom Barhocker und schlenderte zurück in Richtung Ausgang. An der Kaminecke verweilte er, ließ den Blick schweifen und bemerkte einen Zeitschriftenstapel. Ein älterer Herr mit grünem Bademantel war im Begriff, die Tageszeitung ausgelesen auf den Stapel zu werfen.

„Darf ich?", fragte Daniel.

„Bitte sehr."

„Was Interessantes heute?"

„Das Übliche."

„Leere Kassen und schlechtes Wetter?", flachste Daniel grinsend.

„So ungefähr."

„Der Winter ist ja wirklich viel zu warm dieses Jahr."

Der Mann zuckte mit den Schultern.

„Ich finde das gut: weniger Heizkosten, keine glatten Straßen, kein Eiskratzen …"

„Wenn man's so sieht", plauderte Daniel. „Aber eine mögliche Klimaveränderung hätte natürlich auch Nachteile. Dieser außergewöhnlich heiße Juli zum Beispiel, es hat damals in der Region sogar einen Hitzetoten gegeben."

„Ja, das habe ich auch gelesen."

„Ach ja? Er soll ja regelmäßig hierher in die Sauna gekommen sein, hätte Hitze also eigentlich gewöhnt sein müssen. Kannten Sie ihn?"

„Keine Ahnung. In der Zeitung stand kein Name."

„Fuchsried hieß er."

„Sagt mir nichts."

„Lebte von Aktien-Spekulationen. Das war sicher auch sein Lieblingsthema hier."

„Ja, über das Thema schnappt man hier gelegentlich was auf."

„Es soll ja so eine Art Aktien-Club hier geben. Kennen Sie da jemanden davon?"

„Interessieren Sie sich für Aktien?"

„Nicht so, dass es mein Hobby wäre. Mein Geld liegt einfach so auf der Bank herum, den Beratern traue ich nicht recht, aber man muss ja was machen, die Inflation nagt von Jahr zu Jahr mehr."

„Sind Sie denn so vermögend?", fragte der Mann und betrachtete Daniel skeptisch.

„Ich hab ein bisschen was gespart. Hätten Sie einen Tipp für mich? Wann trifft sich denn dieser Aktien-Club immer hier?"

„Von einem Club weiß ich nichts."

„Ein gewisser Herr Schierling?"

„Kenne ich nicht. Es hat nur mal ein Bekannter von mir hier eine Empfehlung bekommen."

„Hier, in der Therme?"

„Ich glaube schon."

„Und, erfolgreich?"

„Keine Ahnung."

„Könnten Sie ihn fragen?"

„Fragen Sie ihn doch selbst. Tietje, kommst du mal?", rief er zu einem stark behaarten Mittsechziger, der mit einem Badetuch um die Schultern in der Ecke neben dem Kamin döste. „Da interessiert sich jemand für deine Aktien."

18

Lilia dampfte, glühte und war sichtlich am Ende ihrer Kräfte, als sie Daniel zwei Stunden später an der Bar wieder traf.

„Bratkartoffeln?", fragte sie. „Ich dachte, du wolltest ein Weißwurstmenü."

„Hatte ich auch. Und Kuchen. Zu empfehlen sind die sogenannten Moorpackungen, kleine Pralinen mit …"

„Du bist ja völlig trocken", unterbrach sie ihn und fuhr ziemlich grob mit der Hand durch seine Haare.

„Kinder, Kinder, ihr glaubt nicht, was ich gesehen habe, das müsst ihr euch selbst anschauen", rief Robin aufgeregt von weitem und stürmte auf die Bar zu. „Allerdings braucht ihr dazu eine Todesverachtung, denn man muss das Gebäude verlassen und in die eisig-schneidende Kälte hinaus."

„Was kein Problem ist, wenn man vorher in der Sauna war. Aber du warst auch nicht, stimmt's?"

„Mit dir doch vorhin, Häschen, ganz am Anfang bei diesem Früchteaufguss."

„Ja, eine halbe Minute lang. Er hat sich das Obst geschnappt und ist entfleucht", erklärte sie in Daniels Richtung.

„Es war einfach zu heiß. Ich kam ja aus dem Schwitzen gar nicht mehr heraus."

„Das ist auch der Sinn und Zweck eines Saunabesuches."

„Schimpf mich doch nicht gleich aus, ich dachte, wir sind hier, um zu recherchieren."

„Ich schimpf ja nicht, aber …"

„Habt ihr denn überhaupt was erreicht?", mischte sich Daniel ein, der inzwischen Bratkartoffeln in sich hineingeschaufelt und kauend gelauscht hatte.

„Und ob!", behauptete Robin. „Ich weiß jetzt, was ich mit dem Fleckchen Land mache, das sich so nutzlos zur Nordseite hin den Hang hinauf erstreckt, du weißt schon, und sich rein gärtnerisch so wenig attraktiv entwickeln will. Kommt mal mit!"

„Ich gehe nicht nackt in die Kälte", sagte Daniel entschieden.

„Was hast du denn gesehen?", fragte Lilia.

„Ein Gewässer, ach was sag ich, einen kleinen Zauberteich gibt es hier, einen wunderschönen Schwanensee mit großen dicken gelben Leuchtkugeln überall. Ein Traum, ein wirklich wunderschöner Leucht- und Lichtertraum ist das, ihr müsst euch das einfach selbst anschauen!"

„Ein Teich? Und den willst du bei dir am Hang anlegen?"

„Wenn entsprechend ausgebaggert wird, terrassenförmig – warum denn nicht? Meine Gäste werden hin und weg sein und in Kauflaune ohne Ende, ich kann's kaum erwarten. Jetzt kommt doch schon gucken!"

„Nein danke", brummte Daniel und wandte sich an die Bedienung: „Noch ein leichtes Weizen bitte."

Lilia ließ sich frustriert auf einen Barhocker sinken.

„Na toll, wenigstens habt ihr euch den Bauch vollgeschlagen und Design-Anregungen für eure Edel-Tupperpartys sammeln können."

„Nicht nur das", bemerkte Daniel beiläufig und schob sich die nächste Ladung Bratkartoffeln in den Mund.

„Was denn noch?"

„Eine Menge."

„Über meinen Vater?"

„Meinst du mit Tupperpartys etwa meine Vernissagen?", begriff Robin mit Verspätung und setzte sich schmollend auf einen dritten Hocker. „Häschen, nach heute Abend wirst du das nicht mehr zu äußern wagen."

„Jetzt sag schon", drängte Lilia und zog Daniel den Teller weg.

„Ich hab am Kamin mit ein paar Stammgästen gesprochen."

„Am Kamin, Mist, den Bereich hab ich vergessen", fluchte Lilia. „Und was haben die gesagt?"

„Ein gewisser Tietje hat definitiv Aktientipps bekommen, und zwar von einer Runde großmäuliger Typen, die sich regelmäßig hier getroffen und von nichts anderem als von Wertpapieren gesprochen haben. Dialekte kreuz und quer, vermutlich Kurgäste aus dem ganzen Land, aber einer davon könnte ein

Hofer gewesen sein. Wenn du Tietje ein Foto zeigst, würde er vielleicht sagen können, ob derjenige dein Vater war."

„Und was ist mit Schierling?"

„Wenn der Mann Namen gewusst hätte, wäre der Fall ja schon gelöst, oder?"

„Wo ist dieser Tietje? Ich will mit ihm reden."

„Schon gegangen."

„Was? Aber ..."

Daniel holte sich seine Bratkartoffeln zurück und steckte den nächsten Bissen in den Mund. Beiläufig schob er Lilia seine Serviette hinüber, die mit Zahlen bekritzelt war.

„Ist das seine Nummer?"

„Ja."

„Na toll. Und ich quäle mich durch jede einzelne Sauna, hetze durch Schieferdampfbäder, Klangduschen, Duftgrotten, Resonanztürme, Unterwasserkinos ..."

„Vielleicht hättest du zwischendurch mal mit den richtigen Leuten reden sollen."

„Hier gibt es Duftgrotten?", fragte Robin verzückt. „Wo denn?"

„Keine Zeit. Ich muss in die Umkleide an mein Handy, diesen Mann anrufen."

„Dir auch vielen Dank", kaute Daniel beleidigt.

Lilia besann sich, lächelte und drückte ihm einen Kuss auf die Backe.

„Das hast du gut gemacht. Ich zahl dir dafür deine Bratkartoffeln."

19

Hartriegel schaute beiläufig die Treppe hinunter, die ins Hallenbad führte, und erstarrte.

„Das gibt's doch nicht!"

Eben im Begriff, den Duschraum zu verlassen, schob er sich selbst und damit Schierling, der direkt hinter ihm kam, wieder zurück, schloss die Tür bis auf einen Spalt und linste hinaus.

„Was ist denn los?", brummte Schierling hinter ihm und versuchte, ihm über die Schulter durch den Türspalt zu lugen.

„In Brennnessels Haus hingen Bilder von einer jungen Frau – von der da."

Er gab den Spalt frei und ließ Schierling hinausschauen.

„Na und, wer ist das?"

„Ich glaube, seine Tochter."

Lilia erreichte die obere Etage und öffnete die Glastür vom Hallenbad zum Umkleidebereich.

„Nicht so auffällig!"

Hartriegel drängte Schierling von der Tür weg und schloss sie bis auf einen winzigen Spalt. Lilia hatte nichts bemerkt, passierte scheinbar in Eile die Männerdusche und verschwand in den Umkleidräumen.

„Was soll das überhaupt?", fragte Schierling erbost darüber, von seinem Bediensteten zur Seite gedrängt worden zu sein.

„Die kann uns doch gar nicht kennen. Oder hatten Sie mit der schon persönlich zu tun?"

„Nein, natürlich nicht. Aber ich frage mich, was die hier verloren hat."

„Na, was wohl? Schwimmen oder Sauna vermutlich. Viele Leute kommen hierher."

„Mir gefällt das nicht."

„Können wir jetzt hinausgehen?

„Gleich."

„Vielleicht ist sie's ja außerdem gar nicht."

„Ich vergesse niemals ein Gesicht."

„Dann klären Sie das. Und jetzt raus hier!"

20

„Hast du jetzt bald mal aufgegessen, Trödelchen?", drängelte Robin und nippte verstohlen an Daniels Weizenbier.

„Nur die Ruhe, Lilia braucht bestimmt ewig: Erst telefoniert sie, dann zieht sie sich an, föhnt sich, bürstet und kämmt sich, schminkt sich …"

„Ich muss mich auch bürsten. Und so manches andere."

Daniel schob sich den letzten Bissen in den Mund, kaute und schmiss die Serviette auf den Teller.

„Fertig."

„Man spricht nicht mit vollem Mund, Flegelchen. Was waren das überhaupt für Tipps?"

„Welche Tipps?"

„Na die Aktientipps, die dein Gesprächspartner von den sogenannten großmäuligen Typen hier bekommen hat."

„Keine Ahnung."

„So was musst du aber fragen."

„Warum denn?"

„Weil es wichtig ist. Es hätte einen Hinweis darauf gegeben, wie diese Leute traden."

„Und was hätte das gebracht?"

„Wir wissen detailliert, wie der selige Gevatter Fuchsried mit Aktien umging. Die Frage ist, ob sein Stil Usus des ganzen Clubs war, oder ob in verschiedenen Stilen mögliche Konfliktpotenziale gelegen haben könnten."

„Ach so. Wie wenig weitsichtig von mir. Du hast übrigens überhaupt nichts herausgefunden."

„Damit ist nicht gesagt, dass ich es nicht versucht hätte."

Daniel schüttete den Rest des Weizens in sich hinein, stand auf und schaute Robin mit vorgerecktem Kinn fragend an.

„Was genau hast du denn versucht?"

Robin legte ihm die Hand auf den Unterarm und schüttelte beschwichtigend den Kopf.

„Jetzt bitte nicht streiten, ich mein's ja nur gut. Was ich dir sagen will, ist doch, dass die Chancen, hier an diesem Ort überhaupt etwas herauszufinden, gleich null waren. Du hast unser Häschen trotzdem einen Schritt weitergebracht, gratuliere und schönen Dank dafür. Aber vielleicht hast du nicht alles ausgeschöpft, was zu schöpfen war."

„Dafür hab ich ja die Telefonnummer. Ruf ihn an und frag nach seinen Tipps. Darum geht's dir doch eigentlich bloß."

„Ich persönlich hab keine Tipps nötig. Aber wie gesagt ..."

„... es könnte dem Fall helfen."

„Ganz genau."

„Bitte sehr ..."

Daniel hielt ihm die Tür von der Sauna zur Wasserwelt auf. Zwischen Nackt- und Textilzone, an den Ablagefächern für Taschen, stiegen gerade zwei ältere Herren aus ihren Badehosen, ein hagerer Finsterling mit übergroßen Ohren und ein haarloser Gorilla mit Geiernase. Sie standen mit dem Rücken zur Tür. Daniel und Robin würdigten sie keines Blickes noch wurden sie bemerkt. Sie selbst hatten ihre Badehosen seit dem Duschen die ganze Zeit über anbehalten und marschierten jetzt schnurstracks zum Drehkreuz.

„Häschen war übrigens mein Name für sie", maulte Daniel.

„Was? Wie bitte?"

„Als ich sie das erste Mal sah, lange, bevor du sie das erste Mal gesehen hast, dachte ich ..."

„... dass sie wie ein süßes kleines Häschen aussieht."

„Ist ja auch so."

„Na siehst du, zwei Seelen, ein Gedanke", verkündete Robin beschwingt, fuhr sich durch seine Lockenaufschichtungen und blieb vor Schreck über das, was er fühlte, beinahe im Drehkreuz stecken.

„Oh Gott im Himmelchen, ich muss was mit meinen Haaren machen. Wie ich wohl aussehe – sag nichts! Und nur noch vier Stunden bis zur Vernissage ..."

21

Pit-Herbert Ucker warf schwungvoll seinen Aktenkoffer samt Laptop in die Luft, als er mit großen Schritten aus dem Verwaltungsgebäude durch einen Nebenausgang auf den Parkplatz marschierte. Neben einer stilisierten Sonne über windgepeitschtem Meer prangte an der Wand das Firmenlogo M-S-V AG. Gleich gegenüber, ans Auto gelehnt und vor sich hingrübelnd, wartete Nadine Dittersdorf-Ucker, seine junge Frau.

„Du hast's geschafft?", rief sie und erschrak, als er den Koffer beim Auffangen beinahe fallen ließ – oder so tat.

„Zu 99 Prozent!"

Mit schnellen Schritten ging sie ihm entgegen, breitete die Arme aus, umarmte ihn und drückte mit aller Kraft. Er hatte den Koffer rasch beiseite gestellt, erwiderte die Umarmung stürmisch und flüsterte: „Ich hätte nicht dran geglaubt. Wirklich, nach all den Absagen."

„Ich habe immer dran geglaubt."

„Nach so einer Pleite, nein. Ich war kurz davor, absolut jeden Job anzunehmen."

Sie schob ihn ein Stück von sich und sah, dass seine Augen feucht waren.

„Die Pleite war nicht deine Schuld", sagte sie leise und eindringlich. „Du bist der Beste, den man kriegen kann. Du wärst verrückt, dich unter Wert zu verkaufen."

Er drückte ihren Kopf noch einmal fest an seine Brust, räusperte sich und flüsterte: „Danke. Für alles. Ohne dich und deinen Zuspruch hätte ich vielleicht längst Dummheiten gemacht."

22

„Ich finde nicht, dass wir unter diesen neuen Vorzeichen länger hier verweilen sollten."

Hartriegel wischte sich den Schweiß von der Stirn und starrte grimmig ins Feuer. Finster und eng war es hier in der Erdsauna. Er kauerte unten, wo es etwas weniger heiß, aber immer noch brütend und stickig genug war. Holz- und Rauchgerüche kratzten ihm in der Kehle.

„Was denn für Vorzeichen?", fragte Schierling aufgeräumt. Er hatte sich auf der obersten Pritsche lang gelegt und reckte Schnabelkinn und Geiernase still vor sich hinlächelnd in die heiße Luft. Winzige Schweißperlen bedeckten seinen Körper. Hartriegel ärgerte sich darüber, wie sehr der alte Sack den Saunaaufenthalt genoss. Für den war das reinstes Vergnügen mit ein bisschen Geschäftemacherei nebenbei. Hartriegel selbst stellte sich unter Vergnügen etwas anderes vor. Seinen Dienst verrichtete er nicht gern unter erschwerten Bedingungen. Und jetzt auch noch diese junge Frau – hier! Der Fall Brennnessel war für ihn abgeschlossen und beinahe vergessen gewesen.

„Vielleicht ist sie gegangen, vielleicht kommt sie auch zurück", brummte er.

„Sie haben ja eine Mordsangst vor diesem Mädel."

„Mit Angst hat das nichts zu tun. Umsichtig zu sein ist schlicht mein Job."

„Das war reiner Zufall."

„Und wenn nicht?"

„Dann habe ich Sie, um mir deswegen trotzdem keine Sorgen machen zu müssen."

„Gut. Ich sage Ihnen, lassen Sie uns hier verschwinden."

„Ich denke nicht daran, auch nur eine Minute kürzer zu bleiben als die bezahlten vier Stunden. Außerdem können wir gar nicht gehen."

„Wieso? Haben Sie etwa …"

In dem Moment sprang die Tür auf. Ein drahtiger Grauhaariger mit gebeugten Schultern wieselte herein, als gelte es, kein Milligrad der Hitze durch den Türspalt entweichen zu lassen.

„Guten Tag, die Herren!", kam es zackig wie beim Morgenappell.

„Grüß Sie, mein lieber Sauerklee, nehmen Sie Platz", ordnete Schierling an. „Der Salbei kommt auch gleich."

„Jawoll!", empfing Sauerklee den Befehl und setzte sich mit aufrechtem Rücken, aber hängenden Schultern auf die obere Bank gegenüber Schierling.

„Sie haben also ein Treffen einberufen", raunte Hartriegel resignierend.

„Selbstverständlich. Wir sind ja nicht nur zum Vergnügen hier, stimmt's, Herr Oberfeld?"

„Sie sagen es, Herr Oberleutnant der Reserve. Ah, der Salbei …"

Durchs Guckfensterchen der Saunatür grinste ein breiter, schwammiger Kopf mit langen, blauschwarz gefärbten Haaren. Schierling winkte ihn herein, ohne hinzusehen. Die Tür wurde aufgerissen, kühle Luft mischte sich in die stickige Hitze, eine Wohltat für Hartriegel, bis Salbei es endlich geschafft hatte sich hereinzuzwängen. Der Monsterindianer, so nannte ihn Hartriegel in Gedanken. Ein in die Jahre gekommener, grotesk fettleibiger Geronimo hätte von niemandem lebensechter verkörpert werden können. Grußlos und mit dem üblichen um-die-Wette-Ächzen mit der Saunabank hockte Salbei sich auf sein viel zu schmales Badetuch.

„Da wir nun komplett sind, lassen Sie uns gleich zur Sache kommen", redete Schierling mit geschlossenen Augen zur Decke. Die Pranken hatte er über dem Bauch verschränkt, den rechten Fußknöchel über den linken gelegt. „Ad eins: Der Top-Tipp des Monats lautet Mar-Sol-Vento AG, Wertpapierkürzel msv, Handelsplatz Frankfurt. Gehen Sie diesmal in die Vollen, meine Herren."

23

„Oh nein, oh nein, ich merk's genau, ich bekomme schon wieder meine hektischen Flecken. Häschen, sag mir die Wahrheit!"

Robin reckte Lilia im Wechsel die linke und die rechte Wange entgegen.

„Du hast eine absolut gesunde Gesichtsfarbe."

Er tätschelte sich selbst die Backen.

„Keine fliegende Hitze?"

Lilia schüttelte lächelnd den Kopf.

„Man könnte meinen, das wäre seine erste Vernissage", kam es von Daniel, der ungewohnt vornehm in schwarzer Hose und schwarzem Hemd mit weißer Schürze hinter einem festlichen Tisch mit Prosecco-Flaschen und Sektgläsern Aufstellung genommen hatte.

„Keine destruktiven Bemerkungen von Seiten des Oberkellners bitte", wies ihn Lilia zurecht.

Sie standen im Empfangssaal der Villa und warteten auf die ersten Gäste. Lilia zupfte am Rock ihres weitschwingenden Blümchenkleides.

„Also, ich weiß nicht recht ...", sagte sie leise und schaute an sich hinunter.

„Du siehst toll aus, Häschen, vertraue meinem Geschmack."

„Woher hast du das überhaupt?"

„Habe ich heute Morgen für dich gekauft, als du auf der Polizei warst. Deine Größe habe ich, scheint es, exakt geraten."

„Na, du bist mir einer."

„Ich denk eben an alles. Ich will doch, dass du heute Abend die Schönste bist – sozusagen die Ballkönigin."

Sie drückte dankbar seinen Arm und hauchte:

„Dafür hast du was gut bei mir. Du siehst übrigens auch toll aus."

„Danke schön."

„Robin sieht aus wie ein Pinguin mit Winterspeck, der sich auf einer Frühlingswiese verlaufen hat", lästerte Daniel und setzte an, sich ein Glas Prosecco einzuschenken.

„Pfötchen weg! Wirst du wohl warten, bis alle versorgt sind!"

„Die ersten Gäste kommen frühestens in einer halben Stunde. Ich weiß sowieso nicht, warum wir hier schon herumstehen."

„Ich kenne meine Schnäppchenjäger. Jeder will der erste sein und das beste Stück ergattern. Es kann jeden Moment klingeln."

„Hast du den Tietje inzwischen erreicht?", fragte Daniel und schlürfte trotz Verbots vom Prosecco.

„Wen?", fragte unwillig Robin, der wie hypnotisiert die Tür anstarrte. Er schielte hoch zu seiner Frisur, wollte hinfassen und daran herumwuscheln, beherrschte sich und zerrte stattdessen seinen Frack zurecht.

„Vor einer Stunde", kam es von Lilia.

„Das sagst du erst jetzt? Na los, erzähl schon."

„Erst mal steht Robins Vernissage auf der Tagesordnung."

„Lieb von dir, Häschen."

„Die geht auch dann nicht früher los, wenn wir uns anschweigen und Löcher in die Tür starren. Rück schon raus damit."

„Später."

„Also Fehlanzeige", stellte Daniel lakonisch fest.

„Ganz und gar nicht."

„Na was?"

„Ein echter Hammer."

„Ich komme gleich rüber und kitzle es aus dir raus."

„Also nun verrat es schon, ich erlaube es", warf Robin gnädig ein.

„Wenn ich das erzähle, seid ihr bloß aufgeregt und abgelenkt."

„Ich könnte jetzt schon abgelenkter nicht sein."

Lilia schaute von einem zum anderen, wurde wortlos ernst und beendete allein mit ihrem Gesichtsausdruck die Schäkerei.

„Also jetzt wird mir langsam unheimlich", flüsterte Robin betroffen.

„Dieser Aktientipp, den Tietje bekommen hat", sagte Lilia leise, „der war wie ein Lottogewinn. Er hat sein Geld damit mehr als verzehnfacht und bekam genau rechtzeitig das Signal zum Ausstieg."

„Wie rechtzeitig?", fragte Robin. Er hatte die Tür vergessen, seine Haare, die Vernissage. Ernst und fragend starrte er Lilia mit börsenfiebrigen Augen an.

„Genau einen Tag bevor die Aktie regelrecht zerfleischt wurde. Der Kurs stürzte um 70 Prozent ab, fing sich für ein paar Tage und rauschte dann weiter ins Bodenlose. Bald darauf war die betreffende Firma pleite."

„Welche Aktie war das?", fragte Daniel von hinten.

„Ich kann's mir fast denken", sagte Robin fragend. Sie nickte und bestätigte:

„Die Gesellschaft hieß Solare Revolution AG."

„Schierling zerstört Solare Revolution", murmelte Daniel und kippte sein Sektglas leer. „Jetzt wissen wir immerhin, was die Solare Revolution war, aber wer oder was ist Schierling?"

Im selben Moment ertönten fröhliche Stimmen auf der anderen Seite der Tür. Die Glocke schrillte so laut, dass alle drei zusammenzuckten.

24

Der erste Schlag traf Gerhard Crisseltis völlig unvorbereitet am Kinn. Er kippte zur Seite, strauchelte, fing sich, sah den zweiten Hieb kommen und konnte gerade noch ausweichen. Ehe der dritte Schlag auf ihn zuraste, hatte er den Feind erkannt und zum Gegenangriff ausgeholt. Er verpasste ihm einen Rachehieb ans Kinn, fluchte über die Schmerzen in den Fingerknöcheln, packte den Schläger am Handgelenk, drehte sich unter ihm hinweg, hebelte seinen Arm in den Polizeigriff, stieß ihn zu Boden und kniete sich auf seinen Rücken.

Hier im eiskalten, dreck- und scherbenübersäten Hauptgang im zweiten Stock der Kasernenruine klang das Keuchen der Kämpfenden seltsam matt und verloren. Kein Echo, kein Hall, der lange hohe Raum schien jedes Geräusch zu verschlucken. Crisseltis war direkt an der Tür seines Wohnbereichs auf dem Weg zum Campingklo in fast völliger Dunkelheit überfallen worden. Mit Einbrechern hätte er hier im Nirgendwo nicht gerechnet, aber dies war ja auch kein Einbruch im herkömmlichen Sinn. Dieser Einbrecher hatte ein bestimmtes Ziel.

„Verdammt noch mal, Wendelin", keuchte Crisseltis und drehte den Arm des Mannes unter ihm noch ein bisschen höher, „dein Geld wäre erst morgen fällig gewesen. Und ich habe dir sowieso gesagt, dass ich es jetzt nicht zurückzahlen kann."

„Scheiß auf die Frist. Wie das hier aussieht, sehe ich mein Geld sowieso nie wieder."

Crisseltis ließ die Hand seines ehemaligen Kumpels und Noch-Investors los, nahm das Knie von seinem Rücken und wollte ihm beim Aufstehen helfen.

„Was ist, wolltest du das Geld aus mir herausprügeln?"

Der andere wehrte die Hilfe ab, rappelte sich von allein hoch und schwieg.

„Was hast du hier überhaupt mitten in der Nacht verloren?"

„Ich lasse mich nicht so abspeisen, verdammt noch mal."

„Denkst du, ich hätte hier 3.000 Euro einfach so herumliegen? Was soll das?"

„Glaub bloß nicht, dass ich deswegen aufgebe. Du wirst mir mein Geld zurückerstatten. Wenn du's nicht hast, wirst du es eben beschaffen."

„Du kriegst es."

„Nicht erst in zehn Jahren."

„Nein, noch diesen Monat. Ich verspreche es."

„Leck mich!"

Er bewegte vor Schmerz keuchend seinen verdrehten Arm.

„Tut mir leid, ich wollte dich nur am Weiterschlagen hindern. Jetzt komm schon mit rein, ich hab den einen Raum da hergerichtet und geheizt. Wir reden über alles."

„Ich will nicht reden."

„Was willst du dann?"

„Ich will dir klarmachen, dass es hier um dein Leben geht. Den Kampf gerade hast du vielleicht gewonnen, aber das nächste Mal zieh ich dir was über den Schädel, bevor du merkst, was los ist. Du bekommst eine Abreibung, von der du dich nie mehr erholst. Ich breche dir die Knochen. Ich hack dir was ab. Ich mach dir die Hölle heiß, bis ich mein Geld bekomme, und zwar mit genau den Zinsen, die du damals so lauthals garantiert hast."

„Und wem soll das nützen? Wenn du mir was antust, bekommst du keinen Cent."

„Ich bekomme mein Geld. Wenn du es nicht hast, dann stiehlst du es eben irgendwo."

„Spinnst du?"

„In einer Woche frage ich noch mal nach. Dann bekomme ich meine 3.000 Euro plus x in bar auf die Hand geblättert, oder ich mach dich zum Rollstuhlfahrer."

25

„Warum so betrübt?", fragte Lilia deutlich beschwipst. „Es läuft doch traumhaft für dich. Die Bude ist voll, ram-mel-voll, sag ich dir."

Sie hielt Robin mit leicht schwankenden Armen zwei Sektgläser entgegen, eines voll O-Saft mit ordentlichem Schuss, eines mit kaum noch perlendem Prosecco. Er nahm beide Gläser entgegen und stellte sie gleich wieder beiseite. Ringsum standen schick, schrill oder schräg gekleidete Gäste in Grüppchen beisammen, plauderten und protzten.

„So traumhaft auch wieder nicht, Häschen, die machen heute bloß Party aber kaufen nichts. Und du süffelst mir ein bisschen zu viel."

„Vielleicht süffelst du zu wenig. Kümmere dich mal ein bisschen mehr, äh …"

„Um wen? Um dich?"

„Um mich, nicht um mich, die da, die Gäste natürlich, Gästinnen und Gäste, Kauflaune steigern. Die High Society von Hof ist das doch, vermute ich mal. Nimm dir ein Beispiel an Daniel, der die ganze Zeit treppauf treppab mit Gläsern und Häppchen unterwegs ist. Hetzt hierhin und dorthin, der Gute, lächelt und ist zuvorkommend. Der verdient sich seine Miete, behaupte ich mal, für mindestens einen Monat, je nachdem, wie hoch der Mietpreis überhaupt angesetzt ist. So ganz steig ich bei euch sowieso nicht durch, in jeder Hinsicht, mein ich … ist mir alles zu hoch."

Robin hatte ihr schweigend und etwas sorgenvoll zugehört, hakte sich bei ihr ein, als sie sich völlig verstolpert hatte und verstummte, und führte sie aus dem Raum.

„Wohin gehen wir?", fragte sie gespielt-aufgeregt.

„Zeit für mein Häschen, in ihr Bettchen zu gehen. Mitternacht ist lang vorbei."

„Ich will nicht schlafen. Nicht allein und auf keinen Fall schon schlafen. Wenn du nur ..."

„Ja bitte?"

„Du oder Daniel, wenn ihr nur ... ihr zwei oder einer von euch ... anders gestrickt wäre."

Robin musste lachen. Sie schaute ihn an, stolperte, er fing sie mit einem kleinen Ruck auf und hielt sie fest. Schon wollte er sich von ihr lösen, da veränderte sich plötzlich sein Gesicht, jegliches Getue und Gefeixe, Gezicke und Getucke verschwanden aus seinem Verhalten, er beugte sich zu ihr hinunter und küsste sie auf den Mund. Eine, zwei, drei Sekunden – kurz bevor mehr passieren konnte, war es auch schon vorbei.

„Jetzt kenn ich mich ... irgendwie gar nicht mehr aus", stammelte Lilia.

„War bloß ein Ausrutscherchen, verzeih. Du bist beschwipst und damit selbstredend unantastbar."

Er hatte wieder sein Trallalla-Robin-Gesicht, seinen federleichten Trampeltiergang und seine nasale Stimme, als er sie weiterführte, auf die Tür ihres Gästezimmers zu.

„Nein nein, ist schon okay, war schön, darfst du noch mal machen. Jederzeit und am besten jetzt sofort."

Sie stemmte sich gegen seinen Griff, spitzte die Lippen und schloss die Augen.

„Was ist denn hier los?", fragte Daniel, der gerade eine neue Häppchen-Platte anschleppte und damit die Treppe hoch wollte.

„Schluss mit der Verköstigung", befahl Robin und wedelte ihn mit zuckenden Patschehänden zurück. „Ich bin enttäuscht, und zwar nicht unbeträchtlich. Hier wird heute nur gemampft und gebechert, aber nicht gekauft. Wenn das so weitergeht, muss ich mir neue Gäste suchen."

„Das meine ich nicht", beharrte Daniel.

„Unserem Häschen geht's nicht gut", raunte Robin ihm aus unmittelbarer Nähe zu. „Wir sollten sie schlafen legen und Schluss machen."

„Ich bin doch nicht blöd", grummelte Daniel zurück. „Da war doch gerade was zwischen euch."

„He, ihr zwei. Wenn das nicht Häppchen wären auf der Platte, sondern Sekt, würde ich gern noch mal zugreifen", rief Lilia und kam schwankend näher. „Oder haben Sie zufällig eine Sektflasche in der Tasche, Herr Ober?"

„Siehst du?", raunte Robin, ließ Daniel stehen und zog Lilia entschlossen in ihr Zimmer.

„Tut euch bloß keinen Zwang an", rief Daniel und stampfte mit der Häppchenplatte die Treppe hoch.

26

Selten war Gerhard Crisseltis seinem Idol Rocky näher als an jenem Morgen, als *Eye of the Tiger* ihn wach dudelte, ihm im gleichen Augenblick der Schmerz ins Kinn und in die Fingerknöchel schoss und ihn das Danach-Gefühl eines 15-Runden-Kampfes spüren ließ. Es war noch nicht mal richtig hell. Schemenhaft sah er die kahlen Bäume, die sich im Sturm bogen.

„Crisseltis Wildnis-Labyrinth und Gedenkstätten GmbH", krächzte er seinen Spruch ins Handy.

„Sie sind wohl immer im Dienst, was? Ich muss sagen, das imponiert mir."

Die quäkende Stimme kam ihm bekannt vor. Er richtete sich halb auf, die Decke rutschte ihm von den Schultern und die Kälte fuhr ihm in die Knochen.

„Hallo?", fragte die Stimme.

„Ja. Bin schon noch da."

„Tut mir sehr leid, ich weiß, es ist noch ziemlich früh. Und sie hätten wohl mit einem Anruf von mir ganz bestimmt nicht mehr gerechnet nach der Verfügung …"

„Herr Hartriegel?", fragte Crisseltis ungläubig.

„Ganz genau. Ich hätte da nun doch einen Auftrag für Sie, einen sehr gut bezahlten."

„Ich versteh nicht ganz, wieso Auftrag?"

Er wühlte sich so leise wie möglich wieder unter die Decke, um einen Niesanfall durch Auskühlung zu vermeiden. Sein Kiefer fühlte sich verrenkt an, jedes Wort schmerzte beim Sprechen bis hoch in die Schläfen. Ein Witz nach diesem einen Tätscherchen des Hänflings Wendelin Puck. Wie musste sich da Rocky erst gefühlt haben nach durchschnittlich 1.000 Treffern bei jedem Weltmeisterschaftskampf?

Schluss mit Rocky, sein eigenes Leben nahm gerade eine Wendung. Aufwachen, mitmachen!

„Sie brauchen doch Geld? Oder haben Sie inzwischen den großen Durchbruch geschafft?"

Crisseltis schwieg eine Sekunde zu lang. Fast wäre ihm eine selbstironische Bemerkung herausgerutscht, aber Sarkasmus stand auf seiner Negativliste – bloß dieses Gift nicht in die Gedanken eindringen lassen!

„Der Durchbruch wird kommen, Herr Hartriegel, aber davor wartet noch eine Menge Arbeit."

„Dann mal die Ärmel hochgekrempelt! Ich nenne Ihnen jetzt einen Namen – haben Sie was zum Schreiben?"

Er richtete sich klappmesserartig auf, fegte die Decke weg und durchsuchte den Raum nach einem Schmierzettel. Das alte Klischee vom Wolf, der Kreide gefressen hatte, fiel ihm ein. Hartriegel klang genauso, quäkend wie immer, aber lammfromm. Irgendwas stimmte da nicht. Trotzdem – oder gerade: Auf Wunder hatte er doch gehofft und gewartet.

„Schießen Sie los!"

„L i l i a – F u c h s r i e d", buchstabierte Hartriegel, und Crisseltis schrieb, auf dem Fußboden vor seinem Block kniend, Handy mit einer Hand ans Ohr haltend, so deutlich wie möglich mit. „Ein bisschen habe ich über die junge Dame selbst schon herausgefunden, schreiben Sie ruhig auch alles auf, was jetzt kommt: Sie ist Diplom-Journalistin, Abschluss per Fernstudium, lebt im Frankfurter Bahnhofsviertel, ist aber dienstlich viel auf Reisen und ..."

„Moment, Moment!", ging Crisseltis dazwischen. Er verhaspelte sich beim Mitschreiben, strich durch, fing neu an, begann vor Kälte zu zittern. Der Raum hatte allenfalls fünf Grad. Und er war so blöd gewesen, sich zum Schlafen bis auf die Unterhose auszuziehen – warum eigentlich? Sonst schlief er immer mit Klamotten.

„Haben Sie's?", fragte Hartriegel süßlich und künstlich geduldig. Was hatte dieses Scheusal nur so verändert?

„Es geht weiter: Zurzeit hält sie sich hier in der Gegend auf, in Hof oder im Landkreis, vermutlich in einem Hotel oder bei Verwandten. Sie stammt nämlich von hier, aber war lange nicht daheim. Das brauchen Sie übrigens nicht alles mitzuschreiben. Es steht auf ihrer netten kleinen Homepage, die sie sich als freie Journalistin angelegt hat, um Aufträge zu ergattern. Sie ist eine Dreckwühlerin."

„Eine was?"

„Sie buddelt Schweinkram über andere Leute aus und verkauft diese sogenannten Recherchen an Publikationsorgane aller Art."

„Und wenn sie sich in Hof aufhält, heißt das wohl, dass sie hier an einer Story dran ist", kombinierte Crisseltis.

„Finden Sie's heraus. Ihre Handynummer ist …"

„Moment mal, ich bin doch kein Privatdetektiv. Ich habe kein Internet und kein Auto. Ich habe ja nicht mal Strom hier draußen, um einen Computer zu betreiben."

„Was wollen Sie denn auch mit einem Computer? Rufen Sie die Frau doch einfach an. Ein Telefon haben Sie ja offenbar."

„Und dann?"

„Horchen Sie sie ein bisschen aus. Wenn Sie mir Informationen liefern, die mir nützlich sind, könnte mir das eine Menge wert sein."

„Und welcher Art könnten diese Informationen sein?"

„Das weiß ich doch nicht. Ich bin auch nur Mittelsmann."

„Was soll das heißen?"

„Das heißt, einem meiner Auftraggeber aus der Hofer Region ist zu Ohren gekommen, dass sie ihm hinterher schnüffelt. Er will nun seinerseits wissen, was sie weiß und damit anzufangen gedenkt."

„Und warum finden Sie das nicht selbst heraus? Wozu brauchen Sie mich?"

„Weil ich noch ein bisschen was anderes zu tun habe als direkten Kontakt zu Observationsobjekten aufzunehmen. Normalerweise würde ich einen meiner Mitarbeiter auf sie ansetzen, aber da in der Region gerade keiner verfügbar ist, bekommen Sie Ihre Chance. Wenn Sie Ergebnisse liefern, sind Sie im Geschäft, alles klar?"

Crisseltis schwieg, setzte sich zurück auf die Matratze und zog sich ungelenk die Decke um die Schultern.

„Was ist?", drängte Hartriegel. „Sie sind ein unbeschriebenes Blatt, das ist der Hauptgrund, warum ich an Sie gedacht habe. Bei einem Naivling wie Ihnen würde sie nie darauf kommen, dass sie nur ausgehorcht wird."

„Und wenn ich das gemacht habe, investieren Sie dann in mein Geschäft?"

Hartriegel lachte spöttisch auf und bemühte sich sofort, dem Lachen eine freundliche Note beizumischen.

„Das natürlich nicht, aber Sie bekommen ein fürstliches Honorar."

„Wie fürstlich?"

„1.000 Euro."

„Viel zu wenig."

„Wie bitte?"

„Ich will 3.000 sofort. Und wenn ich Ergebnisse liefere, dann noch mal 3.000. Hallo?"

„Ja, ja, ich bin schon noch da. Das ist unverschämt viel, pah, meinetwegen. Ich schicke Ihnen einen Scheck. Aber Sie fangen gefälligst sofort an."

Da war er wieder, der Kotzbrocken Hartriegel. Geschäft unter Dach und Fach, und schon wurde alle künstliche Zutraulichkeit fahren gelassen. Egal, Crisseltis war innerlich aufgeblüht, sein Hauptproblem Wendelin Puck war für den Moment gelöst, sein Geschäft bis auf weiteres gerettet. Er zwang sich, cool zu bleiben und nicht allzu begeistert zu klingen, als er antwortete:

„Also gut, geben Sie mir ihre Handynummer."

27

„Katerchen?", fragte Robin und spitzte in einem demonstrativ verbissenen Lächeln die Lippen.

„Nö, bloß müde", gähnte Lilia, als sie in Schlaf-T-Shirt, ausgeleierten grauen Wollsocken und mit nackten Beinen in die Küche schlappte. Robin war bereits gestylt bis in die Haarspitzen, saß mit aufgeklapptem Kleinanzeigenteil der Tageszeitung am Frühstückstisch und hatte eine Tasse Cappuccino vor sich stehen.

„So was hätte ich auch gern", bettelte Lilia.

„Kein Sektfrühstück?"

„Blödmann."

Sie quälte sich Robin gegenüber auf einen der Hocker. Die Küche war wie ein American Diner eingerichtet – Tisch und Stühle in postmodernem Chrom und fest am Boden verschraubt. Kalt am Hintern. Superschick und hyperunbequem. Lilia war kurz davor wieder aufzustehen, sich doch rasch anzuziehen und ein Kissen zu holen, während ihr Robin eine Tasse füllte, da hörte sie hinter sich Schritte an der Küche vorbeischlurfen und sich rasch Richtung ehemaligem Dienstbotenausgang entfernen.

„Nicht ansprechen", flüsterte Robin, als er Lilias Blick zur Tür bemerkte und ihren Impuls, nach Daniel zu rufen. „Nach sechs bis acht Stunden Lesetätigkeit ist er wieder der Alte."

„Das dauert mir zu lang", murmelte sie, sprang auf und eilte aus der Küche.

„He, Daniel!"

„Keine Zeit."

Er war schon halb zur Tür draußen. Diesmal machte er keine Anstalten, seinen Aufbruch ihretwegen zu verzögern.

„Warte!"

Sie rannte zum Ausgang, packte ihn am Arm und zog ihn zu sich herein. Noch ehe er protestieren konnte, küsste sie ihn auf den Mund. Er versuchte in einem spontanen Impuls, die Gunst des Augenblicks zu nutzen, sie ganz an sich zu ziehen und den Mund zu öffnen, da war es schon vorbei. Mehr verblüfft als fragend starrte er sie an, als sie wieder von ihm abließ.

„So, jetzt sind Robin und du quitt, zwischen uns dreien kann also alles wieder normal weitergehen", klärte sie ihn spitz lächelnd auf. „Mehr ist nämlich heute Nacht nicht gewesen."

Eine anschwellende Sirene war zu hören, leise noch, aber im Begriff sich zu steigern. Daniel war irritiert: Der Heulton kam nicht von der Straße, sondern aus dem Haus.

„Entschuldige bitte, das ist mein Handy", fertigte Lilia ihn ab und war auch schon verschwunden. Daniel blieb mit weichen Knien zurück, fühlte sich übertölpelt und ärgerte sich noch mehr als vorher.

28

„Fuchsried, hallo."

„Guten Morgen, Frau Fuchsried, hier ist Gerhard Crisseltis von der Crisseltis Wildnis-Labyrinth und Gedenkstätten GmbH. Ich habe Ihre Nummer von Ihrer Internetseite. Kann ich Sie kurz sprechen?"

„Ja, sicher."

Lilia hockte sich auf die Matratze ihres provisorischen Bettes und zog die Beine an. Daniels Blick ging ihr nicht aus dem Kopf. So leicht abgetan, wie sie gedacht hatte, war die Sache nicht – vielleicht ganz im Gegenteil.

„Es ist so, dass ich zwischen Hof und Lobenstein direkt an der ehemaligen Grenze eine bundesweit einmalige Touristen-Attraktion aufbaue und dachte, das wäre vielleicht eine Story für sie", erklärte Crisseltis mit sonorer Geschäftsstimme.

„Wann ist denn Eröffnung?", fragte Lilia desinteressiert.

„Wenn alles gut geht, Anfang Sommer."

„Das ist noch weit hin."

„Aus marketingtechnischer Sicht ist das nicht mehr weit. Wann sind Sie denn mal in der Gegend?"

„Na ja, ich bin zwar zur Zeit hier in Hof, aber wissen Sie was, ich denke, das ist eher was für die hiesigen Lokalmedien."

„Sie wissen ja noch gar nicht, was genau hier entsteht."

„Eine Gedenkstätte, sagten Sie doch."

„Und zusätzlich ein Wildnis-Labyrinth. Das ist das Besondere an dem Projekt."

„Wildnis-Labyrinth, ehrlich gesagt, ich kann mir da zwar nicht viel drunter vorstellen, aber es klingt eher nicht so, als könnte ich Ihnen da weiterhelfen."

„Wie wär's, wenn Sie mal zu mir herauskommen, dann zeige ich Ihnen alles. Da Sie gerade in der Gegend sind …"

„Nein, tut mir leid. Ich bin außerdem aus ganz anderen Gründen hier und habe auch gar keine Zeit, mir noch zusätzlich was aufzuladen."

„Sind Sie schon mal in einer Stasi-Kaserne gewesen, Frau Fuchsried? Hier ist alles originalgetreu erhalten – von der Wache über Kantine und Waffenlager hin zu den Folterkellern."

„Ach ja?"

Und schon hatte sie angebissen. Crisseltis musste sich zwingen, ein Grinsen zu unterbinden und seine Stimme nicht triumphierend klingen zu lassen.

„Noch kurz vor der Wende sollten von hier aus Panzer zur Niederschlagung der Montagsdemonstrationen ausrücken."

Diese Info hatte er von dem Postboten, der Hartriegels Verfügung zugestellt hatte, und sie war genauso unbelegt wie die Vermutung, bei den leeren, ausgeplünderten Kellerräumen könnte es sich um Arrest- oder gar Folterzellen gehandelt haben. Aber wer wollte das Gegenteil beweisen? Der Stasi-Grusel wirkte, der Stasi-Grusel würde ihn reich machen. Crisseltis war von diesem kurzen Gespräch wieder so Feuer und Flamme für sein Projekt, dass er ganz vergaß, weswegen er diese Reporterin überhaupt angerufen hatte. Nicht wegen seines Projektes – nicht direkt deswegen.

„Das klingt allerdings interessant, Herr …"

„Crisseltis."

108

„Herr Crisseltis, und wo genau liegt diese Kaserne?"

„Sie fahren von Hof aus kommend durch Lichtenberg, am Marteau-Haus vorbei weiter Richtung Lobenstein, biegen an der ersten großen Kreuzung nach der ehemaligen Grenze links ab, fahren durch …"

„Moment, Moment, das muss ich mir aufschreiben!"

Lilia sprang von der Matratze und suchte nach Schreibzeug. Da sie nicht auf Anhieb fündig wurde, verließ sie den Raum und eilte zur Küche.

„Heißt das, Sie schauen mal hier vorbei?"

„Eventuell."

„Gleich heute?"

Sie gab Robin, der noch immer in der Küche über dem Anzeigenteil der Zeitung brütete, mit fuchtelnder Hand ein Zeichen, dass sie was zum Schreiben brauchte, und er schob ihr seinen eigenen Notizblock samt Stift hin.

„Also noch mal von vorn", befahl sie und schrieb mit einer Klaue und in einem Tempo, dass Robin gar nicht anders konnte, als fasziniert zuzuschauen und mit gerunzelter Stirn den Kopf zu schütteln. Nach einem Punkt, der den halben Block durchbohrte, knurrte sie noch ein „Alles klar, bis dann" und drückte grußlos die Auflegen-Taste.

„So ist das also, wenn mein Häschen dienstlich wird", schmunzelte Robin, als sie das Handy beiseite gelegt hatte.

„Wie?"

„Eine richtig große gefährliche Hasen-Frau wird sie dann: hart und ablehnend, von königinnengleicher Herablassung und unfreundlich bis zur Unleidigkeit. Ich muss sagen – gefällt mir. Turnt mich an."

„Ach du …"

„Und wer war das? Hat er diesen Ton verdient?"

„Keine Ahnung. Jemand, der irgendwo zwischen hier und Lobenstein eine Touristen-Attraktion aufbaut. Ziemlich aufdringlich, eigentlich wollte ich ihn abwimmeln."

„Aber?"

„Dann kamen doch ein paar ganz interessante Details."

109

„Das sind also deine Storys: im Werden begriffene Touristen-Attraktionen in tiefster Provinz? Ebenso gut könntest du mal über mein Geschäft was schreiben."

„Ich schreibe ja gar nicht, ich sammle nur Informationen. Und meine Themen sind eigentlich auch ganz anders. Aber heute hab ich nicht allzu viel zu tun, deshalb …"

„Was ist mit deinen anderen Recherchen?"

Lilia verzog das Gesicht, lächelte gequält, zog die Fersen auf den Sitz und das T-Shirt über die nackten Knie.

„Ich weiß schon, was du denkst", sagte Robin leise und sanft.

„Ach ja?"

„Nach dem, was du von diesem Tietje gehört hast, ist das auch naheliegend."

„Und was?"

„Du denkst, dass dein Paps nicht einfach nur brav vor sich hin getradet hat, sondern an Kursmanipulationen beteiligt war, vielleicht sogar im großen Stil."

„Ich will in kein Wespennest stechen."

„Jetzt mach aber mal halblang."

„In diesem Fall nicht."

„Du willst sein Andenken nicht beschädigen, das ist es, und deshalb willst du nun doch lieber den Schleier des Vergessens über den Fall sinken lassen. Aber ich denke, du solltest jetzt erst recht weitermachen."

„Und wieso?"

„Wenn das nicht dein Vater gewesen wäre und du nicht aus privaten Gründen verwickelt wärst, sondern einer Story auf der Spur, würdest du dann auch aufgeben?"

„Ich hab nicht gesagt, dass ich aufgebe."

„Eigentlich war so was doch auch vorherzusehen."

„Was?"

Lilia schaute ihn entsetzt und fragend an.

„Diese Botschaft, die er hinterlassen hat, die klingt ja nicht gerade so, als habe sich ganz zufällig ein Einbrecher zu ihm verirrt."

„Das nicht, aber ..."

„Auf jeden Fall solltest du die Infos über mögliche Insidergeschäfte mit der Solaren Revolution umgehend der Polizei mitteilen."

„Hatte ich sowieso vor."

„Und ich werde heute auch mal ein paar Recherchen durchführen. Grob überflogen hab ich den Fall gestern schon mal kurz. Der Kursverfall wurde auf eine geplante Kapitalerhöhung zurückgeführt. Die Firma wollte die Börse nach offizieller Verlautbarung zwar nicht wegen finanzieller Schwierigkeiten anzapfen, sondern um das Wachstum zu beschleunigen, aber was wirklich dahintersteckt, weiß man als Anleger ja nie so genau. Und dann tauchten auch noch Gerüchte über Bilanzmanipulationen auf. Erst das hat der Aktie und schließlich auch der AG den Rest gegeben."

Lilia schmunzelte angesichts der Informationsflut.

„Und das nennst du einen Fall grob überfliegen?"

„In den offiziellen Archiven ist nicht so viel darüber zu finden. Nebenwerte, die nicht indexnotiert sind, werden nur knapp abgehandelt und meist nicht allzu aktuell. Deshalb ist der punktgenaue Ausstieg von Tietje und Co. umso erstaunlicher. Aber das muss auch nichts mit Manipulationen zu tun haben, vielleicht hatte jemand auch nur besondere Informationsquellen oder den richtigen Riecher."

„Wieso, was meinst du?"

„Wenn ein Dax-Wert abschmiert, findet man die Nachricht dazu spätestens eine Stunde danach. Bei Nebenwerten kann es bis zum Abend dauern – oder du erfährst überhaupt nichts."

„Moment mal, heißt das, die ursächliche Nachricht kommt nach der Kursbewegung?"

„Für Otto Normalanleger wie mich leider ja. Die Profis sind schneller informiert. Die brauchen keine Nachrichtenseiten, die sitzen direkt an der Quelle und machen dann die Kurse."

„Mein Vater war ein exzellenter Charttechniker. Es könnte sein, dass er auch einfach nur aus ersten kleinen Anzeichen eines Aufwärtstrendbruchs die richtigen Schlüsse zog."

„Auszuschließen ist das nicht."

„Vielleicht treffe ich mich noch mal mit Tietje, bevor ich die Polizei rebellisch mache."

Robin schüttelte den Kopf.

„Der gehörte bestimmt nicht zu den Insidern, sonst würde er nicht so freimütig plaudern. Der hat sich über die rechtzeitige Warnung gefreut und das war's."

„Aber er könnte mir vielleicht diesen Schierling zeigen, wenn er mal wieder in der Therme auftaucht."

„Meinst du, der gute olle Tietje setzt sich die nächsten Wochen von früh bis spät mit dir in die Sauna und beobachtet Leute? Das ist ein Massenbetrieb, da werden täglich Tausende von Menschen durchgeschleust. Dieser geheimnisvolle Master Schierling könnte fünfmal an dir vorbeilaufen, und du würdest es nicht merken."

„Kann sein. Ich muss mir das auch alles erst noch mal durch den Kopf gehen lassen. Ist vielleicht ganz gut, dass ich heute diesen Stasi-Termin habe."

„Häschen, eines solltest du beim Durch-den-Kopf-gehen-lassen aber immer in selbigem behalten."

„Und das wäre?"

„Auch wenn dein Paps an Geschäften beteiligt war, die du nicht gutheißen würdest, hatte er es nicht verdient, unsere schöne Welt so abrupt und unfreiwillig zu verlassen. Und du musst vor allem bedenken: Seine Kumpane gibt es noch und auch seinen mutmaßlichen Mörder – und sie machen bestimmt munter mit ihren krummen Geschäften weiter."

29

„Der Kurs zieht ruckartig an, das gibt's doch nicht."

Pit-Herbert Ucker ließ das frisch gestrichene Honigbrötchen sinken und rief seine Link-Liste mit einschlägigen Wirtschaftsseiten auf. Der voll verkabelte Laptop stand als Tageszeitungsersatz auf dem Frühstückstisch neben seinem Gedeck mit Kaffeetasse, Eierbecher, Müslischüssel, Teller und Besteck. Nadine goss sich Kaffee nach, setzte sich und schwieg demonstrativ.

„Tut mir leid, Schatz, aber ich will an meinem ersten Tag möglichst informiert antreten. Bin gleich fertig."

Nadine köpfte ihr Ei, löffelte das Weiße aus der Kappe und legte sie behutsam beiseite. Nach Schlabberlook, Bartstoppeln und schlechter Laune zum Frühstück nun also wieder Zweireiher, Gelfrisur und steif-nervöse Konzentriertheit. Dazwischen gab es offenbar nichts. Sie beobachtete ihn dabei, wie er Internetseiten durchsuchte, während sie sich eine Vollkornbrotscheibe mit Margarine und ungesüßter Hagebuttenmarmelade bestrich.

„Keinerlei Nachrichten", murmelte er und starrte auf den Bildschirm. „Trotzdem wird massiv gekauft."

„Vielleicht charttechnische Gründe?", fragte sie.

„Das auch, ja klar. Der langfristige Abwärtstrend wurde vorige Woche durchstoßen, ein Ausbruch nach oben war zu erwarten. Aber so heftig – fast 15 Prozent!"

„Na und? Ich denke, Kurskapriolen ohne besonderen Anlass sind bei Nebenwerten wie der MSV die Regel?"

„Schon."

„Vielleicht eine Empfehlung in irgendeinem Börsenbrief?"

„Könnte sein, ich bin gerade am Schauen."

„Oder der Ölpreis?"

„Eher nicht, der fällt seit Tagen."

„Fällt? Aber das ist doch gut!"

„Nicht für Solarwerte."

„Egal, freu dich doch. Deine neue Firma ist halt einfach gefragt. Ein gutes Omen."

„Ja", stimmte er ernst und lustlos zu, ohne den Blick vom Laptop-Bildschirm und die Hände von Maus und Tastatur zu nehmen.

„Willst du nicht zwischendurch mal was essen?"

„Gleich."

„Warum stört dich das so, wenn der Kurs steigt?"

„Ich sag ja nicht, dass es mich stört. Aber irgendwie ist es – na ja, fast schon gruselig."

„Jetzt hör aber auf!"

„Mit genau solchen Kapriolen ging es damals auch los."

„Das war doch was anderes."

Sie bemühte sich, ihre schlechte Laune zu unterdrücken. Nicht, dass es einen Unterschied gemacht hätte – ihm war ihre Laune egal, er bemerkte nicht mal, wenn sie gar nichts mehr sagte.

„Kann schon sein. Aber ein seltsamer Zufall ist es schon. Ausgerechnet an meinem ersten Tag."

„Schatz, ich glaube den Anlegern ist dein Wiedereinstieg ins Berufsleben ziemlich egal."

„Du meinst, der Kurs müsste eher fallen, wenn ich wo einsteige?"

Sein Ton klang so beiläufig wie zuvor. Ein missglückter Fall von Selbstironie? Sie fragte sich, ob er wirklich so war: völlig neutral und gefühlsreduziert, auch wenn es um ihn selbst ging – oder ob er sich nur im Griff hatte und nie was anmerken ließ.

„Gab es denn eine Pflichtmitteilung? Vielleicht ist das der Grund?"

„Nein. Die gäbe es, wenn ich im Vorstand oder Aufsichtsrat anfinge."

„Aber vielleicht ist die Nachricht einfach durchgesickert. Schau halt mal in den Blogs und Foren."

„Schon geschaut. Kein Ton über mich."

„Dann ist es eben nur Zufall."

„Vielleicht."

„Bestimmt. Und jetzt iss bitte dein Ei, bevor es kalt wird."

Widerwillig und ohne hinzuschauen griff er nach dem Eierbecher und zog ihn zu sich heran.

„Vielleicht sollten wir auch kaufen", murmelte er.

Sie zuckte kurz zusammen und sagte scheinbar unbeteiligt: „Wenn du *das* tust, bin ich weg."

Jetzt, erstmals, ließ er sich zu einer Reaktion hinreißen. Er hob den Kopf und nahm den Blick vom Laptop. Sie schauten sich an. Er las dabei in ihrem Gesicht, wie ernst sie es meinte.

„Könnte sein, dass die sogar erwarten, dass ich einsteige", beharrte er kleinlaut und versetzte seinem Ei einen Schlag mit dem Löffel. Unvermittelt fiel ihm das Honigbrötchen ein, das inzwischen wieder ein Butterbrötchen war, eingeweicht in einem Honigsee. Ohne auf die Misere zu achten, griff er zu, biss hinein und schmierte einen Honigfaden über seinen Laptop. Nadine bedachte ihn mit einem entsprechenden Blick und reichte ihm wortlos eine Serviette.

„Mir egal, was die erwarten. Du hast mir geschworen: nie wieder."

„Das war doch damals was ganz anderes. Als Gründer und Vorstandsvorsitzender konnte ich schlecht Gewinne realisieren, während unsere Aktionäre in den Totalverlust schlittern."

„Stattdessen hast du auch noch gekauft."

„Ich hatte gehofft, das könnte kursstützend wirken. Immerhin war die Firma kerngesund. Ich konnte gar nicht anders handeln, letztlich wurde das von allen Beteiligten so erwartet."

„Von einem Kreativberater im Angestelltenverhältnis wird es bestimmt nicht erwartet."

„Ich will nicht ewig Kreativberater und Angestellter bleiben. Die MSV wächst rasant, ich will so schnell wie möglich mitmischen."

Sie betrachtete ihn in seiner Euphorie, seufzte innerlich und gab ihrer Stimme den Klang eines entschiedenen Themenwechsels.

„Hör mal, Pit, ich weiß, dass ich gerade heute nicht unbedingt damit anfangen sollte, aber …"

„Womit? Jetzt bitte bloß keine Botschaften von meinem Vater", bestimmte er, stopfte den letzten Bissen Brötchen in den Mund und klappte mit klebrigen Fingern den Laptop zu. „Die Sache ist ein für allemal erledigt."

„Er wartet immer noch darauf, dass du seine Firma übernimmst."

„Soll er doch. Wenn er sogar amtlich beglaubigte Verzichterklärungen ignoriert, ist ihm nicht zu helfen. Mit Braunkohle will ich nichts zu tun haben!"

„Er ist eben überzeugt, dass Strom aus Sonne und Wind niemals die traditionelle Energieerzeugung wird ersetzen können."

„Um Himmels willen, Nadine, jetzt hör aber auf!"

„Und wenn er recht hat?"

„Wenn er recht hat?", echote er und starrte sie an. „Sag mal …"

„Es geht mir doch nur um unsere Zukunft! Um uns beide …"

Sie begann, die Fassung zu verlieren, straffte sich, zwang sich zur Ruhe.

„Unsere Zukunft ist endlich wieder gesichert!", rief er. „Ich hätte es ja verstanden, wenn du im letzten halben Jahr versucht hättest, zwischen ihm und mir zu vermitteln, als ich ohne Perspektive war, aber ausgerechnet jetzt? Ich dachte, du hättest dich über meinen Neuanfang gefreut!"

„Hab ich auch, ehrlich, aber mir macht diese plötzliche Euphorie Angst. Du bist ja völlig verwandelt, gibst dich schon nicht mehr damit zufrieden, endlich wieder Arbeit zu haben, sondern willst gleich ganz nach oben. Wachstum, Wachstum, Wachstum, das war es doch, was uns damals ins Verderben getrieben hat."

„War es nicht!"

„War es doch! Ohne die Kapitalerhöhung …"

„Die Kapitalerhöhung stand völlig außer Diskussion."

„Sie hat den Untergang besiegelt."

„Hat sie nicht! Das war – irgendwas ging da nicht mit rechten Dingen zu. Diese Gerüchte über Bilanzmanipulationen, die wurden gezielt von jemandem gestreut, der Interessen hatte, die ich bis heute nicht durchschaue."

„Es gibt einen ganz neuen Vorschlag, über den du zumindest mal nachdenken solltest."

„Es *gibt* diesen Vorschlag?", fragte er misstrauisch. „Das heißt doch, mein Vater hat ihn dir unterbreitet."

„Er ist bereit, dir ganz weit entgegenzukommen."

„Ist er nicht. Ist er nie. Das sind immer nur neue Tricks, um seine Interessen doch noch durchzusetzen."

„Jetzt hör aber auf! Du tust ja so als will er uns was Schlechtes."

„Das spielt überhaupt keine Rolle. Ganz sicher meint er es gut, aber ich bin überzeugt davon, dass jetzt der große Umbruch hin zu alternativen Energien stattfindet – da übernehme ich doch keine Firma, die Maschinenteile für Braunkohlebagger produziert!"

„Aber vorläufig könntest du es machen, nur für ein paar Jahre. Er besteht nicht mehr darauf, dass du den Betrieb auf Dauer fortführst, nur bis zu seinem Tod – danach kannst du damit machen, was du willst."

„Ha, und das soll kein Trick sein? Der macht nichts anderes als von früh bis spät zu wandern und in der Sauna zu sitzen. Der wird locker 100 und kann noch unseren Kindern in ihr Leben hineinpfuschen."

„Erst mal müssen wir welche haben."

„Jetzt reicht's aber, Nadine, nicht auch noch das Thema schon wieder."

Er schaute auf die Uhr seines Handys, obwohl über ihm die Küchenuhr hing, umrundete den Tisch und wusch sich in der Spüle die klebrigen Honigfinger.

„Wünsch mir lieber einen guten Start."

„Ich wünsch dir einen guten Start. Und ich wünsche uns beiden, dass du wenigstens darüber nachdenkst."

Sich die Hände an einem Küchentuch abtrocknend, schüttelte er langsam und entschieden den Kopf.

„Definitiv nein. Richte ihm aus, er soll die Firma endlich verkaufen und seinen Ruhestand genießen. Mit mir kann er keinesfalls rechnen."

30

An einem kastenförmigen, schwarz verschieferten Gebäude, das wie ein lieblos hingeklatschter, heruntergekommener Wohnblock hinter einem Sperrzaun neben der Straße lauerte, sah Lilia einen Mann winken. Das konnte doch wohl nicht ...

Sie bremste ziemlich abrupt, blinkte links und bog in die Einfahrt. Mit großen, kraftvollen Schritten kam der Mann zu ihr heran. Er erinnerte sie spontan an die hochgewachsene, etwas verwahrloste Ausgabe eines Hollywoodschauspielers, sie kam nicht auf den Namen, aber sah ihn deutlich vor sich. Verwahrlost, aber sogar noch ein bisschen besser aussehend und netter lächelnd. Eigentlich war dieser Schauspieler ihr immer suspekt, aber auf unheimliche Weise auch anziehend vorgekommen. Sie drückte mit fahrigen Fingern auf den Fensterheber.

„Herr Crisseltis?", fragte sie in den größer werdenden Spalt des heruntersummenden Fensters hinein und fummelte am Gurtknopf.

„Hallo Frau Fuchsried. Das ging ja flott."

Er streckte ihr durchs Fenster die Hand entgegen und drückte kraftvoll zu. Etwas fest, aber gerade noch angenehm, Lilia hielt die Hand ein bisschen länger als nötig bei sich im Wagen.

„Haben Sie etwa die ganze Zeit hier gewartet?"

„Seit zehn Minuten. Die meisten Besucher fahren erst mal vorbei und ärgern sich dann, wenn sie in Neundorf wieder umkehren müssen. Ich muss dringend ein Hinweisschild an der Straße aufstellen, das Genehmigungsverfahren läuft schon."

„Aber sagten Sie nicht was von einer Touristen-Attraktion? Das hier hätte ich auf Anhieb nicht dafür gehalten."

„Es ist ja auch noch längst nicht alles fertig. Ich kann Ihnen Pläne zeigen, wie es werden wird. Aber fahren Sie doch erst mal rein, hier durchs Tor, und parken Sie irgendwo auf dem Kasernenhof."

Er lächelte aufmunternd. Lilia spürte einen seltsamen Zwiespalt: Alarmierendes Misstrauen aufgrund des Gesamtbildes der Anlage mit wucherndem Unkraut und zerbrochenen Fensterscheiben – und auf der anderen Seite Vertrauen in die Kraft dieses Lächelns und die freundlichen, etwas traurigen, grauen Augen.

Sie fuhr im Schritttempo um das Gebäude herum und erschrak über das Ausmaß der Zerstörung rings um das, was wohl mal der Haupteingang der Kaserne gewesen war. Gigantische Lkw-Reifen lagen über das fast völlig von Gras und kleinen Bäumchen überwucherte Areal verstreut. Das Heck eines verrotteten Trabis ragte aus dem Gestrüpp. Die Auspuffanlage eines Lkws rostete direkt daneben vor sich hin. Die unverschieferten Wände waren mit Graffitis beschmiert, der Putz bröckelte nicht nur, es klafften ganze Löcher in der Wand. Gegenüber dem Kasernengebäude rahmte ein langgezogener Garagen- und Werkstätten-Flachbau den Appellplatz ein. Lilia zählte fünf überdimensionale Rolltore, durch die mühelos auch Panzer gepasst hätten.

Der Gedanke schoss ihr durch den Kopf, dass sie in eine Falle tappte. Eine Touristen-Attraktion sollte das werden? Lächerlich! Aber es war der ideale Ort, um eine aufdringliche Reporterin zu töten und ihre Leiche verschwinden zu lassen. Was hatte sie Robin noch mal erzählt? Eine Kaserne im Grenzgebiet? Nicht sehr genau diese Ortsangabe, sicher gab es entlang des ehemaligen Todesstreifens alle paar Kilometer eine solche Ruine. Würde man sie hier suchen und tatsächlich irgendwann auch finden?

Verdammt naiv! Crisseltis, na und? Selbst wenn sie diesen Namen Robin genannt und er ihn sich gemerkt hätte – wäre das von Bedeutung? Da rief irgendein wildfremder Typ bei ihr an, nannte ihr irgendeinen Namen und erzählte irgendeine blöde Geschichte, und ohne auch nur das Mindeste davon nachzuprüfen, fuhr sie einfach los, allein, traf sich mitten im Nirgendwo mit diesem Fremden und …

„Jetzt zeige ich Ihnen erst mal die Kaserne, bevor ich Sie übers Gelände führe."

Er hielt ihr die Autotür auf. Lilia stieg etwas zögernd aus. In die belebte Therme hatte sie Robin und Daniel als Bewacher mitgeschleppt, hierher nicht mal einen von beiden. Seltsam, wie man doch immer an den Gegebenheiten vorbei entscheidet.

„Sind Sie Hofer? Sie klingen so", plapperte sie los, um davon abzulenken, was auf sie zukommen mochte.

„Ja, aus dem Viertel."

„Wo genau?"

„Leimitzer Straße, direkt an der Wolfrum-Schule. Und Sie?"

„Neuhof. Aber ich bin schon lange weg. Wohnen Sie noch in Hof?"

„Nein, ich habe meine Wohnung aufgegeben, als ich die Anlage gekauft habe, und bin hierher gezogen."

„Wann war das?"

„Vor zwei Monaten."

„Vor zwei Monaten?", wiederholte sie verblüfft. „Und seitdem leben sie – hier?"

Sie schaute sich demonstrativ um und begriff zugleich, dass sie ihn mit ihrem Entsetzen beleidigte. Ihr Misstrauen wuchs, aber zugleich keimte etwas auf, das sich wie Mitleid anfühlte.

„Ja, ist doch sinnvoll", antwortete er. „So bin ich immer vor Ort."

„Aber … was soll das eigentlich noch mal werden?"

„Wildnis-Labyrinth und Gedenkstätte. Beides zugleich. Ich weiß schon, was Sie denken. Kommen Sie mal mit."

Er klang unbefangen, fast fröhlich. Lilia dachte: Der muss völlig verrückt sein, wenn er glaubt, dass ich glaube, dass er aus dieser Mischung aus Müllkippe und Ruinenlandschaft eine Touristen-Attraktion machen will. Zwei Monate hier, aber man sieht nichts, was auf bauliche Aktivitäten hindeutet …

„Es gibt zwei Gründe, warum ich hier draußen noch fast nichts gemacht habe", erläuterte er, während er auf die Treppe zum Haupteingang zuging. Lilia folgte ihm zögernd.

„Erstens stand bei meinem Herzug der Winter vor der Tür, und dass er heuer so mild werden würde, konnte ich ja nicht ahnen. Und zweitens …"

Er sprang federnd die Treppen zum Eingang hoch. Lilia wusste nicht, wie sie hätte begründen sollen, ihm nicht zu folgen. Der Gedanke, sie könne in eine Falle gelockt werden, war so naheliegend – es laut auszusprechen so absurd.

„Und zweitens?", fragte Lilia, als sie oben ankam und sich von ihm die Tür aufhalten ließ.

„Ich weiß ganz genau, wie es mal hier drin werden soll", antwortete er mit einem Rundumblick über Treppen, Wachraum und Eingangsbereich, „deshalb kann ich hier arbeiten ohne

Ende. Aber draußen will ich ja beides, und ich weiß noch nicht, wie ich beide Attraktionen vereinen kann. Also liegt der Außenbereich erst mal auf Eis."

„Wie beides? Ehrlich gesagt, verstehe ich nicht ganz."

„Kommen Sie mit!", rief er und eilte wieder voraus, die Innentreppe hoch und rechts herum. Dem Eingang gegenüber prangte ein riesenhafter schwarzer Graffiti-Schriftzug an der Wand:

„Rote Mörder- und Verbrecher-Höhle der DDR."

„Das bleibt als Zeitzeugnis der Wende erhalten", erläuterte er mit hallender Stimme, als er ihren irritierten Blick bemerkte.

„Das hier ist die ehemalige Wachstube."

Er sperrte die nächstliegende Tür des langgezogenen, komplett ausgeplünderten und verwüsteten Kasernenganges auf. Aus der Schiebefensterfront zur Eingangstreppe hatte Lilia auf eine Art Empfangszimmer geschlossen, allerdings war die Scheibe durch Pappkarton ersetzt worden. Als die Tür jetzt aufschwang, rechnete sie mit einem leeren Raum, beschmierten Wänden, zertrümmerten Möbelteilen, Dreck und heraushängenden Kabeln.

Ihr Blick fiel aber in eine komplett eingerichtete, aufgeräumte und blitzsauber geputzte Wachstube. Auf einem Stuhl am Tisch unter dem mit Pappe abgeschirmten Wachfenster hockte eine uniformierte Schaufensterpuppe im Kampfanzug der DDR-Grenztruppen. An der Wand gegenüber hing ein gerahmtes Honecker-Bild.

„*Damit* hab ich die letzten zwei Monate zugebracht", erklärte Crisseltis stolz und freute sich sichtlich über Lilias Verblüffung. Sie war nie in der DDR gewesen, noch hatte sie sich je mit der untergegangenen Alltagswelt befasst, erst recht hatte sie keine Ahnung, wie es in einer Kaserne ausgesehen haben könnte. Aber als sie den bis ins kleinste Detail liebevoll eingerichteten Raum sah, begriff sie sofort die Authentizität: Genauso musste es gewesen sein – das Stillleben mit Tisch, Stühlen, Schränken, Wählscheibentelefon, die scheinbar zufällig verstreuten Alltagsgegenstände wie Kugelschreiber, Zeitung oder Zigarettenpackung, alles war so, als habe sich ein Zeitfenster in die

Vergangenheit geöffnet. Ringsum diese Zerstörung, aber hier: Wände und Decke waren frisch gestrichen, der Fußboden neu mit Linoleum verlegt, alles an seinem Platz.

„Das ist ja unglaublich!", rief Lilia.

„Und genauso will ich die restliche Kaserne herrichten. Natürlich nicht alle Stuben, aber auf jeden Fall eine davon und die Küche, das Offizierskasino, einen der Waschräume, eine der Garagen, eine Werkstätte. Einen Teil der Verwüstung will ich auch erhalten, die Nachwende-Ära gehört schließlich ebenfalls zur Geschichte des Gebäudes."

Lilia schaute ihn an und spürte, wie seine Begeisterung auf sie übersprang. Sie zückte Block und Stift und forderte ihn auf:

„Reden Sie weiter."

„Ich stelle mir so eine Art Zeitreise durch die letzten Tage des DDR-Militärs vor. Vom normalen Alltag über die ersten Auflösungserscheinungen bis zum Umbruch. Alles mit Erläuterungen und historischen Dokumenten anschaulich belegt. Über E-Bay und auf alten Trödelmärkten sind noch jede Menge originale Alltagsgegenstände zu bekommen. Was Sie hier sehen, habe ich alles erst zusammengekauft, hier war ja gar nichts mehr vorhanden. Ich bin auch dabei, mit den Leuten vor Ort zu reden und zu recherchieren, wie es war, als die Kaserne geschlossen und aufgegeben wurde. Als die letzten Truppen abgezogen waren, konnte die Bevölkerung den einst hermetisch abgeriegelten Grenzraum für sich erobern. Die Wut der Menschen entlud sich mit dem Ergebnis, das Sie ringsum sehen."

„Wenn Sie das so hinbekämen, das wäre dann allerdings eine Attraktion", stimmte ihm Lilia zu, „und ganz sicher konkurrenzlos."

„Na ja, das nicht ganz. Es gibt ja gleich um die Ecke das Grenzmuseum Mödlareuth, aber da stehen die Sperranlagen im Mittelpunkt – mir geht es hier um den militärischen Alltag und den Untergang einer Epoche."

Lilia machte sich Notizen und murmelte ohne aufzuschauen:

„Jetzt verstehe ich aber nicht …"

„Was?"

Sie schrieb fertig, ließ den Block sinken und deutete mit dem Stift darauf.

„Das ist doch ein klar umrissenes Konzept. Aber was soll dieses andere, was Sie da noch vorhaben?"

„Das Wildnis-Labyrinth."

Sie nickte und schüttelte übergangslos den Kopf.

„Was hat denn das mit der DDR zu tun?"

„Das geht weit darüber hinaus. Kommen Sie."

Er verließ die Wachstube, sperrte hinter Lilia wieder ab, führte sie eine Tür weiter und kramte einen anderen Schlüssel hervor.

„Hinter den Kasernengebäuden erstreckt sich ein riesiges Freigelände. Bis zur Wende war alles betoniert und einsehbar, wie man mir erzählt hat, aber in der relativ kurzen Zeit seit 1989 ist eine totale Wildnis entstanden, ein junger Urwald, der praktisch alles verschlungen hat, was da mal war. Gebäude sind komplett von Bäumen eingewachsen, in den Räumen stehen Löwenzahn und Disteln, weil durch die zerbrochenen Fenster und durchlöcherten Dächer schon der Himmel hereinschaut. Aus alten Kanaldeckeln ragen armdicke Baumstämme. Die Grasmatten und Moosteppiche kann man anheben und abziehen. Darunter kommt der Asphalt zum Vorschein und darauf noch der Split vom letzten Betriebswinter und so manches Überbleibsel – weggeworfener Abfall, der auf einmal wieder einen Wert bekommen hat, weil er etwas über die längst vergangene Zeit aussagt. Schauen Sie: ..."

Er stieß die Tür auf. Lilias Blick fiel auf das etwa zwei mal zwei Meter große Modell einer flachen Hügellandschaft, das sie auf den ersten Blick an eine Modelleisenbahnanlage erinnerte. Statt Straßen und Schienen dominierte der Mischwald, und durch diesen Wald zogen sich labyrinthartige Wege und Pfade, verschlungen, scheinbar ziellos, sich ständig gegenseitig überkreuzend. Aber das schönste an dem Modell waren die Stationen entlang der Wege: Ruinen von Häuschen, kleine bogenförmige Steinbrücken, verwunschene Pavillons, auch mal ein Tümpelchen dazwischen, dann wieder eine Felsenkonstruktion, ein Aussichtspunkt, aber vor allem bauliche Relikte, die wie zufällig verstreut dalagen und an ein untergegangenes, überwuchertes Dorf erinnerten.

„Das ist ja traumhaft!", rief Lilia. „Und so soll das mal in echt werden?"

„Ja, ich stelle mir vor, dass man wie durch ein natürliches Labyrinth aus echtem, gesundem Urwald spaziert und alle paar Meter auf geheimnisvolle Überraschungen stößt, und zwar romantisch verfallene Ruinen von Gebäuden und Anlagen. Als sei man in einer ehemaligen Stadt, einem früher stark von Menschen frequentiertem Raum, den sich die Natur zurückerobert hat. Man soll sich fühlen, als lägen die letzten Tage der Menschheit weit zurück und man entdecke jetzt die Hinterlassenschaften der Zivilisation. Das Problem ist nur, dass die Hinterlassenschaften der Grenztruppenkaserne hier nicht allzu romantisch sind und auch nicht vielfältig genug. Die Frage ist jetzt also …"

„… ob Sie das Wildnis-Labyrinth vom Kasernen-Dokumentationszentrum trennen und ganz anders vermarkten – oder ob sie das Gelände originalgetreu einbinden und damit auf so nette Ideen wie diese Brücken und Pavillons verzichten. Nüchternheit statt Zauberwelt."

„Ganz genau. Diese Frage muss ich noch lösen."

Lilia starrte unvermindert entzückt auf das Modell, umrundete es und betrachtete es von allen Seiten.

„Ich bin überrascht, wirklich. Sie haben mich voll überzeugt. Und ich bin sicher, den kleinen Widerspruch lösen Sie noch."

„Danke. Ich glaube, Sie sind die Erste, die meine Pläne nachvollziehen kann."

Lilia schaute auf.

„Heißt das, Sie arbeiten hier ganz allein?"

Er nickte.

„Ich will ehrlich zu Ihnen sein. Wenn ich nicht bald Investoren finde, die ich genauso begeistere wie Sie, dann kann ich nicht mehr lange durchhalten."

Lilia lächelte wehmütig und schaute zu Boden.

„Deshalb haben Sie mich also angerufen, stimmt's? Nicht, weil ich die bevorstehende Eröffnung publik machen soll, sondern weil Sie Geld brauchen, um überhaupt weitermachen zu können."

Er schaute sie an mit einem Blick, den Lilia für einen Moment seltsam fand, nicht ertappt und betreten, wie sie erwartet hätte, sondern eher wehmütig, fast schmerzlich zerrissen und kurz davor, ihr etwas Unschönes zu beichten – da straffte er sich, nickte eifrig und seufzte.

„Ja. Meinen Sie, da ist etwas zu machen?"

Lilia wandte sich wieder dem Modell zu, strahlte, als ihr Blick über die kleine Zauberwelt schweifte, und begann dann erst leicht und schließlich immer stärker zu nicken.

„Ich habe da gleich mehrere Einfälle. Berichterstattung dürfte klar gehen. Meine Medienpartner sind an außergewöhnlichen Ideen immer interessiert. Zweitens, was die Finanzierung betrifft – welche Rechtsform haben Sie eigentlich?"

„GmbH."

„Ach ja richtig, Ihr Begrüßungsspruch … Aber wie wär's stattdessen mit einer AG? Ich selbst würde sofort ein bisschen was investieren. Und ich kenne Leute, die bestimmt auch nicht abgeneigt wären. Was, drittens und viertens, sofort zu klären wäre, denn ich übernachte zur Zeit bei einem Freund, der sich mit Aktien und allem, was damit zu tun hat, fundiert auskennt, und der außerdem genau das beruflich betreibt, was für Ihre Ausstattung hier essentiell ist."

„Und das wäre?", fragte ein verduzter Gerhard Crisseltis, der von so viel Eifer, Begeisterung und spontaner Tatkraft wie überrollt war.

„Er durchstöbert Flohmärkte und Internet-Auktionen nach Kleinodien aller Art und verkauft sie weiter. Das wäre ein idealer Partner – er beschafft bei seinen Einkaufstouren DDR-Relikte für Sie mit und Sie im Gegenzug alles, was er so braucht. Er ist erfolgreich in dem, was er tut, ein bisschen spinnert, aber ein furchtbar netter Kerl. Ihr werdet euch auf den ersten Blick mögen."

31

Robin eilte vom Haus durch den Garten zur Straße, als Lilia mit Crisseltis aus ihrem Auto stieg. Sie begegneten sich an der Gartentür. Robin huschte hinaus, schloss sie hinter sich und baute sich davor auf, als gelte es, seinen Besitz gegen Eindringlinge zu verteidigen. Er musterte Crisseltis von Kopf bis Fuß, registrierte jedes Detail, vom unrasierten, müden Gesicht, der unordentlichen Frisur über die speckige Jacke, die abgetragenen und ausgebeulten Jeans bis zu den durchgelatschten Schuhen – und wandte demonstrativ den Blick ab, ohne ihn begrüßt zu haben.

Lilia stellte fest, dass ihr all diese Details an ihrem Begleiter erst durch Robins Blick so richtig auffielen und sie erst jetzt die Schlüsse zog, die wohl auch Robin gerade durch den Kopf gingen. Aber er hatte ja nicht gesehen, was sie gesehen hatte.

„Robin, das ist Herr Crisseltis von …"

Sie zögerte kurz und Crisseltis übernahm: „Von der Crisseltis Wildnis-Labyrinth und Gedenkstätten GmbH."

„Sehr erfreut", sagte Robin abweisend und machte keine Anstalten, ihm die Hand zu reichen.

„Wo willst du denn eigentlich hin?", fragte Lilia.

„Ich muss zu einem Termin", antwortete er ungewohnt knapp.

„Und wann kommst du wieder?"

„Weiß ich noch nicht."

„Ist Daniel im Haus?"

„Nein. Brauchst du rasch noch was von deinen Sachen?"

Lilia überlegte kurz und schüttelte den Kopf.

„Ich habe das meiste im Auto. Wann kommst du denn wieder?"

„Hach, wenn ich das wüsste. Vermutlich erst gegen Abend oder Nacht. Ich habe leider keinen Zweitschlüssel, aber wenn du rasch noch deine Sachen holen willst …"

„Wirfst du mich raus?", fragte Lilia mit aufgerissenen Augen und wusste nicht, ob sie lachen oder protestieren sollte.

„Nein, natürlich nicht. Es ist nur so, dass Daniel den Zweitschlüssel hat, einen Drittschlüssel gibt es leider nicht, und deshalb ..."

„Schon klar. Kein Problem, wir telefonieren, okay?"

„Machen wir. Ciao-ciao."

Er deutete ein Winkewinke an und eilte, um einen möglichst grazilen Gang bemüht, hüftschwingend von dannen.

„Ich glaube, der mag mich nicht", stellte Crisseltis enttäuscht fest.

„Ach nein, der war bloß in Eile", antwortete Lilia gezwungen heiter.

„Und was machen wir jetzt?"

„Wir suchen uns ein schönes Restaurant und besprechen beim Essen, wie wir Ihr Projekt finanziell auf sichere Beine stellen."

32

Schierling wischte sich den Mund an einer Küchenrolle ab, stocherte sich mit dem Fingernagel des linken kleinen Fingers ein letztes Kümmelkorn seiner Rühreier-Mahlzeit aus den Backenzähnen, spülte es mit dem Rest aus seiner Bierflasche „Raubritter Dunkel" hinunter und schnappte sich den Hörer des altmodischen Wählscheibentelefons. Zurückgelehnt lauschte er dem Freizeichen und starrte von der Küche seines terrassenförmigen Häuschens hinunter ins Wohnzimmer und durch die Panoramascheibe auf die Kulisse des mittelalterlichen Frankenwaldstädtchens Lichtenberg mit seiner markanten Burgruine inmitten bewaldeter Hügellandschaft. Er liebte diese Aussicht vom Ferienpark aus und hasste den Gedanken, schon bald wieder ins triste, flache, verstädterte Ruhrgebiet aufbrechen zu müssen.

„In einer Stunde Therme", bellte er grußlos in die Sprechmuschel, als am anderen Ende abgehoben wurde und eine quäkende Stimme sich mit „Ja" meldete.

„Davon würde ich dringend abraten", krächzte Hartriegel sofort zurück.

„Wieso? Etwa immer noch wegen dieser Kleinen?"

„So lange ich nicht weiß, was sie hier zu suchen hat, sollten wir sehr vorsichtig sein."

„Ich muss morgen wieder fahren, Mann. Ich will den letzten Tag hier genießen."

„Dann gehen Sie doch heute mal zur Abwechslung in die Lobensteiner Therme. Die anderen sind sowieso schon abgereist, es gibt nichts mehr zu besprechen."

„Es gibt immer was zu besprechen."

„Ich bin im Übrigen auch schon im Aufbruch."

„Sie wollen heute noch los?"

„Genau genommen, habe ich schon ausgecheckt und verlasse gerade die Lobby."

„Jetzt kommen Sie schon."

Hartriegel schnaufte und schwieg.

„Oder muss ich erst dienstlich werden?", bekräftigte Schierling seine Aufforderung, halb scherzhaft, aber auch schon einigermaßen beleidigt.

„Geben Sie mir eine Stunde", quäkte Hartriegel, „dann weiß ich vielleicht, was sie will und ob sie etwas ahnt."

„Woher wollen Sie das denn wissen?", fragte Schierling irritiert und abgelenkt von seinen Thermenplänen.

„Ich hab jemanden auf sie angesetzt. Er trifft sich gerade mit ihr."

„Sie haben was!? Damit machen Sie das Mädel doch erst auf uns aufmerksam!"

„Kein Gedanke", kam es von Hartriegel mit einer minimalen Verzögerung zurück, die Schierling aufhorchen ließ. „Der Knilch kennt Sie ja überhaupt nicht und mich nur als potenziellen Investor seines abstrusen Tourismus-Projektes. Und das auch nur unter Tarnnamen, versteht sich."

„Teufel noch mal, hätten Sie die Sache doch einfach auf sich beruhen lassen!"

„Jetzt beruhigen Sie sich. Der trifft sich mit ihr und plaudert ein bißchen. Hinterher weiß er, was sie hier will. Ganz einfach und harmlos."

„Und wenn sie ihm genau das erzählt?"

„Was?"

„Dass sie wegen ihres Vaters hier ist und Spuren hat, die auf etwas anderes als Hitzetod hindeuten?"

Hartriegel lachte verständnislos.

„Na, das ist doch genau das Ziel. Wenn wir das wissen, können wir Gegenmaßnahmen ergreifen."

„Aber dieser Mensch, den sie beauftragt haben, weiß das doch dann auch! Und schließt sofort auf Sie als möglichen Täter."

„Keine Sorge, ich …"

„Hätten Sie sich doch wenigstens selbst mit ihr getroffen!"

„Nochmals: keine Sorge! Ich hatte mit diesem Menschen immer nur über eine der Scheinfirmen Kontakt. Wenn er mir dumm kommt, löse ich mich und die Firma ruckzuck in Luft auf."

„Oder Sie bringen uns ruckzuck ins Gefängnis. Haben Sie wenigstens endlich mal Ergebnisse in der anderen Sache vorzuweisen?"

„Welcher anderen Sache denn?"

„Bei der Suche nach unserem nächsten Nachwuchs-Tradergenie natürlich. Es wird langsam höchste Zeit."

„Ich bin dran."

„Ich will keine Sprüche, sondern Ergebnisse. Wann ist das nächste Bewerbungsgespräch?"

„Wir haben die Internetsuche ausgeweitet und eine eigene Homepage dafür eingerichtet. Ansonsten …"

„Internetsuche, das ist doch Pipifax! Werden Sie aktiv, studieren Sie die einschlägigen Wirtschaftsblätter oder noch besser: Düsen Sie nach Frankfurt und quatschen Sie die Händler dort an. Und sagen Sie nicht immer wir, wenn Sie von sich selbst sprechen."

„Ich bin verdammt noch mal kein Laufbursche und …"

„Sie sind verdammt noch mal genau das!", schrie Schierling. Er war aufgesprungen, hatte mit der gespannten Schnur des Hörers das Telefon vom Tisch gerissen und stampfte, das altmodische Teil hinter sich herschleifend, über die Stufen der freitra-

genden Holztreppe hinunter in den Wohnraum. „Sie sind mein
Fußabtreter und mein Putzlumpen, wenn ich das will. Oder Sie
werden erleben, was mit Witzfiguren wie Ihnen passiert, wenn
sie mir dumm kommen. Mir läuft die Zeit davon, in jeder Hinsicht. Ich sehe Sie in exakt 52 Minuten in der Erdsauna. Und
wagen Sie es ja nicht, mich zu versetzen!"

Mit einem Ruck riss er das Telefon zu sich hoch und knallte
den Hörer auf die Gabel.

Für einige wutschnaubende Atemzüge stand er einfach mitten im Raum und starrte hinaus auf die Burg.

Schließlich fing er sich kopfschüttelnd, stellte das Telefon auf
den Wohnzimmertisch, setzte sich daneben auf den Sessel, hob
ab und wählte eine lange Nummer. Er lauschte, nach drei Ruf-
tönen wurde abgehoben.

„Dittersdorf-Ucker", meldete sich eine jung klingende Frauenstimme am anderen Ende.

„Ja, Nadine, ich bin's", antwortete er. Sein Ton war völlig
verwandelt, beinahe zärtlich. „Hast du schon was erreicht?"

33

„Auf Ihr Projekt", prostete Lilia, hob ihr Rotweinglas und stieß
mit Crisseltis an. Als er gerade trinken wollte, legte das Handy
in der Innentasche seiner Jacke mit *Eye of the Tiger* los, und er
verschüttete vor Schreck einen Schluck Wein.

„Tut mir leid."

„Gehen Sie ruhig ran", forderte Lilia ihn auf, als er das
Gespräch auf die Mailbox schalten wollte. Lilia trank, stellte ihr
Glas ab und lehnte sich zurück. Sie betrachtete ihn und lächelte,
als er beim Melden seinen Spruch abspulte: „Hier ist Gerhard
Crisseltis von der Crisseltis Wildnis-Labyrinth und Gedenkstät-
ten GmbH."

Sie saßen im Nebenraum eines für Lilia neuen Restaurants,
aber den italienischen Wirt kannte und schätzte sie von früher.
Außerdem war es das erste auf dem Weg von Robins Haus in die

Innenstadt. Sie hatten beschlossen, das Auto dort gleich stehen zu lassen und zu Fuß nach einer Einkehrmöglichkeit zu suchen.

„Das ist jetzt gerade ganz ungünstig", hörte sie Crisseltis seinen Gesprächspartner abwimmeln, während sie sich im Restaurant umschaute. „Nein, es gibt noch keine Neuigkeiten. Ich rufe Sie später zurück."

Er legte mit zusammengepresstem Mund auf und versuchte, kaum war das Handy weggesteckt, seine Stimmung wieder hochzufahren. Aber der Anruf hatte ihn bedrückt, Lilia spürte das genau.

„Geschäftlicher Ärger?", fragte sie.

„So was Ähnliches. Aber jetzt bleibt das Ding erst mal aus."

„Was ist überhaupt mit den Folterkellern?"

„Wie bitte, Folterkeller?"

„Ist mir gerade wieder eingefallen. Damit haben Sie mich bei Ihrem ersten Anruf heute früh neugierig gemacht, aber vor Ort war dann nicht mehr die Rede davon."

„Ehrlich gesagt, das sind leere Räume im Keller, die genauso verwüstet sind wie die restliche Kaserne. Ich habe nur gehört, dass es Arrestzellen gewesen und dass dort auch sehr scharfe Verhöre durchgeführt worden sein sollen."

„Gibt es denn niemand in der Region, der Genaueres weiß?"

„Keine Ahnung. Ich wüsste gar nicht, wie ich das anstellen sollte, Leute zu finden, die echtes Insiderwissen haben."

Lilia schaute ihn verwundert an und legte mit sichtlicher Begeisterung los.

„Das ist doch ganz einfach. Ich würde mal ins nächste Dorf gehen, ein paar Bewohner ansprechen oder, noch besser, bei einem der Vereine vorbeischauen. Dort weiß jeder alles über jeden. Sie finden im Handumdrehen jemand, der sich auskennt und auch bereit ist, zu erzählen."

„So machen Sie das also?", fragte Crisseltis, scheinbar rein methodisch interessiert.

„Selten. Ich muss den Schreibtisch eigentlich kaum verlassen, um an die Informationen zu kommen, die ich so brauche."

„Und der Schreibtisch steht – wo?"

„In meiner Frankfurter Wohnung."

„Was machen Sie dann hier?"

Hoppla, das war etwas zu direkt. Crisseltis schreckte innerlich vor seiner eigenen Forschheit zurück. Lilia winkte ab, nahm einen Schluck Wein und erklärte beiläufig: „Familiäre Angelegenheiten."

„Verstehe. Und wer war eigentlich dieser junge Mann vorhin? Jemand aus Ihrer Familie?"

„Robin? Nein, nur ein Freund."

Sackgasse. Verdammt. Crisseltis begann zu schwitzen. Er hasste das. Grundsätzlich, aber auch, weil er nicht so in sie dringen wollte, nicht jetzt schon. Im Moment hatte er noch gar nichts. In einer Stunde wollte Hartriegel Ergebnisse. Wenn nicht, würde er keinen Cent zahlen. Rief doch dieser Kerl glatt jetzt schon an, hier, in ihrem Beisein. Als hätte er nicht damit rechnen können, dass er noch mit ihr zusammen war.

„Leben Ihre Eltern eigentlich noch?" – „Was ist überhaupt mit Ihrer Familie?", fielen sie sich gegenseitig ins Wort, lachten und schüttelten sofort den Kopf, um sich jeweils den Vortritt zu lassen. Crisseltis deutete mit einer Geste an, dass er sie sprechen lassen wollte, und sie übernahm etwas zögernd: „Mein Vater hat bis vor einem halben Jahr noch hier gelebt, aber er ist leider verstorben."

„Woran?"

Sie senkte den Blick, spielte mit der Serviette, wiegte den Kopf, schnaufte.

„Offiziell gilt er als Hitzetoter", antwortete sie schließlich.

„Und inoffiziell?"

„Ich vermute, es war ein gewaltsamer Tod", ließ sie sich hinreißen zu antworten und bereute es sofort. „Ich kann's nicht beweisen, aber …"

„… aber Sie sind hier, um es zu versuchen", vollendete Crisseltis den Satz.

Sie zuckte die Schultern und nickte schließlich. Bingo. Crisseltis atmete auf. Damit war er aus dem Schneider. Ein wenn auch tragischer, so doch rein privater Aufenthalt. Keine Schnüffeleien in fremden Angelegenheiten. Hartriegel würde ihn bezahlen, von ihr ablassen, und sie würde nie erfahren, aus welch niederen Gründen sie sich kennengelernt hatten.

34

Pit-Herbert Ucker unterdrückte mit zusammengebissenen Zähnen einen Fluch, als er sah, dass die MSV-Aktie weiter in die Höhe geschnellt war. Wäre er gestern mit der Summe eingestiegen, die er kurz vor dem Desaster mit seiner eigenen Firma gerade noch abgezweigt hatte, wäre er jetzt um einige 1.000 Euro reicher. Wie viel genau? Er rechnete Stückzahl mal Kursanstieg – warum so umständlich? Knapp acht Prozent stand das Ding heute schon wieder im Plus. Acht Prozent von 50.000, das waren … oh Mann, ungefähr ein halbes Monatsgehalt! Und weiterhin keine Ad-hoc-Meldungen, die den Anstieg erklärt und zugleich auch begrenzt hätten. Die MSV stand jetzt bei 9,41 Euro. Damit war sie aus ihrem mehrmonatigen Abwärtstrend endgültig ausgebrochen. Es konnte nichts schief gehen, der Weg nach oben war frei. Er würde sich morgen in den Hintern beißen, wenn er jetzt nicht endlich handelte. Übermorgen würde der Ärger noch größer sein. Und nächste Woche gar erst! Je länger er zögerte, desto gigantischer wuchs sich der entgangene Gewinn aus. Nicht gemachter Gewinn schmerzte nicht weniger als Verlust. Und immerhin war es „seine" neue Firma. Er musste die Aktie einfach besitzen. Ganz abgesehen davon, dass er irgendwann, wenn sein Geld sich verhundertfacht hätte, würde sagen können: Ich war von Anfang an dabei!

Er lehnte sich zurück und ließ den Blick durch den kleinen Büroraum schweifen, in dem man ihn fürs Erste untergebracht hatte. An der Wand links von ihm hing ein Plakat mit den zu einer Collage aufbereiteten Firmensymbolen: eine strahlende Sonne über blausilbern leuchtenden Kollektoren, rotierende Wasser- und Windräder in brausendem Meer und fauchendem

Sturm – darunter im Eck die Wertpapierkennziffer der Aktie und ein exponentiell steigender Aktienkurs, stilisiert durch einen nach oben schießenden Pfeil.

Es mussten ja nicht gleich die ganzen 50.000 sein. 10.000 für den Anfang, Nadine würde nichts merken. Es war sein Geld, es lag auf seinem Trading-Depot, dessen Zugangsdaten sie nicht kannte. Es war seine Entscheidung.

9,43 – verdammt! 9,45, 9,46 …

Jetzt reicht's aber!

Er klickte auf „Handeln", gab 1.000 als Stückzahl ein, überlegte, ob er sich vorsichtshalber erst einstoppen lassen sollte bei Überschreiten des Tageshöchstkurses von 9,52, was ein sicheres Zeichen für einen weiteren Kursschub wäre, rechnete: 6 Cent mal 1.000 Aktien ist gleich weitere 600 Euro verpasster Gewinn, nein, gleich rein: KAUFEN – unlimitiert!

Ausführung bei 9,54 – verdammt. Blöder Anfängerfehler, unlimitiert handeln bei marktengen Werten, aber egal, er hatte sie, jetzt war er erst mal drin. Pit atmete auf, verfolgte die weitere Kursentwicklung und erstarrte: 9,41 – 9,40 – ja Himmeldonnerwetter!

9,48 – 9,49 – puh, alles klar. Ruhig Blut. Er selbst hatte den Sprung über das Tageshoch ausgelöst, es folgte die zwangsläufige Korrektur, aber sofort würden neue Käufer aufspringen, es würde weiter nach oben gehen, das nächste Tageshoch war nur eine Frage der Zeit.

Und jetzt Schluss damit, weg mit dem Ticker, weiterarbeiten! Immerhin war er nicht zum Traden hier.

35

„Also, bis morgen dann."

Crisseltis zögerte für einen winzigen Moment, bevor er die Beifahrertür von Lilias Honda aufstieß, verkniff sich aber jede Art von Berührung. Augenkontakt, ein Lächeln, das reichte. Für mehr war es zu früh. Und hier vor dem schwarzen, drohenden

Klotz seiner Kaserne war nicht der passende Ort für Annäherungsversuche.

Es war das erste Mal, dass er nachts hier ankam und hineinmusste. Ihn schauderte vor der ausgekühlten, muffigen, verdreckten Ruine. Man konnte nie wissen, ob sich irgendwelches Gesindel in einem Winkel des langgezogenen, finsteren Gebäudes eingenistet hatte. Noch immer war nicht jeder mögliche Zugang abgesichert oder gar verriegelt. Nur allzu gerne wäre er jetzt mit Lilia wieder zurück nach Hof gefahren und hätte irgendwo in einem warmen Haus übernachtet, dessen Tür sich zusperren ließ, am liebsten mit ihr zusammen. Traurig winkte er ihr nach, als sie wendete, ein wenig zu sportlich anfuhr und davonbrauste. Die Lichter verschwanden hinter der nächsten Kurve, das Fahrgeräusch wurde leiser und verlor sich in der Ferne. Er stand allein in schwärzester Nacht.

Sie hatten den ganzen Tag miteinander verbracht, waren durch die Stadt spaziert, hatten zwei der großen Hofer Touristenattraktionen besichtigt, das Teddy-Museum und den Fernwehpark, hatten dort Ideen für seine eigene Touristenattraktion gesammelt und die verrücktesten Pläne dafür geschmiedet. Hof und die Hofer Region hatten etwas zu bieten. Er würde davon profitieren und zugleich das Angebot weiter aufwerten. Seine Wunschträume würden noch übertroffen werden. Von dieser Euphorie beseligt, hatten sie beim Abendessen im China-Restaurant Brüderschaft getrunken und damit eine Art erste lose Partnerschaft besiegelt.

Jetzt, da er vor dem Sperrzaun des ehemaligen militärischen Sicherheitsgeländes stand und auf den abweisenden Häuserblock starrte, der einmal eine Kaserne gewesen war, verflogen die Hochgefühle des Tages sehr rasch. Aber immerhin, er hatte sich eine Runde weiter gerettet und eine tolle Frau kennengelernt, es gab wieder Perspektiven. Entschlossen zog er das Handy aus der Tasche. Hier draußen war der Empfang deutlich besser als drinnen, also würde er es hier erledigen. Der Akku war voll geladen, er hatte im Restaurant heimlich eine Steckdose mit Beschlag belegt. 21.17 Uhr zeigte das Display, als er das kleine Gerät hochfahren ließ. Um die Zeit konnte man schon noch jemanden anrufen – erst recht, wenn der Gesprächspartner ungeduldig auf den Anruf wartete. Crisseltis zählte in der Anzeige eingegangener Anrufe siebenmal Hartriegels Handynummer. Der ungeduldige kleine Krächzer würde kochen vor Wut. Egal, Hauptsache er zahlte. Immerhin hatte Crisseltis ein Ergebnis vorzuweisen, und so wie er die Motivation seines Auftraggebers einschätzte, würde dieses Ergebnis positiv aufgenommen werden.

„Na endlich!", meldete sich die Quiekstimme Hartriegels und klang dabei unerwartet unaufgeregt.

„Tut mir leid, ich war bis vor einer Minute mit ihr zusammen."

„Und?"

„Alles ganz harmlos."

„Was soll das heißen, Mann?"

„Sie ist aus rein privaten Gründen hier."

„Überlassen Sie solche Einschätzungen mir. Ich will den ausführlichen Sachverhalt und keine Zusammenfassung."

„Also gut. Ihr Vater ist vor einem halben Jahr gestorben. Darüber ist sie immer noch nicht hinweg. Ich wollte nicht allzu tief in sie dringen, aber es sieht wohl so aus, dass sie nicht an eine natürliche Todesursache glaubt und der Sache nachgeht. Das ist alles."

Crisseltis lauschte auf eine Antwort.

„Das ist alles?", fragte Hartriegel mit belegter Stimme, die auf einen bevorstehenden Schwächeanfall ebenso hindeuten konnte wie auf einen Wutausbruch. Irgendetwas gefiel Crisseltis an dieser Reaktion nicht. Egal. Nicht mein Bier, dachte er, und fragte vorsichtig: „Dann bekomme ich jetzt die zweite Rate?"

„Wird gleich morgen überwiesen", zeigte sich Hartriegel zahm.

„Wenn Sie weitere Aufträge für mich haben …"

„Ich melde mich wieder."

Und schon war das Gespräch beendet. Zufrieden fuhr Crisseltis sein Handy herunter und spazierte durch die Flügeltore der sperrangelweit offen stehenden Kasernenzufahrt. Das Blatt hatte sich gewendet. Zum Guten. Vielleicht das erste Mal überhaupt in seinem Leben. Er würde das Beste daraus machen.

36

„Ach, du bist's", kommentierte Robin bemüht freundlich, als er Lilia die Tür öffnete.

„Tut mir leid, dass ich so spät komme."

„Kein Problem."

Er ließ sie eintreten, sperrte hinter ihr zu, aktivierte die Einbruchsicherung und ging an ihr vorbei ins Haus.

„Darf ich dir noch was anbieten?", fragte er, ohne sich umzudrehen. Der hohe Treppensaal der Stadtvilla schluckte jeden Hall und ließ die Stimmen so dumpf klingen wie im Freien.

„Gerne."

„Käffchen?"

„Lieber Saft."

„Kommt sofort."

Kaum in der Küche, sprach es sich wieder hell und klar. Lilia schloss die Tür und sperrte die Bahnhofssaalatmosphäre damit aus, rutschte auf einen der verschraubten Chromhocker und fragte:

„Was ist eigentlich los?"

„Was soll los sein?"

Er stellte zwei Gläser auf den Tisch und schenkte eine Maracuja-Ananas-Mischung ein.

„Schüsschen Sekt dazu? Oder Prosecco?"

Er zwinkerte und lächelte erstmals ein bisschen, bemüht, an die Munterkeit des Vorabends anzuknüpfen.

Lilia schüttelte ernst den Kopf.

„Jetzt komm schon. Ich dachte, wir sind Freunde."

„Dachte ich auch."

„Dann tu jetzt nicht, als sei nichts los."

„Na gut: Der Mann, mit dem du dich da eingelassen hast, ist ein stadtbekannter Tunichtgut."

„Ich hab mich nicht mit ihm eingelassen. Was soll das außerdem heißen?"

Robin rutschte auf den Hocker Lilia gegenüber und nahm einen Schluck Saft. Er ließ die Flüssigkeit im Mund kreisen, als sei sie kostbarer Wein, und schaute genießerisch ins Leere.

„Jetzt sag schon", befahl Lilia ungeduldig.

„Günter Crisseltis, stimmt's?"

„Gerhard."

„Also Gerhard. Ich hatte ja schon so eine Ahnung, als du von diesem – was war das, Kasernenprojekt? – erzählt hast. Jetzt ist natürlich alles klar."

„Was ist klar?"

„Dein Freund hatte mal eine Kneipe, das *Tigerauge* in der Bahnhofstraße, falls du davon gehört hast. Schon allein der Name, Gottchen, aber auch alles andere, von der Einrichtung, über die Drinks und den Umgangston, jedenfalls war nach einem Vierteljahr schon Schluss. Dann eröffnete er ein Fitness-Studio, aber weil sich sein Fachwissen auf das beschränkte, was die Rocky-Filme hergaben, ging auch das nicht lange gut. Als nächstes kam, glaub ich, ein Army-Shop oder so was: Parkas, Munitionsgürtel, Schnürstiefel, angeblich sogar Waffen – irgendwie auch nicht das richtige Angebot für Hof, die Pleite ließ nicht lange auf sich warten."

„Woher weißt du das eigentlich alles? Kennt ihr euch?"

„Er mich wohl nicht, aber ihn kennt in Hof jeder. Ich glaube, das einzige, was der noch nicht versucht hat, ist Würstelmann, aber vielleicht kommt das dann nach der Kasernenprojektpleite dran."

Lilia schüttelte trotzig den Kopf.

„Also erstens heißt es Wärschtlamo", korrigierte sie die Berufsbezeichnung der wichtigsten Hofer Symbolfigur. „Und zweitens spricht das alles doch nicht gegen ihn, im Gegenteil. Er hatte eben Pech, aber er gibt nicht auf und kämpft weiter."

„Wenn du es so sehen willst. Die Geldgeber und Geschäftspartner seiner zurückliegenden Unglücksprojekte sehen es bestimmt ein bisschen anders."

„Auf jeden Fall nimmst du mir den Umgang mit ihm übel. Und das finde ich sehr schade."

Statt einer Antwort legte er den Kopf schief und trank noch ein Schlückchen. Lilia lehnte sich zurück, verschränkte die Arme und verkündete schmollend: „Wenn du willst, ziehe ich dann eben morgen aus."

Robin schüttelte langsam und ernst den Kopf.

„Ich hab nicht gesagt, dass du ausziehen sollst. Und was diesen Crisseltis betrifft, bist du ja schließlich erwachsen."

„Warum bist du dann so komisch zu mir? Da gibt's doch noch einen anderen Grund."

„Vielleicht gibt's den, aber mir ist nicht danach, darüber zu reden."

„Dann eben nicht. Aber ..."

Sie blinzelte ihm zu.

„... Zeichen geben kannst du doch."

„Könnte ich, wenn ich wollte."

„Ich frag trotzdem mal. Die Antworten stehen dir sowieso ins Gesicht geschrieben", ulkte sie.

„Ich kann starr und ausdruckslos sein wie eine Wachsfigur."

„Na gut. Beim Frühstück war noch alles bestens. Dann kam der Anruf von Gerhard, aber danach war immer noch alles wie immer."

Er zuckte mit den Schultern, sie zuckte zurück. Sich gegenseitig anstarrend schwiegen sie um die Wette, bis Robin endlich bereit war, weiterzuhelfen:

„Vielleicht war ja noch was davor."

„Davor? Ach ja, Daniel entfleuchte an seinen ‚Arbeitsplatz'."

Die Anführungszeichen waren deutlich zu hören. Robin schaute sie vielsagend an, schwieg aber.

„Was?"

„Als er heute Mittag wiederkam, erfuhr ich, was sich an der Tür zwischen euch abgespielt hat."

Lilia schüttelte verständnislos den Kopf.

„Was sich an der Tür zwischen uns abgespielt hat, keine Ahnung. Das übliche Hickhack. Dann klingelte mein Handy, ich ging ran, er verduftete, das war's."

„Und was war vorher?"

„Was war vorher, da war … Was war da – etwa der Kuss?"

Robin machte ein bestätigendes Gesicht.

„Deswegen bist du eifersüchtig?"

„Doch nicht eifersüchtig, Dummerchen. Nur ein bisschen traurig und enttäuscht."

„Enttäuscht von mir oder ihm?", versuchte sie einen misslungenen Ablenkungsscherz.

„Natürlich von dir. Das war gemein uns beiden gegenüber."

„Ganz im Gegenteil, ich wollte doch die Wogen zwischen uns glätten."

„Indem du Küsse verteilst wie Krümel an die Tauben?"

„Quatsch, das war rein freundschaftlich. Was hätte ich denn sonst machen sollen?"

„Ach Lilia. Du bist bemerkenswert unsensibel."

„Nein, ich kapier nur einfach nicht, was los ist."

„Nimm mal an, du hast jemanden sehr gern, und du weißt, dass deine beste Freundin ihn auch sehr gern hat. Du verzichtest ihr zuliebe auf jegliche Annährung und sie ebenso dir zuliebe, aber dann passiert es eben doch bei einer, und die andere sieht es. Muss ich weiter erklären?"

Nun verstand sie, ließ die Schultern hängen, seufzte und schüttelte den Kopf.

„Ach so ist das. Und ich hab ihm den Kuss aufgedrückt wie eine große Selbstüberwindung um des lieben Friedens Willen. Aber wie sollte ich das auch ahnen? Er ist immer so abweisend zu mir. Und überhaupt, ihr zwei und eure absonderliche WG …"

„Na, na …", tadelte er ihre Spitze.

„Es tut mir wirklich leid, das war blöd von mir, auch dir gegenüber."

„Wegen mir brauchst du dir keine Gedanken zu machen, Lilia."

„Nicht Lilia, das klingt so distanziert. Ach nenn mich doch bitte wieder Häschen."

Er überlegte kurz und schüttelte dann den Kopf.

„Das Häschen muss ganz von selbst angehoppelt kommen, ich kann es nicht herbeibefehlen."

„Ist Daniel hier? Ich will mich wenigstens entschuldigen."

„Er ist vorübergehend ausgezogen."

„Ausgezogen? Aber wohin denn? Ich dachte …"

„Du dachtest, ich sei so was wie seine persönliche Bahnhofsmission."

„Ach du. Ich dachte, ihr seid untrennbar. Ist er bei anderen Freunden untergekommen?"

„Nein."

„Bei seinen Eltern?"

„Nicht ganz falsch, aber deren Ableben hat leider schon vor geraumer Zeit stattgefunden."

„Oje. Wo denn dann?"

„Das soll er dir selbst sagen, wenn ihr euch mal wieder begegnen solltet."

„Jetzt tu nicht so schicksalsmächtig. Her mit der Telefonnummer seines Unterschlupfes!"

„Darf ich nicht, bei Strafe verboten."

„Dann finde ich sie eben rein zufällig. Du musst mir nur sagen, wo sie herumliegen könnte."

„Telefonnummern liegen bei mir nicht so herum."

„Weißt du was, das wird mir jetzt zu dumm. Ich gehe morgen einfach in die Bücherei, so!"

„So!? Da muss ich leider eingreifen und dich vor einem unnötigen Abstecher bewahren, denn dort wirst du ihn auch nicht mehr finden. Er wird in nächster Zeit auf seinen eigenen Bücherbestand zurückgreifen."

„Er hat einen eigenen Bücherbestand? Heißt das, er hat auch eine eigene Wohnung?"

„Nicht direkt eine Wohnung, aber …"

„Wenn er einen festen Wohnsitz hat, dann steht er auch im Telefonbuch."

Sie schnitt ein Ätsch-Gesicht, sprang vom Hocker und eilte aus der Küche. Robin schenkte sich seufzend ein halbes Glas Saft nach und schraubte die Flasche wieder zu. Als er ansetzte zu trinken, erschien Lilia mit aufgeschlagenem Telefonbuch in der Tür und las mit verstört klingender Stimme:

„Rentler, D., Faunapark, ist er das?"

Robin zuckte bestätigend die Schultern.

„Aber in der Gegend gibt's doch nur reiche Leute, wenn ich das richtig in Erinnerung habe. Und weit und breit keine Wohnsilos."

„Das hast du richtig in Erinnerung."

„Aber ..."

„Jetzt stärke dich erst mal mit einem Schluck Saft, Häschen, und setz dich wieder. Es bleibt mir ja nun nichts anderes mehr übrig, als dein ziemlich einseitiges Bild von Daniel um eine nicht unwesentliche Facette zu erweitern."

37

Schierling hockte in seinem Monster-Jeep wie auf einem fahrbaren Thron. Schon weit vor dem Ortsende von Berg beschleunigte er, bremste kurz danach ohne zu blinken wieder abrupt ab, was ein Hupkonzert hinter ihm auslöste, und kurbelte mit Ganzkörpereinsatz das Lenkrad Richtung Autobahnauffahrt. Als ausgerechnet in diesem heiklen Moment sein Autotelefon schrillte, aktivierte er mit einem wütenden Knopfdruck die Freisprechanlage.

„Ja!"

Hartriegels Krächzstimme löste ein Störgeräusch im Lautsprecher aus, das ein verzerrtes Heulen nach sich zog. Schierling stellte leiser und antwortete nicht. Konzentriert darauf, sich zwischen zwei Lkw hindurch auf die Autobahn einzufädeln, ließ er Hartriegel seine Meldung noch einmal aufsagen, bevor er zurückbellte:

„Sie haben mich gestern versetzt. Ich kann es nicht ausstehen, versetzt zu werden."

„Ich hatte meine Gründe", verteidigte sich Hartriegel, und Schierling hörte seiner Stimme an, dass er log und keine Gründe, sondern einfach nur keine Lust gehabt hatte. Trotzdem fragte er: „Und die wären?"

„Brennnessel-Ableger. Wie ich erfahren musste, hat sich meine Vermutung bestätigt: Sie gräbt nach den tatsächlichen Verdorrungsursachen."

„Hören Sie doch auf mit dem saublöden Gewäsch. Sagen Sie mir lieber, was Sie dagegen tun."

Schierlings Laune hatte sich gerade rapide verschlechtert. Allerdings wusste er genau, dass seine Wut auf Hartriegels Widerborstigkeit und Unfähigkeit ihm gerade recht kam, um seiner anderen Wut freien Lauf lassen: darüber, den halben Tag auf der Autobahn totzuschlagen und auf unbestimmte Zeit in die ungeliebte Heimat zurückkehren zu müssen, wieder vom Alltags-Einerlei seiner ihm die Freiheit raubenden Firma aufgesogen zu werden. Wie schön wäre es stattdessen, eine kleine Wandertour zu unternehmen und sich danach in der Sauna auszustrecken.

„Sie ablenken", kam es so zaghaft von Hartriegel, dass Schierlings Frust überschwappte.

„Sie sind gefeuert, wenn Sie nicht sofort eine wirkliche Lösung präsentieren!"

„Sie können mich nicht feuern", krächzte Hartriegel zurück und klang mit einem mal erheblich weniger zaghaft. „Das ist nämlich kein Fall, auf den man schnell mal eben einen anderen Ausputzer ansetzt. Sie können niemandem besser trauen als dem, der die gleichen Folgen einer gemeinsamen Tat zu fürchten hat."

„Dann kommen Sie gefälligst mit brauchbaren Vorschlägen! Außerdem war das ganz allein Ihre Tat, Sie haben mich nur mit hineingezogen."

Seine Wut wuchs noch einmal, als er sich selbst reden hörte: Er klang wie jemand, der den Schwanz einzieht. Eine Unverfrorenheit von diesem Kretin, ihn als Tatbeteiligten hinzustellen, auf eine Stufe mit sich selbst herabzuziehen und damit an sich binden zu wollen. Aber die Wut darüber ging einher mit Herzflattern. Hartriegels infame Antwort hatte einen Adrenalinstoß der angstschweißtreibenden Art ausgelöst. Die Bindung an die Firma, die er längst an seinen missratenen Sohn hatte übertragen wollen, war gar nichts gegen eine drohende Gefängnisstrafe. Keinesfalls wollte er so seinen Lebensabend verbringen: anderen untergeordnet, einem fremden Zeitplan folgend, hinter für immer versperrten Türen. Nie mehr essen, worauf man gerade Appetit hat, nie mehr schlemmen und genießen. Nie mehr wandern, nie mehr Therme.

Erstmals wünschte er sich angesichts solcher Aussichten, so manche Entscheidung der Vergangenheit rückgängig machen zu können. War denn die Verantwortung gegenüber der Familientradition wirklich so viel höher einzuordnen als die Verantwortung sich selbst gegenüber?

„Ich habe die ganze Nacht darüber nachgegrübelt, aber unter den gegebenen Umständen ist das die vernünftigste Vorgehensweise", beharrte Hartriegel, und auch seine Stimme hatte den Beiklang von Angst.

„Ich habe in meinem Leben immer wieder die Erfahrung gemacht, dass es falsch ist, in die Defensive zu gehen, wenn was nicht so läuft wie erwartet. Angriff, das Problem aktiv lösen, nur damit liegt man richtig."

„Aber doch nicht blindlings. Erst braucht man Information, dann kann man zuschlagen."

„Dann kommen Sie schon mit dem gesamten Plan auf einmal rüber. Ich bezahle sie nicht dafür, mit Häppchen gefüttert zu werden."

Er raste an einer der blauen Entfernungstafeln vorbei und rechnete sich aus, wie viele hundert Kilometer er noch abzusitzen hatte.

„Dieser Mensch, den ich auf sie angesetzt habe, wird sich weiter mit ihr treffen", quäkte Hartriegel. „Die scheinen sich gut zu verstehen, sonst hätten die nicht den ganzen Tag zusammen verbracht. Auf die Art bleiben wir an ihr dran."

„Und das soll mich beruhigen? Mir klingt das eher nach zusätzlichen Verwicklungen. Wenn sich zwischen denen was anbahnt, sind Sie nicht nur Ihre Quelle los, sondern haben der Gegenseite ein Trumpf-Ass zugespielt."

„Wieso denn, der Typ weiß doch von nichts. Er hat keine Ahnung, wer ich bin. Und von Ihnen hat er sowieso noch nie was gehört."

„Dazu fällt mir eine kleine Geschichte ein", wechselte Schierling scheinbar besänftigt das Thema. „Gestern in der Therme, als ich vergebens auf Sie gewartet habe, höre ich doch am Kaminplatz zwei alte Knacker sich über das Thema Aktien unterhalten. Ein paar junge Leute hätten Fragen gestellt. Einer der Aktienkäufer sei so blöd gewesen, mit seinen immensen Gewinnen zu prahlen und mit seiner Schläue, punktgenau ausgestiegen zu sein. Ob das Konsequenzen haben könnte, obwohl doch scheinbar alles mir rechten Dingen zugegangen sei, aber man könne ja nie wissen, vielleicht waren diese jungen Leute ja verdeckt ermittelnde Steuerfahnder oder gar von der Kriminalpolizei …"

„Ja und?", fragte Hartriegel kleinlaut.

„Klingt das für Sie so, als sei alles noch im engsten Kreis?"

„Zumindest klingt es nicht so, als sollten Sie sich noch allzu viel Zeit lassen für das, was immer Sie vorhaben."

„Die Zeit drängt so oder so, schaffen Sie also endlich jemanden heran, der Brennnessel ersetzen kann. Unabhängig davon habe ich nicht vor, irgendwo unterzutauchen und mich zu verstecken, wenn alles vorbei ist. Sorgen Sie also gefälligst dafür, dass der Kreis wieder so eng wird, wie er zu sein hat. Alle Mittel erlaubt. Ende."

Ein krächzendes „Aber …" drang noch durch den Lautsprecher, bevor Schierling die Auflegen-Taste drückte.

38

„Ich bräuchte dringend eine Lebensberatung", verlangte Lilia, ohne gegrüßt zu haben, als Daniel die Haustür aufriss, sichtlich verblüfft über die bloße Tatsache, dass jemand ihn besuchen kam.

„Ach, du. Hätte ich mir fast denken können. Wer Robin hat, braucht kein Google mehr."

„Falsch. Ich hab ganz allein herausgefunden, wo du wohnst."

„Und was willst du? Gibt's mal wieder kostenlose Küsse zu verteilen?"

„Im Moment nicht. Darf ich vielleicht erst mal reinkommen?"

„Bitte sehr."

Er trat zur Seite und machte den Eingang frei. Lilia fand sich in einem weitläufigen Anwesen wieder, das die Ausmaße von Robins riesiger Stadtvilla noch übertraf, aber zeitgemäßer konzeptioniert war. Erstaunt ließ sie den Kopf kreisen.

„Wahnsinn. Von außen wirkt es so überschaubar."

„Ja, aber nur der Eingangsbereich. Der Rest ist von hohen Tannen eingewachsen, man hält auch das ganze Grundstück für viel kleiner als es ist."

Daniel führte sie rechts herum ein paar Stufen hinab in ein verschachteltes Empfangszimmer.

„Äußerst eindrucksvoll", kommentierte sie nickend. „Hier könnte man glatt den Bundespresseball ausrichten. Oder gleich drei von Robins Vernissagen auf einmal."

„Hat's hier alles schon gegeben. Setz dich bitte. Willst du was trinken?"

Er deutete auf zwei grüne Ledersessel neben einer Trennwand mit Bücherregal und Kamin. Lilia begriff: Der gewaltige Raum war gedacht und angelegt wie ein Großraumbüro. Bei Festlichkeiten konnte sich eine beachtliche Gästeschar tummeln, wobei Einzelgrüppchen sich jederzeit zum Privatplausch zurückziehen konnten, ohne den Raum verlassen zu müssen, denn überall gab es Nischen, Winkel, Sitzgruppen, Stehtische, Doppelsessel und Durchreichen. Gemütlichkeit indes strahlte keiner der innenarchitektonischen Kunstgriffe aus, die Aura von Großraumbüro und Massenabfertigung dominierte.

Lilia verzichtete darauf, sich zu setzen, und kam unvermittelt zum Thema.

„Also, es ist so: Ich habe da eine Freundin, die hat ihren besten Freund ziemlich mies behandelt ..."

„Ich bin mitnichten dein bester Freund", unterbrach er sie. „Wir kennen uns noch nicht mal eine Woche."

„Wer spricht denn auch von dir? Namen werden hier nicht genannt, es bleibt alles anonym. Was würdest du dieser Freundin raten? Soll sie sich einfach nur entschuldigen? Würde das schon reichen, um alles wieder einzurenken?"

„Sie sollte sich mal fragen, was überhaupt die Ursache für ihr Verhalten war."

Lilia zuckte die Schultern.

„Sie ist eben einfach so. Sie meint es nicht böse. Sie war sich nicht mal darüber im Klaren, ihren Freund verletzt zu haben."

„Dann ist ihr nicht zu helfen."

„Was?"

Lilia wirkte ernsthaft empört über diese Abfertigung. Doch bevor sie nachhaken konnte, lenkte Daniel ab:

„Mal was anderes. Ich habe über den Fall nachgedacht."

„Welchen Fall denn?"

„Schon vergessen, wie wir uns kennen gelernt haben?"

„Nein, ach so ..."

Verwirrt suchte sie sich nun doch einen Sitzplatz. Daniel reichte ihr unverlangt ein Glas und eine Flasche Mineralwasser, die auf einem Getränkewagen zwei Nischen weiter bereitgestanden hatten.

„Danke. Ich hätte nicht gedacht, dass du dich noch mit der Sache befasst."

„So nebenbei. Mir ist eingefallen, dass dieser Tietje noch was Merkwürdiges geäußert hat. Er sagte, er sei der Kaufempfehlung gegenüber sehr skeptisch gewesen. Sein Bankberater habe ihm sogar regelrecht verboten, in diese Solare Revolution zu investieren. Also ließ er es zunächst sein."

„Und?"

„Dann habe er gelesen, dass der Vater des Gründers und Vorstandsvorsitzenden ein Maschinenbauunternehmen leite, das unter anderem Funktionsteile für Braunkohlebagger herstelle. Tietje dachte sich, das Solarunternehmen ist demnach ein Ableger des renommierten, nicht börsennotierten Traditionskonzerns und vielleicht doch ein sicheres Investment. Erst später, nachdem er seinen Gewinn schon eingefahren hatte, kam heraus, dass der Filius seine Solare Revolution nicht als Fortführung und Weiterentwicklung des Familienbetriebes gegründet hatte, sondern dem Vater zum Trotz und mit dem Ergebnis der vorläufigen Enterbung. Nach der Pleite habe der Senior eine Art Rückkehrangebot für den verlorenen Sohn unterbreitet, nach dem Motto, die unternehmerischen Hörner seien nun abgestoßen, der Familienbetrieb stehe ihm nach wie vor offen."

„Und ist er zurückgekehrt?"

„Keine Ahnung."

„Wie heißt denn dieser Betrieb?"

„Hatte Tietje vergessen. Aber das wird sich ja herausfinden lassen."

„Bloß, wozu soll das wichtig sein?"

„Du könntest Vater oder Sohn oder beide fragen, was das bedeuten könnte: Schierling zerstört Solare Revolution. Vielleicht kennen die sogar einen Schierling, der ihnen bei anderer Gelegenheit hatte schaden wollen, ein alter Konkurrent. Hinter vermeintlich anonymen Aktionären können ja persönlich sehr gut bekannte und berüchtigte Intimfeinde stecken."

„Die Idee ist gar nicht so dumm. Robin will sowieso noch Infos sammeln. Danke dir."

Daniel nickte.

„Ich bleib weiter dran."

„Und ich will mich bessern, okay? Sei mir wieder gut."

Sie beugte sich vor und drückte seine Hand.

„Ich bin dir nicht böse", versicherte er und schaute sie treuherzig an. „Freut mich, dass du gekommen bist."

Ermuntert von ihren Worten, umfasste Daniel Lilias Hand mit beiden Händen, aber sofort nahm sie ihre zweite Hand zu Hilfe und machte aus dem Annäherungsversuch ein freundschaftliches Drücken und Schütteln.

„Ich bin auch froh. Aber jetzt kommst du wieder mit zu Robin."

Er entzog ihr seine Hände, bemüht, sich die Enttäuschung nicht anmerken zu lassen, und sie merkte auch nichts.

„Ich komme später nach. Muss hier noch einiges erledigen.

„Was denn? Etwa putzen?"

Er lächelte und schüttelte den Kopf.

„Es gibt ein Team, das hier regelmäßig alles in Schuss hält, auch den Garten, aber um Rechnungen, sonstige Post und so weiter muss ich mich immer mal kümmern."

Lilia nickte und ließ den Blick durch den Raum schweifen.

„Also, es wundert mich nicht, dass du in diesem Mausoleum nicht richtig wohnen willst. Warum verkaufst du das Anwesen nicht und ziehst ganz zu Robin?"

Er zuckte die Schultern.

„Ich bin hier aufgewachsen. Meine Eltern haben es geliebt."

„Muss doch einen Wahnsinns-Unterhalt kosten, oder?"

Wieder zuckte er die Schultern.

„Ist doch egal. Das Geld vermehrt sich schneller als ich es ausgeben kann."

„Was ist überhaupt mit deinen Eltern?"

„Sind vor ein paar Jahren gestorben."

„Tut mir leid. Woran denn?"

„Einfach so. Sie waren alt, schon weit über 80."

Lilia zog die Brauen zusammen und schaute ihn irritiert an.

„Wie geht denn das? Ich dachte, du bist so um die 30."

Daniel warf ihr einen beleidigten Seitenblick zu, weil er ihr sein genaues Alter bereits gesagt hatte.

„Bin ich auch. Sie hatten keine eigenen Kinder, verstehst du. Ein Leben lang haben sie für die gemeinsame Künstleragentur geackert und Geld angehäuft. Dann rückte das Rentenalter näher, und plötzlich stellten sie fest, dass sie etwas versäumt hatten. Mit mir holten sie es nach und haben es auch sehr gut gemacht."

Er nickte eifrig zur Bestätigung seiner eigenen Worte. Lilia lächelte.

„Es war, wie bei lieben Großeltern aufzuwachsen", ergänzte Daniel noch.

„Schön. Und deine richtigen Eltern?"

„Keine Ahnung. Ich bin ein Klappenkind."

„Im Ernst?"

„Hat man mir zumindest erzählt. In einem Schwesternheim in Hamburg sei ich abgegeben worden. Interessiert mich eigentlich nicht besonders."

Sie versuchte ihm anzusehen, ob ihn das Thema belastete, da hatte sie plötzlich eine Idee – und alles Mitgefühl war wie weggeblasen.

„Hör mal, ich hab heute jemanden kennengelernt, das muss ich dir erzählen."

Etwas irritiert über den plötzlichen Themenwechsel setzte sich Daniel auf seinem Sessel zurecht und nickte.

„Einen gewissen Gerhard Crisseltis, Robin hält nicht viel von ihm."

„Zurecht", knurrte Daniel.

„Du kennst ihn?"

„Persönlich nicht, aber wenn es der ist, an den ich jetzt denke, den kennt in Hof jeder."

„Vermutlich schon. *Tigerauge*, Fitness-Studio und so?"

„Genau."

„Aber jetzt hat er ein Projekt, das wäre was für dich."

„Für mich? Also, ehrlich gesagt ..."

„Jetzt hör doch erst mal zu. Er richtet eine alte Grenztruppen-kaserne wieder her und baut sie zur Touristen-Attraktion aus."

„Na und?"

„Da könntest du doch mitmachen."

„Denkst du, ich suche Beschäftigung? Oder Anschluss?"

„Ich denke einfach, das würde dir liegen."

„Und was läuft da zwischen diesem Crisseltis und dir?", fragte er grimmig.

„Gar nichts", antwortete Lilia leichthin. „Er hatte sich vorgestellt, dass ich über ihn berichte, um sein Projekt bekannt zu machen."

150

„Aber du recherchierst doch nur."

„Schon, aber ich kann den Kontakt zu den richtigen Leuten herstellen. Wie wär's?"

„Wie kommt denn der ausgerechnet auf dich?"

„Über meine Homepage."

„Ach ja? Ich an seiner Stelle hätte mich erst mal an die lokalen Medien gewandt, statt im Internet blindwütig nach x-beliebigen Journalisten zu suchen."

„Hat er vielleicht außerdem. Warum bist du denn so abweisend?"

„Unter was bist du in den Suchmaschinen eigentlich gelistet?"

Sie lachte auf und schaute ihn irritiert an.

„Na sag mal, ich denke, du hast keine Ahnung vom Internet!"

„Ein bisschen schon. Also?"

„Journalistin, Datensammlerin, Kreativberaterin, Spürnase – was du willst. Man muss nur möglichst viele weitumgrenzende Stichworte auf der eigenen Seite einflechten, dann steigt die Trefferzahl."

„Und so bekommst du deine Aufträge: Jemand gibt Spürnase ein und landet bei dir?"

Sie brummte und schüttelte den Kopf.

„Eigentlich hab ich meine feste Klientel. Die Homepage ist nur eine Art Visitenkarte. Pass auf, ich rufe ihn gleich mal an."

Aus ihrem Umhängebeutel zog sie ihr Handy hervor und fing schon an zu wählen.

„Bitte lass das", wehrt er ab. „Ich hasse es, wenn man so über mich bestimmt."

„Ich will ja nur helfen."

„Sehr fürsorglich, aber ich brauche keine Hilfe. Schon gar nicht ungefragt und alles niederbügelnd."

„Dann eben nicht."

Sie wollte das Handy wieder einstecken, als ihre Klingelton-Sirene loslegte. Dankbar für diese Ablenkung, nahm sie sofort an.

„Ja? Ach Robin!"

„Was will er?", fragte Daniel sofort.

„Ja, ich bin hier bei ihm", plauderte sie ins Handy, ohne Daniel zu beachten. „Jetzt gleich? Was ist denn? Na gut, okay. Ciao."

„Na, das ging ja schnell für Robins Verhältnisse."

Sie war schon aufgesprungen, rückte ihren Beutel zurecht und schaute erwartungsvoll auf ihn hinunter.

„Er will mir was Dringendes sagen. Aber nicht am Telefon. Kommst du mit?"

„Wie gesagt, ich hab hier noch zu tun."

„Jetzt komm schon, nimm deine Post mit."

„Darum allein geht's nicht."

„Worum denn dann?"

„Ich brauch auch mal Freiraum", druckste er.

„Davon gibt's in Robins Riesenhaus genug. Bitte, bitte, die Welt dort ist so unkomplett ohne dich."

Sie zeigte ihm ihr Häschen-Lächeln. Und er ließ sich davon bezaubern, obwohl er genau durchschaute, dass es nicht ihm galt, sondern nur der Durchsetzung ihres Ziels, das wiederum keines war, sondern eine ihrer vielen Launen.

„Na gut, muss ich wenigstens nicht Bus fahren."

„Wieso hast du eigentlich kein Auto? Bisher dachte ich ja, du lebst von Cent zu Cent, aber jetzt, da ich das Haus hier kenne …"

„Ist eine lange Geschichte", seufzte er in einem Ton, der deutlich machte, dass die Länge nichts damit zu tun hatte, dass er sie nicht erzählen wollte.

„Dann erzählst du sie mir eben unterwegs", entschied Lilia, drehte sich um und marschierte los, als wisse sie genau wohin.

„Falsche Richtung", stoppte sie Daniel, stand endlich auf und übernahm die Führung. Im Vorbeigehen warf er ihr einen Blick zu, der nach Gegenfragen schrie, aber Lilia knipste nur ihr Lächeln an und nickte ihm zu.

„Wie lang bleibst du eigentlich in Hof?", fragte er.

„So lange ich Lust habe. Und im Moment hab ich nicht die geringste Lust, überhaupt jemals wieder wegzufahren."

39

„Ich muss dir was gestehen", seufzte Pit-Herbert Ucker leise und ohne von seinem Laptop aufzuschauen, als Nadine in die Küche kam. Sie legte ihre Handtasche und ihr Schlüsselmäppchen auf den Tisch und stellte einen Korb mit Einkäufen neben den Kühlschrank. Noch immer sah er nicht zu ihr hin, sondern blickte starr auf den Bildschirm vor sich.

„Wieso bist du schon hier mitten am Nachmittag?", fragte sie, um die in der Luft liegende Hiobsbotschaft hinauszuzögern. Dann überwand sie sich doch:

„Bist du gefeuert?"

Er schwieg wie bestätigend, schüttelte dann kurz und heftig den Kopf.

„Nein."

Unverwandt starrte er auf seinen Laptop-Bildschirm. Alarmiert kam sie um den Tisch herum an seine Seite. Sie vermutete, dass sein Herumdrucksen mit etwas zu tun hatte, das auf dem Bildschirm angezeigt wurde. Es war die Startseite seines Online-Brokers.

„Na sauber!", fluchte sie und baute sich drohend hinter ihm auf. „Also sag schon, wie viel?"

Zögernd, widerstrebend, leise und zerknirscht antwortete er: „Knapp 50.000."

Sie schnaufte, ließ die Schultern hängen und machte ein Gesicht, als sei sie kurz davor, auf dem Absatz kehrt zu machen, wortlos die Küche, die Wohnung, das Haus zu verlassen und nie mehr wieder zu kommen.

„Das war alles, was du noch hattest, oder?"

Er nickte, ohne sich zu ihr umzudrehen.

„Ja."

„Und jetzt …"

Er sprang auf, riss die Arme hoch und schrie:

„… haben wir mehr als doppelt so viel!"

Sie sah sein begeistertes, beinahe irres Gesicht, die weit aufgerissenen Augen, den zu einem clownesken Grinsen verzogenen Mund und stieß ihn erst mal von sich weg, als er sie packen und in die Luft wirbeln wollte.

„Ich konnte nicht anders, ich musste kaufen, immerhin habe ich eine nicht ganz unbedeutende Stellung in der Firma. Und es war hundertprozentig richtig. Hundertzwölfprozentig, um genau zu sein."

„Du hast das Geld wirklich mehr als verdoppelt?", fragte sie skeptisch. „In der kurzen Zeit?"

Er nickte langsam, bedächtig und superstolz grinsend.

„Dann nimm die Gewinne mit. Jetzt gleich."

„Im Gegenteil, mein Schatz, wir kaufen noch mehr. Du hast doch auch noch Geld übrig."

Sie blieb ernst und immer noch auf Distanz, kratzte sich am Nasenrücken und dann an der Oberlippe. Schließlich verlangte sie:

„Zeig mir den Chart, na los."

„Aaahhh …"

Begeistert drehte er sich zum Laptop um, tippte msv.fse in die Suchzeile des Brokers und jubelte:

„So gefällst du mir, Baby!"

Sie trat neben ihn und beugte sich zum Bildschirm hinunter.

„Intakter Aufwärtstrend, ein Traum", kommentierte er ihren Blick auf den Kurvenverlauf.

„Superexponentiell", stellte sie nüchtern fest. „Inzwischen fast senkrecht, schon seit einem Monat. Und du denkst, das geht ohne Korrektur so weiter?"

„Natürlich nicht. Wenn die Korrektur kommt, kaufen wir zu."

„Kurs-Gewinn-Verhältnis von 94", las sie.

„Ja, klar, das ist ein Wachstumswert."

„Und du hast dein ganzes Geld hineingesteckt?"

„Anfangs nicht. Aber als es aufwärts und immer weiter aufwärts ging …"

„Ist dein Kopf mit dem Chart gegen die Decke geknallt. Ich verstehe das nicht. Du bist doch nie ein Zocker gewesen, warum jetzt plötzlich dieser Wahnsinn?"

Er schaute sie an und begriff, dass seine Begeisterung mitnichten auf sie übergesprungen war.

„Hast du überhaupt verstanden, was ich dir vorhin gesagt habe?", fragte er fassungslos. „Wir stehen mit über 50.000 Euro in der Gewinnzone, und das mehr oder weniger über Nacht!"

„Und genauso schnell kann das Geld auch wieder weg sein. Und zwar samt Einsatz."

„Unsinn. Ich bin doch ständig am Ball. Sobald der Aufwärtstrend bricht, verkaufe ich."

„Eben hast du noch verkündet, du willst zukaufen."

„In der Korrektur, ja."

„Und woran siehst du, ob es sich um eine Korrektur handelt und nicht einen beginnenden Abwärtstrend?"

„Keine Angst, das sehe ich. Ein gewisser Herr Generaldirektor Ucker ist nicht gerade mein Vorbild, aber charttechnisch hat er eine Menge drauf. Und ich habe gelernt, was zu lernen war."

Er tippte sich an die Schläfe.

„Alles hier drin."

Sie schüttelte nur den Kopf, drehte sich weg und nahm ihre Handtasche.

„Mach, was du willst, aber mein Geld bekommst du nicht."

40

Als Lilia und Daniel die Ausstellungsetage betraten, steckte Robin bis zum Ellenbogen in einem unförmigen, grüngelblichen, schaumig-wulstigen Etwas, das mitten im größten der fast unmöblierten Räume aus dem Boden wuchs, knapp bis zur Decke reichte und Robins eigenes beachtliches Körpervolumen ums Doppelte übertraf.

„Und was ist das jetzt schon wieder?", fragte Daniel zur Begrüßung.

„Sieht aus, als hätte ein Dinosaurier sein Geschäft verrichtet", kommentierte Lilia und schlüpfte aus ihrer Jacke.

„Bitte nicht so unappetitlich-negativ, Häschen. Das ist Zauberschaum mit Überraschungsinhalt."

Er zog seinen Arm aus dem Ding und präsentierte eine dünne, hohe, zylinderförmige Verpackung.

„In diesen Hülsen rolle ich antike Wertpapiere ein, die zum Verkauf stehen, verstecke sie im Zauberschaum, und wer sie daraus hervorzieht und ohne zu öffnen blind kauft, bekommt 30 Prozent Rabatt. Vielleicht auch nur 20, ich muss erst mal durchkalkulieren, wie viel ich vorher draufschlagen kann, ohne dass es überteuert wirkt."

„Und wo ist der Gag dabei? Sie einfach nur hervorziehen, ist ja wohl keine Leistung", wunderte sich Daniel sichtlich interessiert an der Idee.

„Ich dachte, die letzte Vernissage war ein Flop?", fragte Lilia, bevor Robin antworten konnte. Er war dabei, die Brösel des Hartschaums von seinem lila-lindgrün gemusterten Jackenärmel zu wischen und zu zupfen.

„Also das gefällt mir ja gar nicht", schimpfte er, statt auf eine der Fragen zu antworten.

„Was ist das überhaupt für ein Zeug?", fragte Daniel weiter.

„Eine neue Art von spritzbarem Dämm-Material. Und Flops gibt es bei mir grundsätzlich nie, mein liebes Häschen. Allerhöchstens Veranstaltungen, die sich überraschenderweise in eher ungeplante Richtungen verselbstständigen."

Daniel drückte gegen das Riesending und stellte fest, dass es federleicht war.

„Irgendwie witzig, aber wie willst du dieses Monstrum wieder aus dem Haus bekommen? Das passt doch durch keine Tür."

„Einfach zerbröseln", antwortete Robin und zeigte auf einen Eimer mit den Brocken und Krümeln, die er mit einem Messer aus dem Hartschaumberg geschabt hatte, um seine Wertpapierrolle darin verstecken zu können.

„Mach doch ne Brösel-Party aus der Sache", regte Lilia an. „Die Gäste dürfen die ausgeplünderten Dinosaurierhäufchen zerlegen, zerkrümeln und das Zeug wie Konfetti durch die Gegend schmeißen."

„Ich plane hier ein Kunstereignis, keinen Kinderfasching."

„Außerdem könnte der Staub, der dabei entsteht, gesundheitsschädlich sein", argwöhnte Daniel.

„Und Milliarden von Bröseln im ganzen Haus sind auch nicht unbedingt das, was ich mir nach einer Vernissage wünsche", krittelte Robin weiter, aber sein verschmitztes Lächeln signalisierte, dass er Feuer und Flamme für die Idee war. „Außer, es findet sich ein Weg, sie hinterher rasch und ohne Aufwand vollständig zu entsorgen."

„Wie wär's mit einer nicht ganz so neuen Erfindung namens Staubsauger?"

„Wie wär's, wenn du dich mit Besen und Schaufel nützlich machst, du seltenzahlendes Mitbewohnerchen?"

„Hör mal Robin", mischte Lilia sich in den Disput ein, als er anfing, Brösel nach Daniel zu werfen und der sofort zurückwarf.

„Was denn, Hasilein? Huch, also das ist unfair!"

Daniel hatte ihm Brösel in die Wuschelfrisur gefeuert, wo sie noch zäher hafteten als auf dem Jackenärmel. Lilia zog den sich die Haare raufenden Robin weg von Daniel, der sich sofort dem Hartschaum zuwand und in dem Berg herumbohrte, um neue Brösel zu produzieren.

Kindsköpfe, einer wie der andere. Jeden einzeln hatte Lilia ins Herz geschlossen, aber kaum waren sie zusammen, gingen sie ihr ziemlich auf die Nerven. Irgendwie fiel ihr das erst jetzt so richtig auf.

„Hattest du nicht eine wichtige Mitteilung?"

„Leider ja", antwortete Robin, der sofort ernst wurde und aufhörte, in seiner Frisur herumzuzupfen. Lilia entfernte ungefragt die letzten Brösel.

„Also?"

„Ich hab einen guten Freund bei der Hofer Polizei. Er ist einer meiner treuesten Kunden im Laden. Die Vernissagen meidet er zwar leider, aber ich arbeite daran, ihn auch mal hierher zu bekommen."

„Und?"

Daniel hatte sich schweigend hinzugesellt.

„Ich nenne jetzt keinen Namen, weil er das, was er mir erzählt hat, eigentlich nur dir selbst hätte erzählen dürfen oder vielleicht nicht einmal das. Er findet es auch nicht richtig, dass man dich deswegen bisher nicht informiert hat. Auf jeden Fall erklärt es, warum unsere Schierling-Hinweise und die ganze Sache mit dem Trading-Code nicht besonders ernst genommen wurden."

„Nicht informiert hat, worüber denn? Also langsam machst du mir Angst."

„Es geht um die Lebensgefährtin deines Vaters."

„Ihre Leiche wurde gefunden", stellte Lilia erschrocken fest.

Robin schüttelte ernst den Kopf.

„Ganz im Gegenteil. Sie hat sich mit ihrem Vermögen abgesetzt."

„Abgesetzt, wohin denn?"

„In die USA. Sie hat das Geld abgehoben, ein One-Way-Ticket gekauft, mit reichlich Gepäck eingecheckt, ist definitiv abgeflogen und angekommen, allein. In New York verliert sich ihre Spur."

„Ja und? Das beweist doch gar nichts."

Robin zuckte die Schultern.

„Es wird weiter nach ihr gefahndet, aber nicht gerade mit Hochdruck. Alles, womit man rechnet, ist, dass sie die gängige Version der Geschichte bestätigt, und das war's, Fall abgeschlossen. Sie selbst hat ja nichts Unrechtes getan, mutmaßlich."

Lilia schüttelte enttäuscht den Kopf.

„Das hat sie bestimmt nicht, aber ihr selbst ist was Unrechtes angetan worden, mit Sicherheit."

„Häschen …"

„Was ist denn mit dem Code? *Foltern Miranda*, so was denkt mein Vater sich doch nicht aus!"

„Vielleicht doch."

„Aber wieso? Wozu die ganze Mühe mit der verschlüsselten Botschaft?"

„Vielleicht stammt der Code von ihr."

„Ausgeschlossen."

„Oder dein Vater wollte nicht so in Erinnerung bleiben: als Zocker und Quasi-Selbstmörder. Manche Leute hängen nicht am Leben, aber trotzdem ist es ihnen wichtig, wie die Nachwelt über sie denkt. Der Abtritt soll gut aussehen, was Geheimnisvolles haben, den Betroffenen unsterblich machen."

„Das ist doch nicht wahr", behauptete Lilia ohne Überzeugung.

„Vielleicht doch. So was erlebt die Polizei jeden Tag. Es erschwert die Arbeit, aber wenn man erst mal gelernt hat, hinter die Strukturen zu schauen, dann erweist sich so mancher scheinbare Mordfall als Selbstentleibung, die als solche nicht erkannt werden soll."

„Das glaubst du wirklich?"

„Ich glaube gar nichts. Aber die Polizei glaubt es. Der Code ist zu den Akten gelegt. Wenn du keinen Mörder benennst und handfeste Beweise vorlegst, wird sich da gar nichts mehr tun. Das solltest du einfach wissen, finde ich."

„Danke sehr", schnaubte Lilia und schaute ihn schmollendgrimmig an. Sie fuhr herum zu Daniel. „Und was ist mit dir?"

„Was soll mit mir sein?"

„Bist wenigstens du noch auf meiner Seite?"

„Ich bin doch auch auf deiner Seite, Häschen", versicherte Robin sofort. „Und genau deshalb bin ich ehrlich zu dir."

Daniel schwieg, aber schien mit sich zu ringen. Lilia deutete sein Zögern als Absage, wollte sich umdrehen und den Raum verlassen.

„Ich helfe dir", verkündete Daniel plötzlich. „Wir fliegen nach New York und suchen Miranda."

„Aber was soll denn das jetzt?", rief Robin perplex. „Wisst ihr eigentlich, wie groß New York ist?"

Lilia beachtete ihn nicht, wandte sich ganz Daniel zu, nahm seine beiden Hände und fragte sichtlich gerührt:

„Das würdest du wirklich tun?"

„Aber sicher."

„Das ist so lieb."

Sie streichelte seine Wange, warf Robin dabei einen ebenso bösen wie triumphierenden Blick zu und zog Daniel hinter sich her ins Treppenhaus.

„Hör zu", raunte sie mit Blick über seine Schulter durch die Tür zu Robin, der ratlos neben seinem Schaumberg stand und ihnen hinterher schaute. „Ich muss gleich noch mal weg, aber morgen reden wir über alles. Vielleicht fallen uns auch andere Möglichkeiten ein, wie wir den Fall weiterverfolgen können."

„Aber wo willst du denn jetzt noch hin?", fragte Daniel enttäuscht. Er hatte sich vorgestellt, mit ihr Essen zu gehen, am besten jetzt gleich. Sie würden die Reise planen, sich dabei näherkommen …

„Ich habe für heute Abend leider schon was ausgemacht", fertigte sie ihn ab.

„Was denn?"

„Ach, nichts weiter. Ich muss nur noch schnell bei jemandem vorbeischauen."

„Etwa bei diesem Crisseltis?"

„Recherche über sein Wildnis-Projekt, ja."

„Über sein was? Der Kerl ist ein Gauner!"

„Ist er nicht. Ein Unglückswurm vielleicht …"

Sie lächelte mitleidig. Daniel spürte einen Stich in der Brust – Wut gepaart mit Eifersucht.

„Recherche am Abend?"

„Er arbeitet eben tagsüber."

Ungewollt spitz kam das rüber. Daniel bezog es sofort auf sich, ließ sich aber nicht beirren.

„Dann komme ich eben mit."

„Was?!", rief Lilia entgeistert.

„Ja, wieso nicht?"

„Na, weil … – klar, wieso eigentlich nicht. Du kannst mit anpacken."

„Anpacken?"

Jetzt war es Daniel, der seine Entgeisterung nicht verbergen konnte.

„Er entrümpelt gerade einige Räume. Jemand müsste den Schrott durch die Kaserne zwei Treppen hinunter und über den Aufmarschplatz zum Container tragen."

Sie nickte ihm auffordernd zu.

„Ach so. Puh, na ja, ich glaube, Robin bräuchte hier auch Hilfe mit seinen Bröseln."

„Jetzt komm schon! Du glaubst nicht, wie viel Schrott und Abfall sich da angesammelt hat. So was hast du noch nicht gesehen. Alles heillos verdreckt und mit Altöl verklebt, eine Mammutaufgabe."

„Ich glaub's dir und würde auch gern helfen, aber Robin wäre echt sauer, wenn ich woanders zur Hand gehe und ihn hier im Stich lasse."

„Das verstehe ich natürlich auch wieder. Gut, dann bleibst du eben hier. Wir sprechen morgen über New York, okay?"

„Okay."

Sie drehte sich um und trippelte die Treppe hinunter.

„In dem Aufzug willst du entrümpeln?", rief er ihr hinterher mit Blick auf ihren eleganten Daunenmantel und die hohen Absätze.

„Ich habe eine alte Jacke und Turnschuhe im Auto", behauptete sie und warf die Tür hinter sich zu. Daniel wusste nicht, ob er erleichtert sein oder sich verarscht vorkommen sollte.

41

Hartriegel blinkte auf dem Handy-Display im Takt von *Eye of the Tiger*. Gerhard Crisseltis war kurz davor, den Anruf wegzudrücken. Keine Lust, keine Zeit. Er legte das zusammengefaltete Tischtuch auf dem zerschrammten Tisch ab und starrte das Handy an.

„Ach, was soll's", brummte er und nahm den Anruf entgegen.

„Hier ist Gerhard Crisseltis von der Crisseltis Wildnis-Labyrinth und Gedenkstätten GmbH, guten Abend, was kann ich für Sie tun?", meldete er sich und genoss es, wie Hartriegel erst mal seine Genervtheit hinunterschluckte, bevor er losquäkte:

„Mein lieber Crisseltis, nun muss ich mich doch noch mal an Sie wenden."

„Aber jederzeit. Was kann ich für Sie tun?"

„Ist die Bezahlung denn auf Ihrem Konto eingegangen?"

„Ja, vielen Dank. Prompt und vollständig."

„Das ist schön. Ich hätte auch schon gleich einen neuen Auftrag für Sie."

„Sehr gern. Worum geht es denn?"

„Immer noch um diese Frau Fuchsried. Mein Auftraggeber will nicht so recht glauben, dass sie sich nur wegen ihres vor einem halben Jahr verstorbenen Vaters so lange in Hof aufhält. Das ist sonst gar nicht ihre Art, normalerweise ist sie heute hier und morgen da. Könnten Sie sich also noch mal mit ihr treffen und einfach unverbindlich mit ihr plaudern? Vielleicht kommt doch noch manch Interessantes zutage."

„Mich mit ihr zu treffen wäre kein Problem", antwortete Crisseltis zögernd, „aber ..."

„Aber was?"

„Na gut, ich will ganz ehrlich sein. Ich weiß ja nicht, was da wirklich läuft. Vielleicht hat Ihr Auftraggeber es verdient, dass Frau Fuchsried ihm hinterher schnüffelt. Ich will sie nicht hintergehen und ihr schon gar nicht schaden."

„Das verstehe ich doch. Deshalb bekommen Sie diesmal nicht 3.000, sondern sogar ganze 4.000 Euro."

„4.000 Euro? Nur dafür, dass ich noch mal mit ihr rede? Ohne gezielte Schnüffelei? Und egal, was dabei herauskommt?"

„Ganz genau. Leichter kann man sein Geld nicht verdienen."

Crisseltis lehnte sich an den Tisch und ließ den Kopf sinken. 4.000 Euro. Damit könnte er sich bis ins Frühjahr hinein über Wasser halten. Vielleicht genau die entscheidende Frist, die er bis zum Durchbruch brauchte.

„Darf ich Ihr Schweigen als Zustimmung interpretieren?", krächzte Hartriegel künstlich erfreut.

„Ich weiß nicht recht."

„Was wissen Sie nicht? Was gibt es da zu überlegen?"

„Mir ist nicht wohl bei der Sache."

„Verstehe. Wie viel wollen Sie also?"

„Es geht nicht ums Geld."

„Worum dann?"

„Ich hab kein gutes Gefühl dabei, sie auszuspionieren."

„Sie haben es mit einer Frau zu tun, die nicht die geringsten Skrupel kennt, andere Leute auszuspionieren."

„Das glaube ich nicht. Auf mich hat sie einen sehr netten und offenen Eindruck gemacht."

„Haben Sie schon vergessen, wie die ihr Geld verdient?"

„Na und? Wissen Sie was, ich habe mich entschieden. Sie können mir gerne andere Aufträge geben, aber nichts mehr in Zusammenhang mit Lilia, ich meine Frau Fuchsried."

„Verstehe", geiferte Hartriegel, „Sie haben sich in die hübsche junge Dame verguckt, stimmt's?"

„Das geht Sie schon gar nichts an."

„Aber wenn es so wäre – dann käme es Ihnen doch äußerst ungelegen, wenn ihr jemand erzählen würde, warum ein gewisser Herr Crisseltis sich überhaupt an sie gewandt hat, oder?"

„Das würde sie Ihnen gar nicht glauben."

„Wetten, dass doch? Ich könnte ja die Informationen nennen, die weitergegeben wurden. Und außerdem haben Sie in Ihrer Heimatstadt einen ganz bestimmten Ruf, der Frau Fuchsried sicher auch nicht unbekannt ist."

„Das ist ziemlich niederträchtig."

„Es muss ja nicht dazu kommen. Nehmen Sie die 4.000 Euro und haben Sie einen netten Abend damit. Dann ein letzter Anruf bei mir, wir plaudern ein bisschen, und das war's auch schon. Mir ist auch nicht an dauerhaftem Kontakt mit Ihnen gelegen, das können Sie mir glauben."

„Meinetwegen. Ich ruf Sie morgen an."

„Schönen Abend noch."

Crisseltis steckte das Handy ein, drehte sich um und breitete das Tischtuch aus. Sei's drum. Er konnte dem kleinen Stinker erzählen, was er wollte. Es würde nichts sein, was Lilia schadete. Und sie würde es nie erfahren.

42

„Weißt du, was passiert wäre, wenn du mir gestern deine 80.000 Euro zur Verfügung gestellt hättest?", fragte Pit, als Nadine in die Küche kam und mit einem genervten Blick feststellte, dass er immer noch vor seinem Laptop hockte.

„Es sind nur knapp 76.000", unkte sie. „Und wozu haben wir eigentlich von dieser ohnehin nicht gerade riesigen Wohnung einen Büroraum für dich abgezwackt?"

„Ah so", überging er die Frage, „lass mich nachrechnen, dann wären es jetzt ... – 98.000. Schade, bei 80.000 hättest du die Schallmauer zur Sechsstelligkeit gesprengt."

Sie hatte einen Selleriekopf gewaschen und schnitt ihn nun in kleine Scheiben.

„Ich habe dich was gefragt."

„Wir könnten uns eine viel größere Wohnung leisten mit einem Büroraum für mich UND einem Gymnastikzimmer für dich, wenn ..."

„Gymnastikzimmer, Quatsch. Darum geht es nicht."

„... wenn wir was aus unseren Ersparnissen machen würden", vollendete er seinen Satz. „Mit entsprechendem Startkapital könnte ich sogar eine neue eigene Firma gründen."

„Wenn du deine Ersparnisse schon verzockst, muss ich meine als letzten Notgroschen vor dir sichern."

„Ich hab meine mehr als verdoppelt. Hast du gehört: verdoppelt. Und das ist erst der Anfang."

„Ich gehe dann ins Bett."

„Träum schön. Von zweieinhalb Prozent Zinsen."

„Idiot."

Er grinste, fuhr den Laptop herunter und ging zu ihr an die Spüle hinüber.

„Nun komm schon. Ich ziehe enge Stopps, es kann überhaupt nichts passieren."

Gedankenverloren knabberte sie an einem Stück Sellerie. Er trat hinter sie, umschlang ihre Taille und rieb seine Nase an ihrem Hals.

„Schwärmst du immer noch von diesem BMW Cabrio?",
flüsterte er.

„Nein", log sie, lächelte aber zum ersten Mal leicht.

„Es wäre so leicht, sich seine Träume zu erfüllen. Man braucht
nur ein bisschen Mut für den ersten Schritt. Wie oft hab ich dir
schon gesagt, diese oder jene Aktie wird sich verzehnfachen?"

„Oft."

„Und wie oft hatte ich Recht?"

„Meistens."

„Fast immer."

„Es reicht schon, einmal nicht richtig zu liegen."

„Aber es tut so weh, Recht gehabt zu haben und nicht investiert gewesen zu sein. Nur noch dieses eine Mal, okay?"

Sie drehte sich in seiner Umarmung um und drückte seinen
Kopf so weit von sich weg, dass sie sich in die Augen sehen
konnten.

„Okay. Aber total return für mich, alles klar?"

„Sowieso."

„Ich meine es ernst. Du ziehst bei spätestens 76.000 Gesamt-
depotwert die Notbremse, und diese 76.000 bekomme ich, egal
wie viel du verloren hast."

„Ist recht. Denn ich verliere ganz sicher nicht."

43

„Denkst du, was ich denke?", fragte Daniel und schüttete eine
Kehrschaufel voll Krümel in einen Eimer.

„Dass ich dich für die Brösel-Party mit Schürze und Gum-
mihandschuhen ausstatten sollte?", zwinkerte Robin ihm zu.

„Nein, du Knalltüte, sondern dass wir Lilia nicht mit diesem
Knilch alleine lassen sollten."

„Sie hat uns leider nicht eingeladen, sie zu begleiten."

„Ich kann mir ungefähr vorstellen, wo diese Kaserne ist,
nämlich an einer Nebenstraße mitten im Wald fernab von jeder
menschlichen Siedlung."

Robin schob seinen Schaumkoloss in die Ecke zwischen eine leere Vitrine und eine Sitzgruppe aus Fellstühlen und hinterließ dabei eine Krümelspur auf dem Parkett.

„Und du meinst, da ist sie jetzt?", schnaufte er. „Vielleicht gehen sie ja in Hof aus."

„Wenn sie nur ausgehen würden, könnte das schon sein, aber ich fürchte, die wollen allein sein. Und das geht nur bei ihm, weil sie sonst in der Region keine Anlaufstelle hat."

„Außer, sie nehmen sich ein Hotelzimmer."

„Du erst gar."

„Na ja …"

„Borgst du mir ein Auto?"

Robin seufzte.

„Mir gefällt das, ehrlich gesagt, auch nicht. Sie sollte lieber hier bei uns sein. Aber was sie tut, geht uns nichts an. Sie gehört uns nicht."

„Und wenn ihr was passiert?"

„Jetzt übertreibst du aber. Warum sollte ihr was passieren? Der will höchstens ihr Geld, und eigentlich kann ich mir nicht mal das vorstellen. So weit ich weiß, hat er nie was Kriminelles gemacht. Ein Schussel ist der, so eine Art tragisch-gescheiterte Existenz."

„Und wenn er sich da draußen endgültig ins Unglück geritten hat, unumkehrbar?"

„Unser Häschen ist ja auch nicht ganz dumm."

„Aber vielleicht verknallt und damit unzurechnungsfähig."

„Das könnte auch auf dich zutreffen."

„Mir wäre nicht so unwohl, wenn da nicht die Sache mit ihrem Vater wäre."

„Du denkst, das könnte was miteinander zu tun haben?"

„Möglich wär's doch. Ich weiß zwar auch nicht, wie das zusammenhängen soll, aber wenn doch? Was dann?"

„Wenn doch, dann würde er vielleicht nicht ganz so offen und namentlich auftreten, oder?"

„Wir schauen zumindest mal nach. Wenn alles in Ordnung ist und sie nur mit ihm wer weiß was macht, freiwillig …"

„… was trotzdem schlimm genug wäre …"

„Du sagst es. Also los jetzt."

„Aber du fährst", seufzte Robin, kramte den Autoschlüssel aus seiner Jacke und warf ihn Daniel zu. „Ich bin viel zu geschafft und irgendwie nicht mehr ganz klar im Kopf von all dem Bröselstaub."

44

„Vielleicht suchen wir uns doch lieber ein Lokal."

Obwohl Crisseltis die Stimme sofort erkannte, erschrak er so heftig, dass ihm sein Glas aus der Hand rutschte. Es polterte auf den Betonboden, ohne zu zerbrechen, und rollte unter den Tisch.

„Du schenkst Wein in Senfgläsern aus?", fragte Lilia, kam zu ihm herüber, bückte sich unter den Tisch und hob das Glas auf.

„Nicht nur billig, auch praktisch unzerstörbar", antwortete er und nahm es entgegen.

„Aber nicht gerade romantisch. Hab ich dich erschreckt?"

„Ich dachte, ich höre dich vorfahren und sehe die Scheinwerfer. Aber ich habe überhaupt nichts von deiner Ankunft bemerkt."

„Ich habe in der Einfahrt geparkt und mich angeschlichen. Ich schaue mir Leute gerne an, wie sie sich verhalten, wenn sie sich unbeobachtet fühlen."

Stocksteif stand er vor ihr und wusste nicht, ob er ihr noch nachträglich zur Begrüßung die Hand geben sollte. Küsschen auf die Wange, wie er sich das zurechtgelegt hatte, passte jedenfalls überhaupt nicht zu der unerwarteten Situation.

„Du stehst da schon länger?", fragte er, um irgendetwas zu erwidern.

„Eine Minute, höchstens. Viel gab es nicht zu beobachten, aber es ist ganz schön gruslig hier bei Nacht. Wenn der Raum nicht beleuchtet wäre und mir den Weg gewiesen hätte, wäre ich ohne Taschenlampe gar nicht zurechtgekommen."

„Deshalb wollte ich dich auch unten abholen. Ich wäre gleich soweit gewesen."

„Was soll denn das überhaupt werden? Teller? Hast du gekocht?"

„Nein, kochen geht nicht, kein Strom. Ich bin heute Nachmittag in den Ort gelaufen und habe Wurstbrötchen geholt."

Sie warf ihm einen betont befremdeten Blick zu und schüttelte den Kopf.

„Die kannst du morgen zum Frühstück essen. Zieh dir eine Jacke an, wir fahren irgendwohin hin."

„Ich dachte, wir wollten hier bleiben. Der Wein ist schon geöffnet, schau."

Sie ignorierte das Supermarktgesöff und inspizierte demonstrativ den Raum. Er hatte Feuer im alten Kanonenofen geschürt, das jedoch nicht allzu viel Wärme abgab. Dafür hing ein scharfer Rauchgeruch im Raum, der in der Kehle kratzte und permanent zum Husten reizte. Ein einst weißes, jetzt angegrautes Tischtuch war der einzige Anflug von Esskultur, der Rest war zum Davonlaufen. Durchgesessene DDR-Holzstühle, gleich daneben lag eine alte Matratze auf dem nackten Boden. Zwar hatte er den Raum so wohnlich wie nur möglich hergerichtet, aber ein gefegter Boden machte aus einer Räuberhöhle noch kein Liebesnest. Genau so hatte er sich das aber offenbar gedacht.

„Keine Musik, dafür Billigstwein in Senfgläsern und Wurstbrote. Damit willst du mich beeindrucken?"

„Brötchen. Und der Wein war weder billigst noch billig", stellte er gekränkt fest. „Du warst es, die mich besuchen wollte, statt auszugehen, und du wusstest genau, wie ich hier lebe."

„Du musst dich nicht rechtfertigen."

„Tu ich auch nicht. Bist du gekommen, um mich zu beleidigen?"

„Ich bin gekommen, weil ich gedacht hatte, hier eine Fantasie ausleben zu können. Aber da habe ich dich wohl überschätzt."

Sie drehte sich um und verschwand grußlos im schwarzen Kasernenflur. Crisseltis brauchte eine Sekunde, um zu begreifen, dass es das offenbar schon gewesen sein sollte.

„Spinnst du? He! Was ist denn los?"

Eine Fantasie ausleben? An einem Ort wie diesem?

Er beeilte sich, sie einzuholen. Aber in dem stockdunklen Flur sah er erst mal gar nichts. Mit ausgestreckten Armen eilte er zur gegenüberliegenden Wand und tastete sich an ihr entlang zur Treppe.

„Lilia!"

Im Treppenhaus fiel Mondlicht durch die Fenster. Nach der ersten Kehre hatte er freie Sicht auf den Eingangsbereich. Dieser Anblick, ob bei Tag oder bei Nacht, weckte immer eine intensive Ahnung von der Vergangenheit dieses Ortes in ihm. Er stellte sich vor, wie es hier gewesen sein mochte, als es die DDR noch gab – als Willkür und Schikane herrschten, aber auch Zucht und Ordnung. Uniformierte marschierten an der Wache vorbei und grüßten zackig. Befehle wurden gebrüllt. Antreten, raustreten, wegtreten! Nachts, so wie jetzt, gab es vielleicht Alarmübungen. ABC-Alarm, das kannte und hasste er aus seiner Bundeswehrzeit. Inzwischen war die Erinnerung romantisch verklärt. Mit noch schlafverquollenen Augen den Spind leer räumen, den Seesack schultern, Gasmaske aufsetzen, auf den Kasernenhof rennen und dann Geländeübungen mit vollem Gepäck und Gummifotze, wie die Gasmaske ganz und gar nicht liebevoll genannt wurde. Wie mochte man sie wohl hier genannt haben? Genauso?

Wo zum Teufel steckte Lilia?

Die Flügeltür neben der Wache war geschlossen. So schnell konnte sie auch gar nicht nach draußen gekommen sein.

Er blieb stehen, hielt den Atem an und lauschte.

Da war etwas. Ein leises Knirschen, dann Stille.

Das Geräusch war von dort gekommen, wo er nachts noch nie gewesen war: aus dem Keller.

45

„Was sind das da vorne für Häuschen?", fragte Robin und hüstelte. In seinem planenartigen Mantel und mit dem vom Autohimmel gestauchten Lockenturm verstopfte er die Beifahrerseite. Daniel kam es so vor, als habe sich der bröselnde Schaumberg zu ihm ins Auto geschleppt und sei neben ihm zu voller Größe aufgequollen, jede Ritze ausfüllend.

„Wenn ich an dir vorbeischauen könnte, würde ich sagen, das ist Neundorf."

„Aber dann sind wir doch schon viel zu weit!"

„Das weiß ich auch."

„Du musst umkehren!"

„Ja doch."

„Bloß war bis hierher leider überhaupt nichts am Wegesrand, was nach bewohnter Touristen-Attraktion aussieht. Wir sind bestimmt ganz falsch."

Robin hüstelte und gab ein Geräusch von sich, das nicht einzuordnen war, eine Art unterdrücktes Niesen.

„Da war immerhin ein Steinbruch", widersprach Daniel.

„Wie bitte, was, ein Steinbruch?"

„Und gleich dahinter hätte dieses Wildnislabyrinth gewesen sein müssen."

„Ich habe nichts gesehen."

„Ein Wunder, dass du überhaupt was siehst. Was soll nur das ganze Gebommel hier?"

„Das sind Plüsch-Trodeln."

„Müssen die ausgerechnet über der Windschutzscheibe hängen?"

„Ja, müssen sie. Wende deine Aufmerksamkeit nicht dem Dekor zu, sondern lieber der nächtlichen Außenwelt."

Daniel hielt an dem nächsten Feldweg, stieß zurück und wendete.

„Vielleicht liegt das Gelände hinter dem Wandererparkplatz am Rennsteig. Oder bei diesem verlassenen Plattenbau."

„Hab ich dir doch gesagt, mein Guter."

„Aber das Gebäude war unbeleuchtet."

„Vielleicht gehen die bewohnten Räume zur anderen Seite hin. Ahem-ahem …"

„Hat dieses dauernde Hüsteln etwas zu bedeuten?"

„Ach das, na ja, dein – ich weiß nicht recht: Duft? Jedenfalls das, was du da absonderst und ziemlich penetrant verströmst, es ist leider viel zu streng und reizt die Atemwege, vor allem, wenn man deiner Nähe nicht entweichen kann."

„Quatschkopf. Das war das teuerste Rasierwasser im ganzen Laden."

„Teuer heißt nicht gleich edel. Bei deinen Klamottis gilt übrigens der Umkehrschluss."

„Der da wäre?"

„Übertriebenes Understatement ist noch lange keine Extravaganz."

„Und extravagantes Geseier keine erkenntnisfördernde Analyse. Konzentriere dich lieber aufs Schauen als aufs Riechen und gestelzt Daherreden. Was wir suchen, müsste jetzt auf deiner Seite liegen."

„Ich meine ja auch nur. Ich könnte dir schon ein paar Ratschläge geben, wenn es darum geht, die Gunst unseres Häschens zu gewinnen. Aber die haben nicht unbedingt mit deinem Erscheinungs- und Geruchsbild zu tun, sondern eher mit Verhaltensmustern."

„Jetzt müssen wir sie erst mal finden. Ich habe keine gutes Gefühl."

„Ich hatte bisher auch keins, aber langsam machst du mir so richtig Angst."

46

„Lilia? Bist du da unten?"

Er wusste nicht, ob er hoffen sollte, dass sie es nicht war. Denn wenn sie es nicht war, dann war es etwas anderes, das da leise Geräusche verursachte und sich vor ihm verbarg. Vielleicht Ratten. Oder ein Eindringling. Im schlimmsten Fall etwas, das nicht von dieser Welt war und Lilia bereits verschlungen hatte.

Statt einer Antwort hörte er ein schleifendes Kratzen. Eindeutig aus dem Keller.

„Was soll denn der Unsinn! Jetzt komm schon, sag was!"

Langsam stieg er die letzten paar Stufen bis zum Erdgeschoss hinab und linste die Kellertreppe hinunter.

Kellertreppe war nicht ganz das richtige Wort. Er befand sich hier im Eingangsbereich und zugleich Zentrum der ehemaligen Kasernenanlage. Durchs Portal kam man an der Wache vorbei zu der Stelle, an der er verharrte und lauschte. Von hier aus ging es einst hoch zu den Schlafräumen, nach rechts zu den Verwaltungsstuben, nach links zu Küche und Speisesaal und – auch heute noch – ins Untergeschoss, über dessen frühere Nutzung Crisseltis nichts wusste. Das Wort Keller weckte die falschen Assoziationen, denn obwohl unterirdisch gelegen, unterschieden sich Gang und Räume da unten nicht von denen im Erdgeschoss und im ersten Stock – zumindest nicht baulich, allenfalls durch das höhere Ausmaß an Verwüstung. Er malte sich aus, dass sich die Wut nach der Wende ganz gezielt dort entladen hatte, weil dort die Verhörräume gewesen waren. Und die Folterkeller. Weil vielleicht Menschen da unten auf brutalste Weise zu Tode gekommen waren. Und ihre Geister immer noch dort spukten.

Das Verrückte an seiner Angst war: Er schlief in diesem Gemäuer nur wenige Meter von den gefürchteten Kellern entfernt. Und tagsüber hatte er auch keine Probleme damit, da hinunter zu gehen. Warum nachts? Wenn etwas da unten wäre, dann setzte er sich diesem Etwas Nacht für Nacht im Schlaf aus, ungesichert, denn seine Tür ließ sich nicht versperren. Es musste nur zwei Etagen zu ihm hinaufsteigen. Warum also fiel es ihm so schwer, da hinunter zu steigen? Weil sein Raum da oben ihm eine Illusion von Sicherheit lieferte. Die vier Wände bedeuteten für ihn ein Fleckchen Geborgenheit innerhalb von Wildnis und Chaos, und so lange nichts diese Geborgenheit infrage stellte, gab ihm die Illusion Sicherheit. Vielleicht hätte er nicht eine einzige Nacht hier verbracht haben können, wenn er auch nur angefangen hätte darüber nachzudenken, wo er sich befand und wie allein und auf sich gestellt er war.

Wieder dieses Schleifen. Und ein Kratzen. Schleichende Schritte über verschmutzten Untergrund.

„Lilia?"

Ach, verdammt, natürlich war sie das! Wer denn auch sonst? Er war gerade dabei, sich als Hasenfuß zu outen und unsterblich zu blamieren.

Entschlossen nahm er die ersten Stufen der Kellertreppe.

„Nicht erschrecken, ich komme jetzt runter."

Am Geländer entlang tastend, erreichte er die Zwischenebene, folgte dem Geländer-Knick um 180 Grad und starrte hinab in die absolute Dunkelheit. Ein schwarzer Schatten vor schwarzem Hintergrund schien sich um die Ecke zu bewegen, nach rechts vom Treppenschacht weg in den Kellergang hinein, aber vielleicht lieferten seine Augen auch nur ein Trugbild, um den leise knirschenden Schritten eine Gestalt zu geben. Schritte ohne Gestalt, allein die Vorstellung weckte seinen Fluchtreflex. Er ging vorsichtig eine Stufe weiter nach unten, dann noch eine und noch eine.

„Du willst ein Spiel spielen, so eine Art virtuelle Thriller-Realität?", fragte er laut ins schwarze Nichts hinein, wollte forsch und herausfordernd klingen, hörte sich aber nur kläglich an.

„Du bist das verängstigte Opfer und ich der böse Verfolger? Macht dir das Spaß?"

Keine Antwort, aber die schleifenden Schritte entfernten sich.

„Kannst du haben, aber dann schnapp ich dich mir auch, wenn ich dich finde", drohte er in der Hoffnung, das sei Anlass für sie, sich zu erkennen zu geben.

„Und wenn ich dich schnappe, kann ich für nichts garantieren."

Nichts war mehr zu hören als seine eigenen tappenden Schritte, Stufe für Stufe hinunter, bis er ganz unten war, von der Schwärze verschluckt, eine Ahnung von Restlicht hinter sich.

„Das ist eine Sackgasse. Du hast keine Chance, mir zu entkommen."

Er versuchte zu schleichen, aber seine Schritte knirschten überlaut und verursachten ihm eine Gänsehaut. Dann eben Angriff ohne Anschleichen.

„Also gut, ich komme jetzt."

Der Gedanke erregte ihn, ihr als Teil des Spiels jetzt schon näher kommen zu können als gesellschaftlich erlaubt, das Abendessen zu überspringen, die Distanz auf Anhieb zu durchbrechen und sie an sich ziehen zu können. Vom anfänglichen Siezen über ein kaum gewohntes Du sofort zu engstem Körperkontakt – wollte sie das erreichen?

Von seinen Expeditionen bei Tageslicht und mit Petroleumlampe wusste er, dass jede Tür hier unten, sofern überhaupt noch vorhanden, weit offen stand, dass also jeder Raum betretbar war und sich als Versteck eignete. In welchem war sie? Oder verharrte sie auf dem Flur? Würde nicht er sie, sondern sie ihn schnappen?

Er versteifte sich, lauschte und hörte ein ganz leises, aufgeregtes Atmen, gar nicht weit weg, etwa zwei Meter schräg gegenüber.

Verflixte Dunkelheit!

So spontan, dass es ihn selbst überraschte, riskierte er einen schnellen, blinden Vorstoß in Richtung des Atemgeräusches. Er griff ins Leere, aber das Schleichen und Verstecken hatte nun ein Ende, hastige Schritte entfernten sich von ihm. Er konnte genau orten, wohin. Mit dem plötzlich erwachten Jagdinstinkt verpufften Angst und Zurückhaltung, sein Unterbewusstsein leitete ihn wie ein Ortungsgerät durch die Finsternis direkt zum Ziel. Er kannte sich aus hier, blind – sie nicht.

Er rammte sich die Schulter an einem Türstock, nahm es nur als Hindernis wahr, nicht als Schmerz, hörte direkt vor sich ein erschrockenes Stöhnen, als sie sich an der Wand stieß, hatte sie direkt vor sich und packte zu. Sie schrie leise und entsetzt auf, wollte entkommen, aber er zog sie an sich und presste sie mit seinem ganzen Gewicht gegen die Wand.

47

Das Telefon klingelte neunmal, zehnmal und hörte trotzdem nicht auf. Noch ein schrilles Ringen. Noch eins. Ein dreizehntes und vierzehntes. Bei fünfzehn wird doch wohl Schluss sein!

Hartriegel starrte das Handy durch halb geschlossene Lider an und stellte sich stur. Er könnte das Ding abends abstellen, ließ es aber an, um sich dann ärgern zu können, wenn es tatsächlich klingelte. Wollen doch mal sehen, wer länger durchhielte, der Anrufer oder er selbst.

Es konnte ohnehin nur einer sein. Nur einer wie Schierling, der mutwillig einen ganzen Parkplatz blockierte und sich einen Dreck um hupende Autoschlangen hinter sich scherte, ließ es dauerklingeln. Anstandsgrenzen gab es für solche Leute nicht. Aber dem würde er es zeigen! Tagsüber konnte er so etwas mit ihm machen – für die Nächte wurde er nicht bezahlt. Irgendwann endete auch der Dienst des Freiberuflers. Für Hartriegel war jetzt Dienstschluss.

Er hatte aufgehört mitzuzählen, aber inzwischen musste es dreißigmal geklingelt haben und klingelte immer noch weiter. 31, 32, 33.

Also gut, bei 40 würde er abnehmen. Wer bis 40 durchhielte, der sollte fürs Durchhalten belohnt werden.

35. 36. Eigentlich sollte er jetzt erst recht nicht mehr abheben. Was bildete der sich ein! Alles muss man sich auch nicht gefallen lassen. Er doch nicht. 38.

Na komm schon, zwei noch. Noch habe ich zwar nicht wirklich entschieden. Vielleicht darfst du auch bis 50 schmoren. Aber zwei wirst du doch noch draufhaben, wenigstens.

Die 39 blieb aus. Stattdessen hämmerte es gegen die Wand an der Kopfseite des Bettes. Kein Schimpfen, einfach nur Hämmern.

Hartriegel richtete sich auf.

Vielleicht war es wichtig gewesen. Sollte er zurückrufen?

Bevor er zum Nachttisch greifen und das Handy ertasten konnte, fing es wieder an. Der alte Sack musste es erst achtunddreißigmal klingeln lassen, bis er auf die Idee kam, dass er sich vielleicht verwählt haben könnte.

Hartriegel ließ sich auf den Rücken fallen, streckte den rechten Arm aus, griff nach seinem Handy, das neben dem altertümlichen Tastentelefon auf dem Nachtschränken lag, und drückte auf Annehmen.

„Sind Sie das?", schnappte Schierlings Stimme aus dem Hörer.

„Wer denn sonst."

„Wo sind Sie?"

Hartriegel, auf dem Bett langgestreckt, drehte den Kopf und schaute sich um.

„In irgendeinem Hotelzimmer."

„Geht's vielleicht auch etwas präziser?"

„Könnte in Brandenburg sein, vielleicht auch in Mecklenburg. Oder meinen Sie den genauen Ort?"

„Treiben Sie's nicht zu weit mit Ihrer Geheimnistuerei. Ich bin Ihr wichtigste Auftraggeber!"

„Und was will mein wichtigster Auftraggeber um 22.57 Uhr von mir?"

„Wie schnell können Sie in Bad Steben sein?"

„Wenn's sein muss, gleich morgen. Aber wieso denn schon wieder? Ich komme doch erst von da. Und Sie sind doch auch erst ... Oder sind Sie doch nicht ...?"

„Mann, was haben Sie denn gesoffen? Schauen Sie bloß, dass Sie bis morgen nüchtern sind. Es ist nämlich so weit."

„Was ... ist denn bitte so weit?"

Hartriegel schob seine Beine über die Bettkante.

„Das Tierchen ist in die Falle gegangen, viel schneller als erwartet. Jetzt kommen wir mit dem Sack und holen es zurück in den Käfig."

„Das sind doch mal ..."

Ihm wurde übel. Vorsichtig zog er die Beine zurück aufs Bett und ließ den Oberkörper auf die Matratze sinken.

„Was?"

„... Angaben, die wirklich jede Frage beantworten. Wenn ich nur immer so umfassende Einsatzbefehle bekäme."

„Sparen Sie sich Ihren Sarkasmus. Mehr müssen Sie im Moment nicht wissen. Wir treffen uns morgen um 15 Uhr in der Erdsauna."

„Soll ich die anderen zusammentrommeln?"

„Noch nicht. Es geht jetzt erst mal darum, endlich den neuen Liquidator zu finden."

„Sie sollten vielleicht nicht mehr so wählerisch sein", sagte Hartriegel dreist und freute sich an seiner Kühnheit.

„Und Sie sollten vielleicht mal Ihren Job machen."

„Mein Job ist es, Sie vor Schaden zu bewahren, und den mache ich gründlich."

„Wenn Sie damit diese Lilia Fuchsried meinen, vergessen Sie's erstmal. Schaffen Sie lieber endlich jemanden heran, der was vom Traden versteht und dem es egal ist, ob eine Firma lebt oder stirbt. Der Rest erledigt sich von selbst."

48

„Da oben scheint Licht zu brennen", flüsterte Daniel und zeigte auf ein Fenster an der rückwärtigen Gebäudeseite rechts oben.

„Unmöglich, dass hier jemand wohnt", behauptete Robin in voller Lautstärke und lief mit Trippelschritten Slalom um die undefinierbaren Abfallhaufen auf dem Hof.

„Und warum steht dann Lilias Auto gleich hinter der Einfahrt?"

„Ich sehe leider gar nichts in dieser biblischen Finsternis hier."

„Hättest eben statt Troddeln und Häkelkissen lieber eine Taschenlampe im Auto haben sollen. Da drin wird's noch viel finsterer sein."

„Du willst doch diese baufällige Scheußlichkeit nicht etwa betreten?", entsetzte sich Robin noch einen Tick lauter.

„Deswegen sind wir hier", flüsterte Daniel zurück. „Und jetzt fahr bitte mal die Lautstärke runter."

„Ich gehe da nicht hinein. Mit Sicherheit gibt es da drin Fledermäuse. Ich bin äußerst allergisch gegen Blutsauger."

„Dann wartest du eben hier."

„Das schon gar nicht. Hier draußen lauern womöglich Wölfe."

„Du kannst auch zum Auto zurück."

„Hast du Alternativen anzubieten, die mir zusagen könnten? Vielleicht sind wir hier in Lebensgefahr."

„Stell das Geplapper ein, dann passiert schon nichts."

Sie erreichten den Kaserneneingang, die Tür schien angelehnt.

„Hörst du das?", fragte Daniel.

„Was denn? Nein. Oder doch?"

„Also los jetzt."

Daniel schlich die Treppe hoch und quetschte sich durch den Türspalt. Ihm fiel auf, dass der Durchgang für Robin nicht reichen würde, er vergrößerte ihn vorsichtig.

„Ach Gottchen", jammerte Robin für seine Verhältnisse ziemlich leise, „unser Häschen macht aber auch Sachen."

„Pscht!"

Daniel zeigte die Eingangsstufen hoch an der Wache vorbei Richtung Treppengang und dann auf sein Ohr. Seine Hände und sein Gesicht waren für Robin als dunkelgrau-schwarze Flecken in der Finsternis erkennbar, der Rest war einfach nur schwarz.

„Habe ich dir schon anvertraut, dass ich nachtblind bin?"

„Wie bitte!"

„Du musst mich führen."

„Dann warte eben hier."

„Auf keinen Fall!"

Das geflüsterte Zetern war so laut und entschlossen, dass Daniel ihn am Handgelenk packte und an der Wache vorbei die Stufen zum Erdgeschossflur hochdirigierte. Im Hauptgang an der Kellertreppe blieb er stehen und lauschte in alle Richtungen.

„Das kommt von da unten", wisperte Daniel. „Eine Frauenstimme."

„Unser Häschen?", fragte Robin mit bebender Flüsterstimme.

„Keine Ahnung."

Daniel zog Robin die ersten Stufen nach unten, tastete mit der freien Hand am Treppengeländer entlang und lauschte angestrengt.

„Klingt nach Kampfgeräuschen."

Daniel versuchte schneller zu schleichen, aber Robin widersetzte sich. Er ließ ihn los und erreichte mit ein paar schnellen Sprüngen die Treppenkehre.

Die Frauenstimme klang gedämpft, aber deutlich angsterfüllt und gehetzt.

„Nein, hör auf, ich will das nicht!"

Lilias Stimme!

„Was ist denn da unten los", kam ein vernehmliches Bühnenflüstern von Robin. Daniel beachtete ihn nicht, er war bereits losgerannt. Den Treppenstufenabstand instinktiv schätzend, hastete er nach unten, erreichte den Kellergang, lauschte, hörte ein Schnaufen und sah die schwarzen Schemen von zwei an die Wand gepressten Gestalten. Sie hatten ihn auch bemerkt und aufgehört, miteinander zu ringen und zu stöhnen, aber ihren angestrengten, erregten Atem konnten sie nicht zügeln.

„Lilia?", fragte Daniel kurzerhand.

„Daniel?", fragte Lilia zurück. Sie klang ganz und gar nicht erleichtert und erst recht nicht so, als schwebe sie in höchster Gefahr, aber Daniel nahm das gegenseitige Erkennen als Bestätigung seiner Befürchtungen und schritt zur Tat.

Mit Anlauf stürzte er sich auf die größere Gestalt, die sich noch immer gegen die kleinere lehnte und sie an die Wand presste, packte sie und riss sie mit einem Ruck herum. Die große Gestalt protestierte, ging zur Gegenwehr über, und trotzdem hing die kleinere Gestalt noch an ihr. Daniel begriff unbewusst, dass nicht einer die andere festgehalten hatte, sondern dass sie sich aneinander geklammert hatten. Aber er verweigerte sich dem Begreifen und versuchte, die kleinere Gestalt aus dem Griff der größeren loszureißen. Zu dritt aneinander geklammert stürzten sie zu Boden und wälzten sich über den kalten, feuchten, von Dreck, Abfall und Splittern übersäten Betonboden.

„Daniel? Was sind das für Geräusche? Lebst du noch?", kreischte von irgendwoher eine nasale Männerstimme, die Lilia sofort erkannte und die sie endlich begreifen ließ.

„Robin? Daniel, he, verdammt noch mal, aufhören!", keuchte sie und erkannte, dass es am besten war, Crisseltis loszulassen, aufzustehen und von oben her einzugreifen.

„Häschen? Um Himmels Willen, geht es dir gut?"

„Robin, du musst mir helfen", rief sie zurück. Sie hatte es geschafft, sich loszuringen und aufzustehen. Unter ihr, kaum zu erkennen im pechschwarzen Kellergang, wälzten sich die beiden Männer, rangen und kämpfen wortlos, zogen und zerrten aneinander, versuchten aufeinander einzuschlagen.

„Ich kann da nicht runter, Häschen, ich sehe nämlich nichts. Ich bin nachts noch blinder als ein Maulwürfchen."

„Dann taste dich hoch in den ersten Stock. In einem der Räume steht eine Lampe."

Lilia bückte sich und boxte blindlings auf die am Boden ringenden Körper ein.

„Daniel, hör auf, mir geht es gut. Was du gesehen und gehört hast, war nur ein Spiel."

„Das war kein … Spiel", keuchte Daniel vom Boden her. Er schien momentan unterlegen.

„War es doch", quetschte Crisseltis hervor, während er ihn zu Boden drückte und sich gegen seine Tritte und Schläge zu schützen versuchte.

„Gerhard, lass ihn los. Er wollte mir nur helfen. Alles in Ordnung."

Sie zerrte und schob an ihm und merkte, wie er vorsichtig nachgab.

„Er soll aufhören, dann hör ich auch auf."

„Daniel!", befahl Lilia, und es schien zu wirken. Die Kampfgeräusche ließen nach und verstummten, das doppelte Erschöpfungskeuchen klang dafür umso lauter. Die größere und wuchtigere Gestalt von Crisseltis erhob sich und versuchte, die schmächtigere Gestalt am Boden mit hochzuziehen.

„Hau ab!", schnauzte Daniel, stieß ihn weg und drückte sich selbst hoch und auf die Beine.

„Haltet durch, ich bringe euch Licht", verkündete Robin von oben. Lilia hörte seine unbeholfenen Schritte auf der Treppe und musste schmunzeln. Sie zwang sich, wieder wütend zu sein, packte Daniel und schob ihn Richtung Treppe und damit dem Licht entgegen. Seine Haare waren zerzaust. Er hatte eine blaurote Schramme an der Wange. Lilia wollte darauf tippen, aber er drehte entschieden den Kopf weg und entwandt sich ihrem Griff. Robin hielt ihnen die Petroleumlampe aus Crisseltis' Wohnraum entgegen und sah dabei in seinem zeltartigen Mantel aus wie ein auf Übergröße gezüchtetes Heinzelmännchen.

„Wer sind diese Typen?", fragte Crisseltis von hinten.

„Freunde von mir."

„Was war denn das für eine Show?", fragte Daniel vorwurfsvoll und tastete nun selbst nach seiner Schramme.

„Das geht dich überhaupt nichts an", fauchte Lilia zurück. „Was wollt ihr hier? Was fällt euch ein, mich zu verfolgen!"

„Wir haben es doch nur gut gemeint, Häschen, wir hatten Angst um dich."

„Aber wieso denn? Ich hab euch doch gesagt, wo und mit wem ich mich treffe."

„Eben, eben", jammerte Robin schuldbewusst.

„Der Arsch war gerade dabei, dich zu vergewaltigen", schrie Daniel. „Sei froh, dass wir hier sind!"

„Er hat nichts gemacht, was ich nicht wollte, okay!"

„Und warum hast du dann gestöhnt und gekeucht und dich gewehrt und geschrien, dass du nicht willst?"

Lilia schwieg kurz, gab dann weniger heftig und etwas beschämt zurück:

„Das hat sich für dich vielleicht so angehört. Aber ich wollte das genauso wie er."

„In diesem dreckigen stockfinsteren Keller? Das ist ja abartig."

„Du hast eben keine Fantasie."

Daniel schnaubte angewidert, nahm Robin die Lampe ab und stellte sie auf den Boden.

„Komm, wir hauen hier ab."

„Moment mal", befahl Lilia, lief ihm hinterher und zog ihn an der Jacke. „Erst entschuldigst du dich."

„Wofür? Dass ich dir helfen wollte?"

„Nein, bei Gerhard, dass du ihn verprügelt hast."

„Ich denke nicht daran!"

181

„Der hat ganz bestimmt nicht mich verprügelt", kam es von Crisseltis. „Ich glaub, ich habe dem Bürschchen ziemlich wehgetan."

„Ich kann dir auch mal wehtun, du Frauenschänder!"

„Na dann komm her, diesmal lass ich dich nicht auswischen."

„Ihr spinnt wohl!", ging Lilia dazwischen, derweil die beiden kurz davor waren, wieder aufeinander loszugehen. „Ich will jetzt wissen, was das soll! Daniel?"

Er schaute sie an und schaute dann zu Robin. Im Schein der Funzel am Boden, um die sie jetzt standen, sahen ihre Gesichter gelb-schwarz und verzerrt aus.

„Da, wo du dieses Fossil von Lampe herhast, gibt's da einen Computer?", fragte Daniel lauernd.

Robin verzog das Gesicht und schüttelte den Kopf.

„Da oben sieht es aus wie in Saddams Erdhöhle."

„Zufällig Lilias Homepage entdeckt und Kontakt zu ihr aufgenommen, oder?", fragte Daniel vorwurfsvoll-ätzend in Crisseltis' Richtung. „Das war doch die offizielle Version des Kennenlernens."

„Hier habe ich keinen Computer, aber Freunde von mir …"

„Ich höre mir diesen Schwachsinn nicht an. Lilia, dich scheint das hier irgendwie zu faszinieren, aber ich sage dir, das ist kein Zufall."

„Wie, kein Zufall?"

„Du ermittelst, was mit deinem Vater gewesen sein könnte, und dann taucht plötzlich der da auf, lockt dich in dieses Dreckloch und spielt perverse Spielchen mit dir."

„Na und?"

„Na und? Den hat doch jemand auf dich angesetzt. Oder sieht das hier vielleicht danach aus als würde bald ein Geschäft eröffnet und ein großer PR-Auftrag dich reich machen?"

„Wer hat dir das denn … – Robin!"

„Wir haben auf der Herfahrt Gedanken ausgetauscht", gab Robin kleinlaut zu. „Aber mir kommt das alles auch sehr sonderbar vor. Und Sie, Herr Crisseltis, haben ja auch einen ziemlich eindeutigen Ruf, nicht wahr?"

„Aber das hier wird wirklich eine Touristen-Attraktion", verteidigte sich Crisseltis gekränkt.

„Und du hast mich einzig und allein deswegen angerufen?", fragte Lilia, deutlich unsicher geworden.

„Ja. Na ja …"

Crisseltis schaute zur Seite, schnaufte.

„Na gut, ich hätte dir das heute sowieso noch gesagt, nach allem, was zwischen uns hier unten passiert ist."

„Dann raus damit", verlangte Lilia schroff.

„Ich habe dich sehr gern. Also, ich will jetzt nicht gleich von Verliebtheit reden, schon gar nicht, wenn hier zwei feindselige Fremde zuhorchen …"

„Wir sind keine Fremden, sondern ihre besten Freunde", protestierte Robin.

„Ich will das nur vorneweg sagen, damit du nicht falsch von mir denkst. Eigentlich ist es doch egal, wie man sich kennenlernt, wichtig sind die Gefühle, die man entwickelt."

Lilia war von ihm abgerückt und hatte sich zwischen Daniel und Robin geflüchtet.

„Raus damit", verlangte Daniel, der sich wieder ganz als Herr der Lage wähnte.

„Es gibt da tatsächlich jemanden, der etwas über dich wissen will. Aber ich habe ihm nichts gesagt, Ehrenwort."

„Wer will was über mich wissen?", fragte Lilia entgeistert. „Und was?"

„Ein Typ namens Hartriegel."

„Kenne ich nicht."

„Er sagt, dass einer seiner Kunden von dir verfolgt wird oder so ähnlich und wissen will, warum."

„Von mir verfolgt? Das ist Unsinn."

„Nicht verfolgt, du weißt schon, in der Art, dass du jemanden wegen einer Story am Wickel hast und schaden könntest."

„Und was hast du ihm erzählt?"

„Dass du aus rein privaten Gründen hier bist, nämlich wegen deines verstorbenen Vaters."

„Bingo", kam es triumphierend von Daniel.

„Halt du bloß den Mund!", fauchte Lilia ihn an. Crisseltis behauptete: „Das ist aber doch nicht schlimm."

„Von wegen. Du hast mich verraten", schrie Lilia den Tränen nahe.

„Wie hat denn dieser Herr Hartriegel überhaupt auf die Mitteilung reagiert?", mischte sich Robin mit sachlicher Stimme ein, während er Lilia in den Arm nahm.

„Nicht sonderlich interessiert. Ich sollte mich trotzdem noch mal mit ihr treffen, um mehr zu erfahren, aber ich habe abgelehnt."

„Und was war das dann heute?"

„Das war eigentlich nur für uns."

„Eigentlich?"

Nach ein paar tiefen Atemzügen hatte sich Lilia wieder gefangen. Ihre Stimme klang hart und kalt. Robin drückte sie trotzdem weiter an sich, während Daniel daneben stand und Crisseltis hasserfüllt anstarrte. Der sah sich den dreien wie einem Strafgericht gegenüber, senkte den Blick auf die Lampe und gab zu:

„Dann hat er mich erpresst. Wenn ich nicht weitere Infos liefere, sagt er dir, wie wir uns kennengelernt haben."

„Also hast du noch mal eingewilligt."

„Aber es wäre das letzte Mal gewesen. Und ich hätte ihm nur irgendwelche Banalitäten mitgeteilt."

Lilia musterte ihn, fühlte sich trotz allem zu ihm hingezogen, riss sich deswegen umso entschiedener von seinem Anblick los, drehte sich in Robins Umarmung und schob ihn zur Treppe.

„Bringt mich hier raus."

„Ich bin auf deiner Seite", rief Crisseltis und machte einen Schritt auf sie zu. Daniel versperrte ihm sofort den Weg, was Crisseltis mit einem genervten Blick quittierte. Er blieb direkt vor ihm stehen und rief, an Lilia gewandt, aber Daniel anstarrend: „Wir können den Spieß umdrehen und uns diesen Hartriegel vorknöpfen. Herausfinden, was er von dir will."

Lilia beachtete ihn nicht. Sie dirigierte den blind aufwärts tapsenden Robin die Treppe hoch. Daniel versicherte sich, dass sein Gegner blieb, wo er war, und folgte ihnen.

„Ich finde heraus, was der Kerl von dir will", rief Crisseltis. Als sie für ihn außer Sicht waren, nahm er die Lampe vom Boden und folgte ihnen. Im Erdgeschoss angekommen, sah er die drei gerade an der Wache vorbei das Gebäude verlassen. Keiner hatte sich mehr zu ihm umgedreht.

49

Demonstrativ blieb Lilia an Robins Seite, obwohl es nicht leicht war, sich zu zweit durch den Türspalt zu quetschen. Aber kaum waren sie draußen, schob sie ihn von sich und ging schnell voraus zur Kasernenhofausfahrt, wo die Autos parkten. Robin blieb verdattert stehen und schaute sich um, als habe er nach langer Blindheit das Augenlicht zurückgewonnen, während Daniel ihr sofort nachsetzte.

„Jetzt warte doch mal, Lilia, wieso bist du denn sauer auf mich? Wie sich gezeigt hat, war es doch richtig, dir zu folgen."

„War es nicht. Das ging dich alles gar nichts an!"

„Aber wenn wir nicht im letzten Moment dazugekommen wären ..."

„... dann wäre was gewesen? Überhaupt nichts!"

Sie klang so vorwurfsvoll und giftig, dass Daniel sich nun auch zu ärgern begann. Am Hauseck holte er sie ein, hielt sie am Arm fest und zog sie zu sich herum.

„Es kommt mir fast so vor, als hättest du lieber deine Kellerfantasien mit diesem Kerl ausgelebt, als zu erfahren, dass er ein Verräter ist."

„Was ich nicht weiß, das kümmert mich auch nicht."

„Also sag mal, spinnst du jetzt völlig? Dieser Hartriegel oder wie der heißt, der ist vielleicht der Mörder deines Vaters. Und der Saukerl da drin macht gemeinsame Sache mit ihm."

„Macht er nicht. Du hast doch gehört, dass er nur benutzt wurde. Außerdem suchen wir ... suche ich nach einem Schierling."

Sie wollte sich zu ihrem Auto umdrehen, aber Daniel hielt sie weiter fest. Er rechnete damit, dass sie sich losreißen würde, doch sie starrte ihn nur böse an. Plötzlich wusste er nicht mehr, was er sagen wollte, und fragte daher:

„Wo willst du denn überhaupt hin?"

„Wohin wohl? Nach Hause."

„Zu Robin?"

„Quatsch, zu mir nach Hause."

„Nach Frankfurt? Jetzt mitten in der Nacht? Und wann kommst du wieder?"

„Gar nicht. Würdest du mich vielleicht mal loslassen!"

Er gab sie frei und fragte schüchtern:

„Und was wird mit unserer New-York-Recherche?"

„Ts, glaubst du im Ernst, ich würde mit *dir* noch irgendwohin fliegen? Ich mache das allein."

„Aber …"

„Zum Thema allein nach New York müsste ich etwas anmerken", meldete sich kleinlaut Robin, der ihnen langsam und leise hinterhergetrippelt war.

„Und das wäre?", fragte Lilia ungnädig.

„Tja, also, ich habe da die Fakten vielleicht ein ganz kleines Riesenbisschen ausgeschmückt und auftoupiert."

Lilia riss die Augen auf, verwundert zuerst, dann begriff sie und log:

„Das war mir schon klar. Als ob die mir als Tochter des Opfers solche Informationen verschweigen, aber ausgerechnet dir auf die Nase binden."

„Aber warum denkst du dir denn solche Geschichten aus?", rief Daniel. Man sah ihm an, dass er weniger über die Schwindelei empört war als über die Tatsache, dass sein New-York-Traum geplatzt war.

„Ich habe mir gar nichts ausgedacht!", verwahrte sich Robin. „Es gibt eine Spur nach New York. Nur ist sie von nie-besonders-lauwarm auf nahe-null-Kelvin abgekühlt."

„Wozu dann das ganze Drama, uns zu dir zu zitieren?", nahm Daniel Lilia die Frage aus dem Mund.

„Damit du endlich zur Ruhe kommst", richtete Robin seine Antwort an Lilia, ohne Daniel zu beachten. „Ich dachte, wenn ich die Version der Polizei irgendwie stärker in den Vordergrund rücke …"

„… dann würde ich nicht mehr an Mord glauben? Und was ist mit dem Code? Der ist doch eindeutig. Du selbst hast gesagt, man darf diese Leute nicht davonkommen lassen."

„Ach Häschen, ich weiß, was ich gesagt habe, aber ich bin doch so hin- und hergerissen. Der Code deutet etwas an und lässt doch alles offen. Manche Leute vergeuden Jahre ihres Lebens, um Ungewissheiten dieser Art hinterher zu jagen. So was kann zum Selbstzweck werden und dich ganz und gar aus der Bahn werfen."

„Wenn du weitermachen willst, ich helfe dir auf jeden Fall", bot Daniel trotzig an. Lilia schaute von einem zum anderen, schüttelte den Kopf und drehte sich wortlos um. Robin und Daniel sahen zu, wie sie zu ihrem Auto ging, einstieg, den Motor anließ, Licht machte und zurückstieß. Vor dem Wenden verharrte sie, setzte an, das Fenster zu öffnen, ließ es sein, schlug das Lenkrad scharf rechts ein, fuhr in einem schwungvollen Bogen auf die Straße und in einem Zug davon. Als das Geräusch des Motors verklang, blieben Robin und Daniel im Dunkeln zurück.

50

Mit einem Stapel Brennholzscheiten auf dem linken Arm zog die Saunabademeisterin die Vorraumtür der Erdsauna auf, schloss sie hinter sich, wollte die Tür zur eigentlichen Saunakabine öffnen und stutzte.

Über dem Guckfenster hing ein Schild: „Aufguss. Bitte nicht betreten. Danke."

„Also das gibt's ja wohl nicht!", murmelte sie, entfernte mit einem Ruck das Schild, legte es auf den Boden und riss die Tür auf.

„Na, das war ja klar!", schimpfte sie, als sie im Schein der Glut in dem halbdunklen, wie eine Blockhütte gestalteten Raum auf der rechten Bank hingestreckt den haarlosen Gorillakörper von Schierling erkannte und auf der linken Bank hockend Hartriegels drahtig-vertrocknete Erscheinung.

„Nehmen Sie's locker", brummte Schierling jovial. „Wir hatten nur kurz was Privates zu besprechen."

„Aber das ist keine private Plauschkabine, sondern eine öffentliche Sauna."

Sie ließ ihren Arm voll Holz auf den Boden prasseln, öffnete die Sichtscheibe des Kamins und legte Scheit über Scheit auf die Glut. Sofort züngelten erste Flammen hoch. Ein ebenso scharfer wie wohliger Geruch von brennendem Holz erfüllte die Luft.

„Ist doch sowieso nichts los heute", mischte sich Hartriegel unfreundlich ein.

„Sie machen das ja nicht zum ersten Mal", gab die Bademeisterin zurück. „Außerdem ist es schon gar nicht in Ordnung, wenn sie Personalräume betreten und unsere Schilder stibitzen."

„Vielleicht gehört das Schild ja uns und wir haben es mitgebracht?", schlug Schierling grinsend vor.

„Ganz bestimmt nicht, weil ich nämlich vorhin überall danach gesucht habe. Das glaubt sowieso kein Mensch, dass hier in dieser Sauna Aufgüsse gemacht werden."

„Schon klar, tut uns leid. Kommt bestimmt nicht mehr vor."

„Wer's glaubt ..."

Sie schloss die Kaminscheibe, drückte die Knie durch, warf Schierling noch einen strafenden Blick zu und verließ wortlos den 100 Grad heißen Raum.

„Eigentlich sollten wir alles tun, um keine Aufmerksamkeit zu erregen", nörgelte Hartriegel.

„Ist doch nur Spaß, Sie alter Spielverderber", gab Schierling angesäuert zurück. „Aber jetzt zum Geschäft. Was haben Sie unternommen, um einen Liquidator zu finden?"

„Eine neue Homepage habe ich online gestellt. Gestern Nacht noch."

„Tolle Leistung. Und was soll das bringen?"

„Die jungen Leute heutzutage lesen keine Stellenanzeigen mehr, die suchen unter monster.de oder direkt mit Google. Wenn also die Homepage nicht hilft, weiß ich auch nicht weiter."

Schierling richtete sich auf, schob die Beine von der Bank, hockte sich Hartriegel direkt gegenüber und drohte:

„Wenn Sie auf die Art niemanden finden, sind Sie gefeuert!"

„Meinetwegen. Dann finden Sie aber erst recht niemanden."

„Jemand Besseren als Sie finde ich allemal."

„Ich bin der Beste. Aber ich kann mein Potenzial erst dann richtig einbringen, wenn Sie mir verraten, was Sie vorhaben."

„Sie hören nicht richtig zu: Ich suche jemanden wie Fuchsried ..."

Er unterbrach sich, als Hartriegel erschrocken die Augen verdrehte.

„... jemanden mit genauso viel Sachkenntnis, aber gepaart mit Stehvermögen und Loyalität. Wir sind allein hier drin. Und ich habe diese albernen Tarnnamen sowieso satt."

„Ich muss aber wissen, was Sie erreichen wollen. Sie wollen eine weitere Aktiengesellschaft ruinieren? Ich muss wissen warum, wozu, was steckt dahinter, ist damit das Endziel erreicht oder kommt danach noch was Größeres? Geht es um einen allgemeinen Rachefeldzug oder um eine bestimmte Person? Was hat diese Person Ihnen getan? Oder sind das Konkurrenzfirmen für Sie, wollen die Ihnen schaden, Ihr Unternehmen aufkaufen? Sind Sie überhaupt Unternehmer, und wenn ja, in welcher Branche? Geht es um Rache oder um eine vorbeugende Maßnahme? Was geschieht danach mit dem neuen Liquidator, wird er auch liquidiert? Und noch tausend Fragen mehr. Ich weiß letztlich gar nichts. Das behindert mich und ärgert mich auch."

„Das alles müssen Sie auch nicht wissen."

„Muss ich doch. Weil es vielleicht auch ganz andere Wege gibt, um Ihr Ziel zu erreichen."

„Gibt es nicht."

„Gibt es immer! Sie sind nur total fixiert auf Ihren geheimen Wunschtraum und können daher nicht um die Ecke denken. Ich

189

kann das. Aber ich muss wissen, was das verdammte Hauptziel ist."

„Eine reine Privatangelegenheit. Suchen Sie einfach weiter. Ich habe auch noch ein anderes Eisen im Feuer. Morgen bekomme ich die entscheidende Information."

51

Pit-Herbert Ucker hockte in seinem Büro in der MSV-Zentrale mit krummem Rücken über seinen Laptop gebeugt und starrte fassungslos auf die zehnprozentige Notierungslücke zum Handelsstart der MSV-Aktie und die darauf folgende lange schwarze Kerze ohne den geringsten Ansatz von Docht oder Lunte. Er ließ den Blick vom Chart auf ein zweites geöffnetes Fenster mit Realtime-Ticker hinüberwandern und wieder zurück zum Chart. Er war kaum noch in der Lage einen klaren Gedanken zu fassen.

Was tun, verflucht noch mal? Er spürte den Impuls, laut zu schreien, den Bildschirm mit einem Faustschlag zu zertrümmern oder am liebsten gleich den Laptop an die Wand zu schmeißen. Aufwärtstrend gebrochen, über 20 Prozent Verlust allein innerhalb der letzten halben Stunde, und die Aktie fiel ins Bodenlose! Sein eigener Gewinn war kaum noch nennenswert, durch misslungene Erlösmaximierungstrades zwischendurch hatte er ihn so ordentlich geschmälert, dass der Crash ihn nahezu getilgt hatte, und von Nadines Geld waren schon über 15 Prozent weg – knapp 9.000 Euro, sie würde toben.

Wenn es wenigstens eine kursrelevante Nachricht gäbe, irgendeinen Hinweis, was da los war! Vielleicht war das nur eine heftige Zwischenkorrektur im Aufwärtstrend und die beste Gelegenheit zum Zukaufen? Oder es war der Anfang vom Ende. Von Nadines Geld hatte er noch 20.000 Cash als Reserve behalten, und zwar genau für solche Fälle – jetzt also rein damit? Billig zuzukaufen war immer die beste Methode, wobei die Aktie auch jetzt noch 200 Prozent über ihrem nicht allzu fernen

Zwischentiefstkurs lag. Sie näherte sich von oben her der Marke von 8 Euro: 8,42 – 8,38 – 8,41 – 8,36 …

Okay, an runden Marken lagen Massen von Stopp-Loss-Orders, ein neuer Ausverkauf wäre die Folge, wenn die 8 von oben her durchbrochen werden würde, aber nach einem Ausverkauf ging es in der Regel stramm aufwärts. Er musste es einfach riskieren! Hatte schon oft funktioniert, die Strategie, beziehungsweise er war umgekehrt schon oft böse damit hereingefallen, selbst Stopp-Loss-Orders an solchen Marken zu setzen. Man wurde seine Papiere zum Tiefstkurs los, und danach konnte man zusehen, wie beherzte Käufer zu Nutznießern des Ausverkaufs wurden. Aber nicht mit ihm, diesmal nicht! Kurzentschlossen setzte er eine Kauforder bei 7,91 – Stückzahl: 2.500, was soll's, rein mit dem letzten Geld. Eine solche Gelegenheit bot sich so schnell vielleicht nicht wieder.

Ein Mausklick, und die Order war am Markt. Er fühlte sich gut, saugut, so richtig gänsehautkribbelig und durchströmt von einer Höllenangst, dass die Aktion in die Hose gehen könnte. Bei solchen Aktien waren 50, 60, auch mal 80 Prozent Verlust an einem Tag nicht ungewöhnlich. Und die Nachricht dazu, die den Absturz begründete, bekam man genau dann serviert, wenn für einen selbst alles zu spät war, nämlich bei den Tops und Flops des Tages in der Telebörse.

Egal, pfeif drauf, das war eine Korrektur. Ganz sicher. Jetzt weg vom Laptop beziehungsweise raus aus dem Internet, immerhin war das hier sein Arbeitsplatz und kein Daytrading-Zockerbüro. Ein letzter Blick. 8,70, das gibt's doch nicht! 8,36 war schon der Boden gewesen? Also gut, Kauforder korrigieren, Limit 8,71. Shit, Fehlermeldung: keine ausreichende Liquidität, klar, Stückzahl ändern, 2.300, hä, geht nicht, wieso? „Keine Änderung der Stückzahl möglich."

Mist! Also Order löschen, neue Order – was! Kurs 8,89! Verflixter Mist, ging das rasant aufwärts, also, Stückzahl 2.200, Limit 9, nein, kein Limit, Billigst und nur 2.000 Stück vorsichtshalber – Kaufen, Ausführung.

Fünf Sekunden später kam per Mail die Abrechnung:

„Ein Kauf von 2.000 Stück MSV je 9,23 wurde ausgeführt."
9,23!!!

Du lieber Himmel, wäre er vorhin etwas wagemutiger gewesen, hätte er in fünf Minuten rund 4.000 Euro machen können, blöder Kack. Billig kaufen, wie oft denn noch! Dann, wenn es runter geht, nicht wenn es schon wieder rauf geht! Warum nur machte er immer wieder dieselben idiotischen Fehler?

Na gut, cool bleiben, wenn das so rasant weitergeht, dann …

Er klickte wieder zum Ticker und kippte fast vom Stuhl.
8,74 – 8.76 – 8,71 – 8,69
Nein-nein-nein-nein!!!!

Er hatte sich täuschen lassen. Von wegen zukaufen in der Aufwärtsbewegung nach der Korrektur. Das Scheißding war längst im Abwärtstrend. Und er hatte am Höhepunkt der Korrektur dieses Abwärtstrends gekauft. Anfängerfehler, verfluchter Mist.

Nun aber ganz ruhig, sammeln, Gedanken ordnen, überlegt handeln. Wie waren die Regeln? Ein Zwischentief war markiert worden bei 8,36. An dieser Marke entschied sich die Zukunft der Aktie und damit seine eigene Zukunft. Wenn der Markt daran zurückprallte, war es eine Korrektur im Aufwärtstrend, wenn die Marke unterschritten wurde, dann würde es eindeutig weiter abwärts gehen, dann also nix wie raus, immerhin hatte er es Nadine auch geschworen. Sie würde ihr Geld zurückbekommen. Genauso würde er es machen.

Also, Stopp-Loss-Order bei, tja … – etwa gleich bei 8,35? Nein, er musste etwas Luft nach unten lassen. 8,30? Ja, das war richtig. Unterhalb von 8,30 würde die Mehrheit der Trader short gehen, und dann gnade der Aktiengott allen, die noch long waren.

Verkaufen alles, Trigger 8,30 und jetzt – Limit oder Market? Bei einem solchen Wert natürlich Market! Nicht auszudenken, wenn er ein Limit bei 8,25 setzte und das Ding darunter rauschte, er würde es nie mehr loswerden. Kein Limit. Jenseits der 8,30 weg damit, nur weg.

Kaum hatte er Ausführung gedrückt, kam auch schon die Bestätigung:

„Ein Verkauf von 13.456 Stück MSV je 7,93 wurde ausgeführt."

Im ersten Moment atmete er auf.

Dann begriff er: Moment mal, das ist ja eine 7 vor dem Komma!

Sein Kopf schnellte herum zum Ticker: 7,88 – noch tiefer, grenzenlose Erleichterung. Er war noch mal davongekommen. Mit vier blauen Augen, Nadine hatte es auch erwischt, aber immerhin über 100.000 Euro waren gerettet. Mit böser Genugtuung starrte er auf den Ticker. Na komm schon, jetzt will ich die 6 vor dem Komma sehen! Es tat so gut, bei fallenden Kursen zuzuschauen, wenn man nicht mehr investiert war, sich die armen Schweine vorzustellen, denen man das abstürzende Mistding angedreht hatte, ihre dummen Gesichter …

7,88 – 7,89 – 7,88 – 7,88 – 7,94 – 7,99 – 8,03 – 8,07 – 8,22

„So eine verdammte …"

Er hatte laut geschrien, beherrschte sich, verkniff sich das Schimpfwort, packte stattdessen den Laptop und donnerte ihn kurz und heftig auf den Schreibtisch. Schlagartig war der Bildschirm schwarz.

52

Lilia stand mit Sonnenbrille und roter Bad-Steben-Werbeschirmmütze getarnt an der Kasse der Therme und kam sich albern vor. Da drin konnte sie sich allenfalls ein Handtuch um den Kopf wickeln, um halbwegs unerkannt zu bleiben, aber wozu überhaupt? Dieser Schierling, so er heute hier war, hatte doch keine Ahnung, wer sie war. Sie nahm die Sonnenbrille ab und zog den Geldbeutel aus ihrer Badetasche. Tasche und Inhalt hatte sie beim ersten Besuch hier mit Robin und Daniel in einem der Läden für Kurgäste komplett neu erworben, sie hatte ja beim Aufbruch nach Hof mit derlei Abstechern nicht gerechnet und daher weder Badetücher noch Badeanzug dabei gehabt.

Schon traurig, jetzt allein wieder hier zu stehen. Nach dieser gestrigen Albtraumnacht war Lilia schnurstracks nach Berg gerast, auf die Autobahn nach Bayreuth und am Autobahndreieck Richtung Würzburg. Kurz vor Bamberg nutzte sie, ohne nachgedacht oder eine bewusste Entscheidung getroffen zu haben, die nächstbeste Ausfahrt zum Wenden, fuhr zurück und nahm sich in Bad Steben ein Hotelzimmer.

„Ja bitte?"

Lilia schrak aus ihren Gedanken und begriff, dass sie an der Reihe war.

„Vier Stunden Sauna bitte", beantwortete sie das fragende Lächeln der Kassen-Angestellten. „Kennen Sie übrigens diesen Mann?"

Sie zog ein angeknittertes Foto aus der Tasche.

„Er muss bis vor einem halben Jahr regelmäßig hierher gekommen sein."

Die Frau an der Kasse schaute über ihren Brillenrand auf das Foto, gab es Lilia zurück und schüttelte den Kopf.

„Kann schon sein, aber hier kommen so viele Leute durch …"

„Er muss immer in Begleitung eines oder mehrerer anderer älterer Herren hier gewesen sein, eine Art Saunaclub. Diese anderen Herren kommen vielleicht immer noch. Wissen Sie, ob ich die heute hier treffen kann?"

„Tut mir leid, das weiß ich wirklich nicht. Und wenn es schon ein halbes Jahr her ist …"

„Danke", sagte Lilia brav lächelnd, steckte das Foto ein und zwängte sich durchs Drehkreuz. So wurde das nichts. Viel zu auffällig außerdem, die Leute in der Schlange hinter ihr hatten höchst interessiert gelauscht. Wenn Schierling einer von ihnen war …

Lilia drehte sich kurz um. Ein junges Pärchen und zwei ältere Damen, die angeregt plauderten. Dann eben auf die harte Tour. Sie würde hier Stellung beziehen, und zwar so lange, bis sie in einer Unterhaltung das Wort „Aktie" aufschnappte. Irgendwann würde sie den Kerl kriegen. Nicht heute, nicht morgen. Vielleicht nächste Woche. Irgendwann. Sie hatte Zeit.

Lilia belegte eine der dunkelgrünen Umkleidekabinen des Erdgeschosstraktes, schloss die Klapptüren links und rechts neben sich und schlüpfte aus der Jacke.

53

Er schlug das Buch auf und starrte auf den Zettel, der wie ein Lesezeichen zwischen den Seiten steckte. „Bitte steckenlassen, danke, Daniel", hieß es darauf.

Zurück zum gewohnten Tagesablauf! Seit seiner ersten Begegnung mit Lilia genau hier im Lesesaal der Hofer Stadtbücherei hing er an diesem einen dünnen Bändchen fest. Ein paar Tage war das erst her, dass sie sich kennengelernt hatten. Diese Tage würden schnell vergessen sein. Es würde ihm gut tun, seinen Rhythmus wieder aufzunehmen. Lesen und vergessen. Einfach weitermachen wie gewohnt. „Auf dem Jakobsweg" von Paulo Coelho, auf diese Lektüre hatte er sich gefreut. Einen Hauch der alten Freude spürte er immer noch.

Er hatte zwei Seiten Text mit den Augen durchwandert, als er merkte, dass er gar nicht registrierte, was er da las. In Gedanken ging er den Fall Fuchsried durch. Was war schief gelaufen? Gab es gar keinen Fall? Oder war eine Lösung aussichtslos und Lilia fixiert auf Ehrenrettung ihres Vaters, wie Robin meinte, wenn er nicht gerade gegensätzlicher Meinung war? Angenommen, dieser Crisseltis sagte die Wahrheit: Er selbst wusste nicht, worum es ging – jemand missbrauchte ihn als Spitzel. Mit dem Tod des alten Fuchsried musste das nichts zu tun haben. Woher sollten denn die Mörder, so es sie gab, auch ahnen, dass Lilia ausgerechnet jetzt, ein halbes Jahr später, hinter den Code gekommen war? Falsch gefragt, denn von einem Code konnten die Täter gar nichts wissen, sonst hätten sie die Notizen gleich vernichtet. Wo lag die Schnittstelle? Außer der Polizei wussten Robin, er selbst und Lilia von der geheimen Botschaft. Wie könnte die Information aus diesem Kreis zu den Tätern gedrungen sein?

Über die Therme! Plötzlich war ihm alles klar. „Treff Therme" hieß es in dem Code. Sie hatten dort nicht dezent recherchiert, sondern waren wie aufgescheuchte Hühner durchgeflattert und hatten herumgegackert, dass sie nach einem Schierling suchten. Dieser Tietje kannte ihn. Viele mussten ihn kennen. Schierling hatte erfahren, dass man ihm nachstellte, und über einen Strohmann dann Crisseltis beauftragt, um herauszufinden weswegen. Vor lauter Eifersucht war Daniel noch gar nicht auf die Idee gekommen, seinen Nebenbuhler Crisseltis einmal etwas gründlicher auszufragen.

Daniel schlug das Buch zu, ohne den Zettel wieder eingelegt zu haben, knüllte das Papier in seine Jeanstasche, stellte das Bändchen ins Regal zurück und eilte aus der Bücherei.

54

„Was ist denn hier los?", fragte Lolak, den Igelkopf durch die Tür gesteckt. Pit-Herbert Ucker hatte laut genug herumgewerkelt, um ungewollt Aufmerksamkeit auf sich zu lenken und das Klopfen zu überhören.

„Ach, hallo. Mein Laptop spinnt."

„Kann ich helfen?"

Pit schaute ihn irritiert an. Lothar Ackermann, genannt Lolak, Firmengründer und Vorstandsvorsitzender der MSV AG, sein oberster Chef, kam daher wie der Bürobote: auf ungekämmt aussehend getrimmte Stachelzotteln, fleckige Jeans, zwei ausgeleierte T-Shirts übereinandergezogen und immer im Haus unterwegs, um irgendwo Kaffee zu zapfen, sich an einem Schwätzchen zu beteiligen oder jemandem hilfreich mit Rat und Tat weit unter seinem Niveau zur Seite zu stehen.

Pit hatte das am ersten Tag noch cool gefunden. Dann kam er dahinter, dass Lolak den umgänglichen Turnschuh-Typen und das Relikt der Internet-Gründergeneration nur spielte, um herumzuspionieren und durchaus auch zu intrigieren. Seine eigentliche Arbeit erledigte sein Stellvertreter, er selbst beschäftigte sich damit, arglose Mitarbeiter in nette Gespräche zu verwickeln – einerseits in dem paranoiden Wahn, es seien dauernd Verschwörungen gegen ihn im Gang, zum anderen, um seine Leute als Ideengeber zu missbrauchen und ihre Einfälle als seine eigenen auszuschlachten.

„Nein, vermutlich nur ein Wackelkontakt."

„Wenn du einen neuen brauchst …"

„Danke, aber ich glaube, ich hab's gleich."

„Alles klar."

„Lolak, sag mal … mir fallen in den letzten Tagen ziemlich heftige Kursbewegungen bei unserer Aktie auf."

„Ach ja?"

„Ja, mit Schwankungen von 20 Prozent und mehr an einem Tag."

„Wir sind eben heiße Ware."

Heiße Ware, oh Gott. Pit rang sich ein gequältes Lächeln ab.

„Ja, kann schon sein, aber ich mache mir ein wenig Sorgen, weil es bei mir damals genauso losging, weißt du."

„Was?"

Frag nicht so dumm, du weißt genau, was!

„Vor dem Zusammenbruch nahmen die Kursschwankungen dramatisch zu. Für mich ist das zum Alarmsignal geworden."

„Ach ja? Na, keine Sorge, bei uns ist alles bestens. Keine Leichen im Keller."

Pit begann sich richtig zu ärgern.

„Leichen im Keller gab es bei mir auch nicht."

„Die gibt es immer, wenn so etwas passiert, aber bei uns ist alles groovy. Was bei dir eine Begleiterscheinung des Zusammenbruches war, deutet bei uns auf wachsenden Erfolg. Die Leute entdecken uns jetzt erst. Wir machen so richtig fette Gewinne, Mann, unsere Zahlen sind fantastisch. Nicht mehr lang, und wir sind im Tech-Dax. Ups …!"

Lolak legte die flache Hand auf den Mund, verdrehte die Augen und tat so, als habe er versehentlich eine hochgeheime

Insider-Information ausgeplaudert. Er winkte und zog rasch den Kopf aus der Tür. Pit winkte zähneknirschend zurück, kam sich erniedrigt vor und dachte an seinen Totalverkauf. Tech-Dax, verdammter Mist. Aber wer weiß, ganz abwegig war das nicht. Die Indexzusammensetzung wurde quartalsweise geprüft. In den nächsten Tagen war es wieder so weit. Aktien, die in Indizes aufrückten, machten zuweilen einen Freudensprung. Er musste zurückkaufen, so schnell wie möglich! Fieberhaft fummelte er mit einem Schraubenzieher am Deckel des Laufwerkes.

55

„Hier ist Gerhard Crisseltis von der Crisseltis Wildnis-Labyrinth und Gedenkstätten GmbH", leierte er geschäftsmäßig in sein Handy. Ihm war nicht nach Bussiness, aber er kannte die Nummer des Anrufers nicht und wollte Fremden gegenüber professionell auftreten. Oder es war Hartriegel von einem seiner anderen Telefone aus. Dieser Mensch wechselte seine Handynummern wie andere Leute ihre Kaffeefilter.

„Und hier ist Robin, hallo Herr Crisseltis."

„Wer ist da?"

Crisseltis stand an einer Bushaltestelle in der Rennsteig-Gemeinde Schlegel. Er hatte sein Handy im Schuppen eines hiesigen Pensionsbetreibers aufgeladen, der ihm wohlgesonnen war, weil er dort ziemlich regelmäßig Lebensmittel einkaufte. Währenddessen hatte er über den zurückliegenden Abend nachgegrübelt und war zu dem Schluss gekommen, die Sache zu vergessen. Lilia war weg. Sie hielt ihn für einen Verräter, das ließ sich weder klären noch geradebiegen. Es war vorbei.

Also wollte er, einen kleinen geräucherten Schinken, ein Brot und drei Bierdosen in einen Plastikbeutel gepackt, zurück zu seiner Kaserne wandern und weiterarbeiten. Aber als er die Bushaltestelle passierte, war er spontan stehen geblieben. Vielleicht war seine Beziehung mit Lilia vorbei, aber es gab noch etwas gut zu machen. Er wusste, wo der schwuchtelige Typ wohnte, der gestern mit diesem Westentaschen-Rambo bei ihm aufgekreuzt war, und mit dem würde er einfach mal offen reden. Wenn Lilia wegen seines Kontaktes zu Hartriegel in Schwierigkeiten steckte, wollte er jetzt zumindest helfen, sie daraus zu befreien.

„Sie wissen schon", näselte Robin freundlich, „wir sind uns mal am Zaun meines Grundstückes begegnet, als Sie mit Lilia in Hof waren. Und gestern war ich auch dabei."

„Ach, zu Ihnen will ich doch gerade", rief Crisseltis, „so ein Zufall."

„Gar kein Zufall, wir hatten vermutlich dieselbe Idee."

„Welche denn?"

„Dass derjenige, der Sie beauftragt hatte, jetzt jemand anderen auf Lilia ansetzen könnte, wenn Sie nicht mehr für ihn arbeiten. Und das tun Sie doch nicht, oder?"

„Keinesfalls."

„Hatten Sie seitdem Kontakt zu diesem Mann?"

„Nein. Ich habe Angst, dass er mir was anmerken könnte."

„Könnten Sie ihn nicht trotzdem anrufen und versuchen, ihn auszufragen?"

„Der lässt sich nicht ausfragen. Das ist ein Typ wie eine Betonmauer mit Stacheldraht."

„Und Lilia?"

„Ich versuche seit heute früh, sie zu erreichen, um ihr wenigstens alles, was ich bisher weiß, zu sagen, damit sie damit zur Polizei kann, wenn sie will. Aber sie geht nicht ran."

„Bei mir auch nicht. Wann sind Sie denn in Hof?"

„Der Bus müsste demnächst kommen und braucht dann eine gute Stunde."

„Bis Sie hier sind, versuche ich so viel wie möglich herauszufinden."

„Was soll ich machen, wenn Hartriegel inzwischen anruft?"

Robin musste amüsiert auflachen angesichts der hilflosen Ratlosigkeit in Crisseltis Stimme.

„Sagen Sie ihm, Sie hätten brisante Informationen, die sich am Telefon nicht mitteilen ließen, Sie müssten sich unbedingt mit ihm treffen."

„Und wozu soll das gut sein?"

„Um ihn abzulenken, zu beschäftigen, aus der Reserve zu locken – und vielleicht herauszufinden, was er überhaupt von Lilia will."

„Okay. Aber eine Frage noch: So wie dieser andere Typ auf mich losgegangen ist, dieser …"

„Daniel."

„… dieser Daniel, das war blanker Hass. Wieso also stehen wir plötzlich auf einer Seite?"

„Wenn Sie nicht auf unserer Seite wären, hätten Sie sich gestern ganz anders verhalten. Außerdem, tja … kommen wir ohne Sie nicht weiter."

56

„Gleißende Sonne" hieß der Aufguss, der Lilia einer Ohnmacht so nahe brachte, dass sie sich schnell zurück auf die unterste Bankreihe setzen musste, um nicht mitten in der Sauna umzufallen. Der Druck im Kopf wich etwas, das Schwindelgefühl nahm ab. Vielleicht war sie zu schnell aufgestanden. Oder sie brauchte etwas zu trinken. Das traf sich ganz gut, denn oben im *Edel-Lounge* genannten Ruheraum, wo eine Samowar-Ecke mit verschiedenen Teesorten eingerichtet war, hatte sie sich bisher noch nicht umgehört. Sie ließ die letzten Aufguss-Teilnehmer hinausströmen und schloss sich dann langsam und bedächtig an, tastete sich dabei Schritt für Schritt an der Kabinenwand entlang. Das magische Wort hörte sie wie durch einen Geräuschfilter, erkannte es, aber war noch zu geschwächt, um es gleich zu begreifen. Da fiel es noch einmal, eingebaut in einen Satz, den Lilia zunächst nicht kapierte, weil er sich zu absonderlich anhörte.

„Ach ja, diese Aktien-Typen hatten schon wieder mal das Aufguss-Schild geklaut und sich damit in der Erdsauna verbarrikadiert."

Hä? Aktien-Typen, die Schilder klauten?

„Ich habe die beiden an der Bar sitzen sehen", antwortete eine andere Stimme.

Lilia drehte sich um. Die Bademeisterin, die soeben den Aufguss gemacht hatte, hantierte in dem Nebenraum herum, in dem die Duftkräuteröle gelagert wurden. Einer ihrer Kollegen stand daneben an den Türrahmen gelehnt und war schon bei anderen Themen: Wo war als nächstes Holz nachzulegen, wann waren zuletzt die Gläser in der Samowar-Ecke ausgetauscht worden …? Schichtwechsel.

„Ich habe gehört, dass Sie über Aktien reden", mischte sich Lilia ein. „Haben Sie einen Tipp für mich?"

Der Bademeister sah sie überrascht an, löste sich dann vom Türrahmen, führte sie um die Ecke und deutete den Gang entlang zum Restaurantbereich, wo mit dem Rücken zu ihnen zwei sehr ungleiche Männer auf Barhockern über die Theke gebeugt saßen.

„Wir nicht, aber vielleicht die da."

„Die beiden?", fragte Lilia und deutete mit ausgestrecktem Arm auf den Dicken im dunkelblauen Bademantel und den Hageren daneben, der nur ein blassgelbes Handtuch umgewickelt hatte.

„Ganz genau", bestätigte der Bademeister und wandte sich wieder seiner Kollegin zu.

Lilia starrte auf das eher unscheinbare Duo, setzte sich entschlossen in Bewegung, blieb nach zwei Schritten stehen, verzog das Gesicht und überlegte. Sie hatte noch gar nicht darüber nachgedacht, was sie machen würde, wenn sie tatsächlich auf den Gesuchten träfe. Ihn nur beobachten und belauschen? Ihn verfolgen? Ihn einfach ansprechen?

Die Entscheidung wurde ihr abgenommen. Der Hagere drehte sich auf seinem Barhocker um und schaute so zielgerichtet in ihre Richtung, als hätte er ihren Blick gespürt. Er schien sie zu erkennen und sofort zu begreifen, dass sie ihn beobachtet hatte, stand auf und ging direkt auf sie zu.

57

Als Pit-Herbert Ucker kurz vor Xetra-Handelsschluss zu Hause seinen eigenen Laptop startete und erstmals seit seinem Wutanfall wieder einen Blick auf den Chart der MSV-Aktie werfen konnte, seufzte er leise und ergeben. Der Kurs hatte sich im Tagesverlauf nicht nur erholt, sondern notierte über dem Höchststand des Vortages. Die 10-Euro-Marke war also zurückerobert, ein gutes Zeichen.

Er kaufte 10.200 Stück bei 10,46 und griff zum Taschenrechner, um seinen Tagesverlust zu überschlagen. In diesem Moment kam Nadine zur Tür herein, lächelte ihn strahlend an und präsentierte ihm ihr Handydisplay. Es zeigte den aktuellen MSV-Kurs von 10,41 am Frankfurter Parkett.

„Gestern lag der Schlusskurs bei 10,07, oder?", fragte sie.

Pit nickte und schaffte es gerade noch, den Laptop-Bildschirm herunterzuklappen, bevor sie sich auf seinen Schoß setzte und sanft in sein Ohrläppchen biss.

„Ich ernenne dich hiermit zum Trader des Jahres", hauchte sie ihm ins Ohr, und es lief ihm kalt und heiß den Rücken hinunter, als er ihren Atem so ganz besonders nah an seinem zweitsensibelsten Organ spürte.

„Verrate mir unseren Tagesgewinn", forderte sie, „und dann, schön langsam und gefühlvoll, den bisher aufgelaufenen Gesamtgewinn."

Pit räusperte sich und antwortete mit mühsam freudig gestimmter Stimme:

„Die – äh – Wertveränderung beträgt auf jeden Fall mehrere zehntausend Euro."

58

„Da sind Sie ja!", rief Robin, als er Gerhard Crisseltis die Tür öffnete. „Die Stunde hat aber lange gedauert."

Crisseltis betrachtete das freundliche Mondgesicht unter dem Lockenturm und versuchte, einen ironischen Unterton aus der Begrüßung herauszuhören. Er schüttelte den Kopf.

„Der Bus hält nur am Hauptbahnhof. Ich bin dann hierher zu Fuß gelaufen, weil ..."

Er räusperte sich. Hartriegels Überweisung war zwar auf seinem Konto eingegangen, er hatte auch gleich 200 Euro abgehoben, aber jetzt war vorerst Schluss mit dem Geldsegen. Bald würden wieder Tage kommen, an denen er mit jedem Cent rechnen musste. Taxifahrten mussten bis auf Weiteres Luxus bleiben. Und auf den Stadtbus hatte er keine Lust gehabt.

„Kein Problem, kommen Sie herein. Ich habe den ganzen Abend Zeit."

„Das ist ja das reinste Schloss!", staunte Crisseltis. Sein Blick wanderte durch die Treppenhalle. „Wohnen Sie hier alleine?"

„In der Regel schon."

„Sie und dieser Daniel, äh ..."

Er machte eine Andeutung mit aufeinander zuweisenden Zeigefingern.

„... sind alte Schulfreunde. Er wartet in der Küche, kommen Sie mit."

Robin führte Crisseltis mit einer einladenden Handbewegung und einem freundlichen Lächeln quer durch die Halle. Als sie an einer der Türen vorbeikamen, sagte Robin:

„Da drin wohnt beziehungsweise übernachtete Lilia. Einige ihrer Sachen sind noch da."

„Und hat sie sich inzwischen gemeldet?"

„Nein. Und sie ist auch nicht zu erreichen."

„Dito", murrte Crisseltis, und erstmals verzog Robin leicht das Gesicht angesichts der falsch eingesetzten Floskel.

„Hier bitte."

Daniel lümmelte auf einem der Chromstühle, starrte Crisseltis entgegen, stand nicht auf und grüßte auch nicht. Crisseltis ging auf ihn zu und blieb vor ihm stehen. Er schien etwas sagen zu wollen, wurde durch das Design des Raumes aber abgelenkt, pfiff durch die Zähne, schaute sich kopfschüttelnd um und grummelte:

„Mann, ich wäre schon froh, wenn ich fließend Wasser hätte."

„Jeder wie er es verdient", stichelte Daniel und schaute ihn böse an.

„Manche Leute haben sich eben allein schon durch die Leistung des Geborenwerdens reiche Eltern verdient", fauchte Crisseltis zurück.

„Nicht zanken, ihr Streithähnchen", ging Robin dazwischen und deutete auf einen der Hocker. „Bitte setzen Sie sich, Herr Crisseltis, wir wollen reden. Was darf ich Ihnen anbieten?"

„Wie das hier eingerichtet ist, bekommt man Lust auf Rootbeer", bemerkte Crisseltis grinsend.

„Damit kann ich leider nicht dienen, aber wie wär's stattdessen mit Malzbier?"

„Nein, wäh, das war nur Blödsinn." Er tat so als ob es ihn schüttelte. „Einfach nur Wasser, bitte."

„Kein richtiges Bier?"

„Lieber nicht."

„Lieber noch nicht", kam es von Daniel.

Crisseltis machte einen Schritt auf ihn zu und fixierte ihn.

„Jetzt hör mal zu, du eifersüchtiger Gockel, wenn du auf meine früheren Alkoholprobleme anspielst, die sind längst passé, klar?"

„War nur geraten."

Daniel lächelte ganz leicht, zufrieden damit, endlich die richtige Stelle angebohrt zu haben. Robin seufzte theatralisch, aber kam nicht dazu, etwas zu sagen.

„Du weißt gar nichts über mich!", fauchte Crisseltis Daniel an.

„Nur das, was man so hört. Und man hört eine Menge."

„Denkst du vielleicht, über dich hört man nichts? Wäre ich von den richtigen Leuten adoptiert worden und nicht von den falschen, dann wäre mir so manche Dummheit erspart geblieben. Wenn ich es mir leisten könnte, würde ich auch den ganzen Tag nur über den Sinn der Welt faseln, statt zu versuchen, mich mit riskanten Unternehmungen über Wasser zu halten."

Daniels Triumphlächeln erstarb.

„Du bist adoptiert?", fragte er mit kratziger Stimme.

„Nicht mal das. Aber eigentlich ..."

Er räusperte sich, schnaubte und streckte Daniel kurzentschlossen die Hand entgegen.

„Eigentlich ist das nicht unser Thema. Wir wollen Lilia helfen, oder? Arbeiten wir zusammen?"

Daniel schaute auf die ausgestreckte Hand, stand auf und schlug ein.

„Na endlich seid ihr vernünftig geworden", rief Robin im Ton eines Stoßseufzers. Er rückte seinen Schreibblock zurecht, mit dem er sonst seine Zeitungslektüre auswertete, und ordnete an: „Dann mal heraus mit allem, was wir wissen. Ich führe Protokoll."

59

Das Feuer im Kamin knisterte leise, immer wieder knackte es, wenn der Holzstoß ein bisschen zusammensackte. Schierling liebte es, so wie jetzt, nur dem Prasseln der Flammen zu lauschen und das tanzende Leuchten an den Wänden gespiegelt zu sehen, die Hitze im Rücken zu spüren.

Er hockte auf einem angenehm warmen Nachtspeicherofen in seinem Haus, den Kamin schräg hinter sich, und schaute durch die Panoramascheibe des Wohnzimmers hinunter auf das nächtliche Lichtenberg. Die beleuchteten Häuser waren im Schneegestöber kaum zu erkennen. Behaglich, so im Warmen zu sitzen und einfach nur zu schauen. Schierling hatte das sichere Gefühl, dass alles zu einem guten Ende kommen würde – für ihn und alle Beteiligten.

Er wollte, die letzten Monate wären insgesamt positiver verlaufen und hätten keine Opfer gefordert, aber manchmal musste man eben das kleinere Übel wählen, auch wenn es für sich alleine betrachtet ein großes Übel war. Er durfte sich da keine Vorwürfe machen, es kam eben, wie es kam. Schicksal. Ihn traf keine Schuld. Und heute war nun der entscheidende Tag, er erwartete den entscheidenden Anruf.

Leise Ungeduld kam in ihm auf, als er an das Telefon dachte. Es ging ihm gegen den Strich, einfach so dazusitzen und auf den Anruf zu warten. Nicht, dass es ihm etwas ausmachte, nichts zu tun, aber es störte ihn, dass etwas zu Erledigendes ausstand und er es nicht selbst in Angriff nehmen konnte.

Warum eigentlich nicht? Zumindest wollte er jetzt wissen, was los war. Jetzt gleich.

Schierling stand auf und ging zum Telefon, das auf dem Wohnzimmertisch in der anderen Ecke des Raumes stand. Warum ließ sie ihn so verdammt lange warten? 20 Minuten über der Zeit, gleich 21 – für einen Pünktlichkeitsfanatiker wie Schierling eine Ewigkeit. Entschlossen drückte er die Kurzwahl- taste 1 und zählte die Klingeltöne.

60

Lilia hatte sich auf der Terrasse des Ferienhäuschens in eine Ecke gedrückt und spähte schräg durch die Panoramascheibe in den hell erleuchteten Innenraum, darauf bedacht, selbst nicht gese- hen zu werden.

Sie schlotterte erbärmlich. Die vielen Saunagänge hatten sie dehydriert und anscheinend ihre Temperaturregulierung durch- einander gebracht. Denn so kalt, dass man zittern und bibbern müsste, war es eigentlich gar nicht, es hatte allenfalls null Grad, der Schnee pappte und nässte. Mit Fellstiefeln, Strumpfhose unter der Jeans, zwei Pullovern, Steppjacke und Schal war sie für dieses Wetter mehr als gerüstet. Aber vielleicht kühlte man trotz wärmster Kleidung aus, wenn man stundenlang bewegungslos in der Kälte verharrte und eingeschneit wurde.

Der dicke Typ tat einfach nichts, er hockte nur da, einen Meter neben ihr, getrennt durch eine Wand. Er hockte auf der Heizung und starrte heraus in die Dunkelheit. Es amüsierte Lilia ein bisschen, dass sie ihm so nah war, ohne dass er sie sehen konnte oder auch nur ahnte, dass sie da war, wer sie war und was sie von ihm wollte.

Was wollte sie eigentlich von ihm? Was wollte sie hier, was erhoffte sie sich? Ein Geständnis etwa? Die Wände waren dünn. Der Kerl hatte die ganze Zeit Selbstgespräche geführt. Und sie hatte jedes Wort verstanden. Obwohl es nichtssagendes Zeug gewesen war, hatte sie das angespornt. Wenn er etwas Wichtiges verlauten ließe, würde sie es hören. Und dann?

Sie wusste nicht einmal, ob der da drin Schierling war oder der andere, der hagere Typ, der in der Therme so zielstrebig auf sie zu gekommen war und sie angestarrt hatte. Für einen Moment war sie zutiefst erschrocken, hatte sich ertappt gefühlt und bedroht. Aber er holte nur seinen Bademantel. Lilia stand direkt neben der Hakenreihe an der Treppe. Er kam ihr so nahe, dass sie ihn riechen konnte und sich einbildete, sie könnte seine bedrohliche Ausstrahlung fühlen. Ausdruckslos betrachtete er sie, die ganze Zeit, bis er den Bademantel angezogen hatte. Dann drehte er sich einfach um, ging zu seinem Platz an der Bar zurück und setzte sich wieder neben seinen dicken Kumpan.

Lilia hatte aufgeatmet. Und sich zugleich über sich selbst gewundert. Warum dieses Erschrecken? Die kannten sie nicht. Der Mann hatte sie angestarrt, weil Männer sie eben immer anstarrten, das war sie doch gewohnt. In einer Sauna war das eben noch schlimmer, die Erfahrung hatte ihr bisher gefehlt. Vielleicht ließ sich daraus sogar etwas machen – vielleicht konnte sie auf der Schiene an die beiden herankommen.

Lilia dachte noch eine Weile über diese Idee nach und verwarf sie dann. Wenn das die Mörder ihres Vaters waren, beide oder nur einer von ihnen, dann würde es ihr selbst dann nicht gelingen, mit ihnen zu flirten, wenn sie damit zu überführen wären. Sie suchte sich daher einen Beobachtungsposten und nahm Platz an einem der Tische außer Sichtweite der Bar, von dem aus sie den Ausgang im Auge hatte.

Sie musste nicht lange warten. Die beiden kamen direkt an ihr vorbei, ohne sie zu beachten, steuerten zielstrebig den Ausgang an und verschwanden.

So blitzartig hatte Lilia sich noch nie angezogen. Die Mütze über den nassen Haaren tief in die Stirn gezogen, stürmte sie derart hektisch durchs Drehkreuz, dass sie sich samt Tasche erst einmal verfing und von der Kassiererin missbilligend beobachtet wurde.

Draußen im Kurpark musste sie dann allerdings so lange auf die beiden warten, dass sie schon meinte, sie habe sie verpasst. Als sie endlich auftauchten, galt es eine Entscheidung zu treffen: Wem sollte sie folgen? Denn nach einem nicht gerade freundlichen Abschiedsgruß trennten sich die beiden am Ausgang. Der Hagere machte sich durch den Kurpark Richtung Jean-Paul-Hotel davon, während der Dicke die Parkplätze ansteuerte. Lilia entschied sich spontan für ihn, denn ihr war es so vorgekommen, als sei er der Tonangebende. Ihr Flitzer stand nicht weit von seinem Protz-Jeep entfernt, ihn zu verfolgen war kein Problem. Über Lichtenberg ging die Fahrt zum Erholungszentrum ins Feriendorf. Und jetzt stand sie hier, auf der Terrasse des Verdächtigen, und beim Gedanken an ihre ungeföhnten Haare war ihr plötzlich klar, warum sie so bibberte.

„Mit allem Geld drin? Und schon kräftig verloren?", hörte sie gedämpft die Stimme des Dicken im warmen Ferienhaus. Er klang begeistert. „Glückwunsch, Kindchen. Was? Na klar. Dann beginnen wir morgen mit der Liquidation."

Lilia horchte auf, aber noch bevor sie der Assoziation „Liquidation klingt wie *zerstört Solare Revolution*" nachgehen konnte, hörte sie schräg unter sich in unmittelbarer Nähe eine Stimme krächzen:

„Das hätten Sie jetzt lieber nicht hören sollen."

61

„Immer noch die Mailbox", brummte Crisseltis und nahm sein Handy vom Ohr.

„Was soll das auch bringen?", fragte Daniel gereizt. „Der lässt sich wohl kaum am Telefon irgendetwas entlocken."

Robin goss die Saftgläser wieder voll und machte geistesabwesend leise Schnalzgeräusche mit der Zunge.

„Was ist?"

„Mich beunruhigt der Gedanke, dass er die Sache jetzt selbst in die Hand genommen haben könnte."

„Und?", fragte Crisseltis.

„Unser Häschen ist ja schließlich auch nicht zu erreichen. Vielleicht geht sie nicht ran, weil sie nicht rangehen kann."

„Das ist aber weit hergeholt", behauptete Crisseltis.

„Man muss über alles nachdenken", kam es von Daniel. „Was mich beschäftigt, sind diese Namen: Schierling der eine, Hartriegel der andere. Sind das nicht Pflanzen?"

„Möglich wär's."

„Wir googeln einfach mal ein bisschen", schlug Robin vor, beugte sich über den Tisch, zog seinen Laptop heran und schaltete ihn ein.

„Computer in der Küche", stellte Crisseltis halb bewundernd, halb spöttelnd fest. „Wahrscheinlich hat's hier sogar auf dem Lokus so ein Ding."

„Nicht auf jedem", gab Robin augenzwinkernd zurück und startete den Internetzugang. „Ich fühle mich sehr wohl in meiner Küche, deshalb trade ich hier gern ein bisschen zwischendurch, beim Kochen und Essen oder wenn ich keine Lust habe, erst ins Büro hochzugehen."

„Du tust was?"

„Ich trade mit Aktien, mein Lieber. So ... – ah ja, Schierling. Man landet gleich mal bei Wikipedia und kann dort lesen: ‚Gefleckter Schierling ist eine Pflanzenart aus der Familie der Doldenblütler. Er gehört blablabla zu den giftigsten Doldengewächsen. Mit einem Trank aus seinen Früchten oder Wurzeln wurden im Altertum Verbrecher hingerichtet.' Sehr nett."

„Ja und?", fragte Crisseltis.

„Und jetzt Hartriegel: ... auch Hornstrauch genannt, ist eine Gattung aus der Familie der Hartriegelgewächse. Sträucher, kleine Bäume, krautige Pflanzen ..."

„Das hilft uns ja echt weiter", nörgelte Crisseltis.

„Tut es, denn ich vermute mal, das sind nicht ihre richtigen Namen."

„Und die beiden, Schierling und Hartriegel, stecken vielleicht irgendwie zusammen."

„Und haben etwas zu verbergen."

„Aber was nützt uns das jetzt?", beharrte Crisseltis auf seiner Rolle als Zweifler.

„Vielleicht operieren sie ja unter diesen Pseudonymen. Füttern wir mal ein paar andere Suchmaschinchen damit …"

„Wie hast du diesen Hartriegel überhaupt kennengelernt?", fragte Daniel.

„Ach, um drei Ecken", antwortete Crisseltis, ohne ihn anzuschauen.

„Da gibt es eine Mailadresse hartriegel-trading@hartriegel. de – der gehe ich mal nach", plapperte Robin leise vor sich hin.

„Und wie genau?", ließ Daniel nicht locker.

„Als ich noch ein bisschen mehr Pulver hatte, war ich ein paar mal in dieser Therme Bad Steben", antwortete Crisseltis, „erstens, weil ich mich als zukünftige Touristenattraktion mit denen zusammentun wollte, zweitens, weil ich Investoren suchte. In einem Kurort, dachte ich, laufen haufenweise reiche alte Knilche herum, die mit ihrer Kohle nicht wissen wohin."

„Der hat eine höchst interessante Website", verkündete Robin.

„Und weiter", blieb Daniel an Crisseltis dran, ohne Robin zu beachten.

„Nichts weiter. In der Therme hörte ich ein paar Typen über Geldanlagen palavern, da ging es um Millionenbeträge, die schnell mal in die eine Aktie gesteckt wurden und dann in die nächste, und ich dachte: Aber hallo! Diesen Hartriegel sprach ich an, weil er zwar dazugehörte, aber nicht mitmischte, er kam mir am seriösesten vor."

„Jetzt hört mir doch mal zu", drängte Robin, „das ist wirklich aufschlussreich: …"

„Einen Moment noch", bremste ihn Daniel und fixierte Crisseltis fragend. Der nahm widerwillig seinen Bericht wieder auf:

„Ach, na ja, am Anfang war er total interessiert an meinem Wildnis-Labyrinth, er gab mir sogar von sich aus seine Handynummer. Aber am Telefon war er dann plötzlich das größte Arschloch. Er behauptete, er sei ganz spontan zu mir rausgefahren und habe sich mein Gelände angeschaut, wovon ich übrigens nichts mitbekommen habe …"

„Und?"

„Hat ihm wohl nicht gefallen", druckste Crisseltis, „aber ich blieb hartnäckig."

„Was hat ihm nicht gefallen?"

„Der Gesamtzustand und alles. Ihr wart doch selbst da und wisst, wie es im Moment noch bei mir ausschaut."

„Zwar nur bei Nacht, aber … schon klar."

Daniel lehnte sich zurück und nickte.

„Dürfte ich jetzt vielleicht mal?", fragte Robin aufgeregt.

„Schieß los", verlangte Crisseltis, sichtlich erleichtert, seinen Offenbarungseid hinter sich zu haben.

„Suchen Sie einen Job?", fragte Robin mit Blick auf den Bildschirm.

„Wie bitte?"

„Das steht da. Ich zitiere weiter: Suchen Sie einen Job, der mit Wertpapieren zu tun hat? Dann verlassen Sie auf der Stelle diese Seite! Weg hier, na los – sind Sie immer noch da?"

„Das steht da?", fragte Daniel irritiert.

„Wer nur einen Job sucht, der mit Aktien zu tun hat", las Robin, „der ist bei uns grundverkehrt. Denn was wir suchen, ist kein Tader, sondern minimum ein Trading-Genie, ach was: ein Wertpapier-Gott!"

„Was ist das denn für ein Blödsinn?", fragte Crisseltis und verzog das Gesicht.

„Wenn Sie sich für einen solchen halten", zitierte Robin weiter, „dann schicken Sie uns eine Bewerbung an hartriegel-trading@hartriegel.de. Aber wir sagen Ihnen schon jetzt: Sie werden scheitern. Denn wenn Sie durchs erste Bewerbungsge-spräch kommen wollen, dann dürfen Sie nicht einfach nur als Trading-Universalgenie daherkommen. Sie müssen etwas sein, das es noch nie gegeben hat – jemand, der das Trading-Universum durchwandert und verinnerlicht hat. Und das können *SIE* ja wohl auf keinen Fall von sich behaupten!"

„Der spinnt komplett", schnaubte Daniel kopfschüttelnd.

„Was machst du denn da?", wollte Crisseltis von Robin wissen, der begonnen hatte, wie wild mit seinen dicken Fingern auf die kleinen Tasten zu hämmern, und dabei den massigen Körper heftig genug mitbewegte, dass die gefährlich nach vorne geneigte Lockenpracht fortlaufend erbebte.

„Na was wohl?", fragte Robin ohne aufzuschauen. „Ich bewerbe mich als Trading-Gott."

62

„Das kann er doch wohl nicht sein!", rief Hartriegel befremdet, als der quietschgelbe und glänzend polierte VW New Beatle an ihnen vorbei sauste und etwas zu flott in den Parkplatz einbog.

„Und warum winkt er dann und hupt wie ein Irrer?", fragte Schierling, der nicht weniger irritiert von Fahrzeug und Fahrer war.

„Tut mir leid, das war dann wohl auch diesmal wieder nichts."

„Abwarten. Äußerlichkeiten haben gar nichts zu sagen."

Die wigwamähnlichen Spitzdachhäuser des Ferienparks steckten im Nebel, es nieselte. Auf dem frostkalten Boden bildete sich Glatteis. Robins Rennkäfer indes rutschte beim Einparken nicht wegen des Frostes beinahe in die Büsche, sondern weil er auf dem Split des Parklatzes viel zu abrupt bremste.

„Ts!", machte Hartriegel und folgte Schierling widerwillig von der Straße zu der Stelle des verwaisten Parkplatzes, die sich Robin ausgesucht hatte – mittendrin.

„Hallo, hallo!", rief der schon, kaum hatte er die Fahrertür aufgestoßen, und als er seine Beine in den sackartigen Hochwasserhosen aus dem Auto wuchtete und vorsichtig die spitzen

Stulpenstiefelchen auf den Kies setzte, jauchzte er: „Ich hab's auch gleich gefunden dank Ihrer tollen Wegbeschreibung."

„Schande", fluchte Hartriegel leise und hielt einen zunehmenden Sicherheitsabstand zu Schierling.

„Herr Hartriegel?", fragte Robin und streckte noch sitzend die Hand zum Gruß aus.

„Ich bin Schierling, das ist Hartriegel."

„Ah, grüß Gott, Herr Schierling ..."

Er beugte sich um Schierling herum zu Hartriegel.

„... und winkewinke, Herr Hartriegel. Eine tolle Website haben Sie da kreiert."

Zögernd ergriff Schierling Robins nach wie vor weit ausgestreckte Hand. Der packte sofort zu und zog sich an Schierling, der unter dem Gewicht zu wanken begann, aus dem Autositz. Ehe er begriff, was passierte, stand Robin schon vor ihm und musterte ihn, spitzbübisch grinsend und mit einem Zwinkern auf die Ähnlichkeit ihrer Körperfülle hinweisend.

„Ich freue mich und finde es ja so lieb von Ihnen, dass Sie mich persönlich vom Parkplatz abholen."

Den Blick auf Robins aufgetürmte Lockenfrisur fixiert, erwiderte Schierling:

„Das ist nur, weil Sie das Haus niemals alleine gefunden hätten."

„Ach ja, ist das so verwinkelt hier? Da machen Sie mich aber sehr neugierig, Labyrinthe sind meine Leidenschaft. Wo ist es denn, wo müssen wir hin? Die Richtung da oder die ...?"

Er stierte mit ausgestrecktem Zeigefinger zu den Wertstoffcontainern.

„Nicht so schnell. Sie sind also ein Trader?"

„Aber ja doch, und was für ein leidenschaftlicher. Und Sie?"

„Womit handeln Sie?"

„Ausschließlich Aktien, mit Vorliebe Dax. Und Sie?"

„Dax? Und damit erzielen Sie eine nennenswerte Rendite?", fragte Schierling nicht uninteressiert.

„Aber sicher doch. Wer war wohl mit Conti und MAN bestückt exakt vor Beginn der Höhenflüge bis zu den vorläufigen Tops?", fragte er und deutete mit dem Daumen auf sich. „Hälfte des Vermögens verachtfacht in nicht mal drei Jahren, wenn das nichts ist!"

Schierling schüttelte entschieden den Kopf.

„Tut mir leid, unter einem Trader verstehe ich etwas anderes. Danke fürs Kommen."

„Ich bin eben alles drei: Anleger, Spekulant und Trader. Stammen Sie aus dem Ruhrgebiet?"

„Wieso?"

„Weil Ihre Mundart so klingt. Ich komme viel herum, wissen Sie. Und ich dachte bisher, in dieser Feriensiedlung hier residieren vorwiegend Hauptstädter, deshalb fällt mir das so auf."

„Das stimmt, und es war auch tatsächlich ein Geschäftsfreund aus Berlin, über den es mich hierher verschlagen hat. Sie sind der Erste, der das hört. Ich spreche doch eigentlich reines Hochdeutsch."

„Ich habe ein feines Gehör für Dialekt-Nuancen. Dortmund oder Umgebung, stimmt's?"

„Ganz genau, Donnerlittchen", stimmte Schierling begeistert zu, wurde aber sofort misstrauisch: „Oder kennen Sie mich vielleicht irgendwoher?"

„Ich sehe und erlebe Sie das erste Mal, mein Bester, aber wie gesagt ... Nun verraten Sie mir schon, was ein Trader bei Ihnen können und wissen muss."

Schierling schüttelte den Kopf.

„Es kommt auf die Grundeinstellung an."

„Und wie sollte die sein?"

„Das sollen doch Sie mir sagen, Sie Pfiffikus!"

Schierling spielte den Empörten, aber er verbarg dabei nicht, dass Robins Art ihm sympathisch war. Gottverdammt, so ein vorwitziger Hampelmann, dachte er, aber irgendwas hat er an sich, das man einfach mögen muss.

„Sie müssen präziser fragen", verlangte Robin.

„Also gut: Was ist die Börse?"

„Das ist doch keine Tradingfrage!", prustete Robin und winkte geziert ab.

„Antworten Sie gefälligst oder verschwinden Sie!", explodierte Hartriegel, der still hinzugetreten war und bisher nur gelauscht und beobachtet hatte. „Sie bewerben sich hier als Trader und nicht als Stricher!"

„Ganz ruhig", bremste ihn Schierling, ohne Robin aus den Augen zu lassen. „Also?"

„Ein Nullsummenspiel natürlich", antwortete Robin schulterzuckend und musterte Hartriegel mit verkniffenem Mund und rollenden Augen. Der wiederum schaute irritiert zu Schierling und schien die Welt nicht mehr zu verstehen.

„Wieso?"

„Der eine gewinnt, was der andere verliert und umgekehrt. Damit ist das Wesen der Börse auch schon auf den Punkt gebracht."

„Gar nicht so schlecht", lobte Schierling. „Noch eine Frage zu marktengen Werten: Angenommen, Sie hätten die Geldmacht, eine Aktie hinzurichten, wie würden Sie das anstellen?"

„Wenn ich bereits investiert bin?", fragte Robin, und Schierling nickte.

„Die Käuferseite zu Tode befriedigen."

„Was ist das schon wieder für Quatsch!", giftete Hartriegel. Schierling ignorierte ihn und fragte interessiert: „Sie würden also nicht den Markt mit Verkaufsorders überschwemmen?"

„Ach i wo, doch nicht bei marktengen Werten."

„Warum nicht?"

„Weil das überhaupt nichts bringen würde, mein Bester. Erstens zeigen die meisten Handelssysteme nicht die volle Ordertiefe an, und damit macht es keinen Unterschied, ob ich 10.000 oder 100.000 Stücke auf den Markt werfe. Und zweitens bringt ein Überangebot die Kurse nur dann zum Rutschen, wenn auch eifrig ge- und verkauft wird, was bei Nebenwerten nicht der Fall ist. Mein Überangebot kann jahrelang auf Käufer harren, ohne dass sich der Kurs verändert. Glauben Sie mir, Sie müssen die Käufer rauskaufen, anders geht's nicht."

„Wieso?"

„Weil in einen sich selbst aufschaukelnden Prozess zunächst mal die nötige Anfangsenergie gepumpt werden muss."

„Nein nein nein, bloß kein abstraktes Geschwafel bitte. Erklären Sie mir ganz konkret, warum Ihre Variante die bessere ist."

„Hach ja, das ist doch so:", seufzte Robin und wechselte hüftwiegend das Standbein. „Da stellen die Leutchen ihre Kauforders in den Markt, in Kursnähe eine Mehrheit an realistischen Aufträgen, aber weit darunter sind auch immer ein paar Frechlinge, die auf stopp-loss-bedingte Sekundencrashs hoffen und einfach mal 30 bis 40 Prozent unter Wert ordern. Solche Dreistigkeiten kommen höchst selten zur Ausführung, aber in dem Fall sorgen Sie dafür, dass es passiert, indem Sie so lange die realistischen Kauforders wegkaufen, bis keine anderen mehr bleiben. Dann kommen die Schnäppchenjäger zum Zuge, und auch denen geben Sie zu genau dem Preis, den die zahlen wollen, egal wie niedrig. Langsam werden die anderen Verkäufer nervös und gehen ebenfalls im Preis herunter. Erste Käufer zu Niedrigstpreisen geraten ins Minus und fangen an, ihre Papierchen gleich wieder zurück auf den Markt zu werfen. Wenn das passiert, sollten Sie bereits das Weite gesucht haben, denn inzwischen ist die Lawine fast schon nicht mehr zu stoppen."

„Wie schnell geht das?"

„Anfangs schön gemessen, man muss sich da ein bisschen Zeit nehmen – dann aber Ruckizucki."

Schierling pfiff durch die Zähne und nickte begreifend.

„Jetzt wird mir klar, warum das bei der SR gar so ewig lange gedauert hat!"

Hartriegel straffte sich entsetzt und wagte es sogar, ihm mit der Schulter einen Stoß zu verpassen, was Schierling überhaupt nicht kümmerte.

„Wie meinen?", fragte Robin gelangweilt. Schierling unterdrückte seine Begeisterung und winkte ab.

„Schon gut. Noch eine letzte Frage: Trauen Sie sich zu, in verschiedenen Internet-Foren die Meinungen ein bisschen zu manipulieren?"

„Inwiefern?"

„Natürlich bezogen auf Aktien. Eine bestimmte Aktie. Um den Absturz zu beschleunigen und irreversibel zu machen."

Robin schaute ihn verdutzt an.

„Na, Sie sind mir aber vielleicht einer!"

„Als mein Auftragnehmer haben Sie übrigens strengste Schweigepflicht. Also, können Sie diese Aufgabe meistern?

Robin winkte ab.

„Null Problemo."

Schierlings Arm zuckte, als wolle er ihm vor Begeisterung auf die Schulter klopfen. Er beherrschte sich aber und machte ein Händeschütteln daraus.

„Mit der Antwort sind Sie drin, mein Freund. Haben Sie Ihren Laptop dabei?"

„Aber selbstverständlich", jauchzte Robin, beugte sich, sein wuchtiges Gesäß in die Luft reckend, in sein gelbes Auto und zog seinen Aktenkoffer heraus.

„Dann folgen Sie mir bitte", gab Schierling den Wegweiser. „Es wartet Arbeit auf Sie."

63

„Was hatten die denn bloß so lang zu bequatschen?", fragte Daniel mehr sich selbst.

„Ich habe auch keine Röntgenohren", gab Crisseltis unfreundlich zurück, ohne ihn anzuschauen.

„Das heißt Röntgenaugen, wenn schon."

Die beiden kauerten auf der anderen Straßenseite der Parkplatzzufahrt hinter gelichteten Büschen und schauten zu, wie Robin, Schierling und Hartriegel den Parkplatz über eine Querstraße hinweg verließen und einen Fußweg in die Feriensiedlung einschlugen. Ein saudummer Beobachtungsposten war das, denn hinter ihnen lag freies Feld, von drei Seiten her waren sie gut zu sehen. Die Alternative, auf dem Parkplatz im Auto sitzend zu warten, wäre freilich noch auffälliger gewesen. Sie waren Robin eine Stunde vor dem Treffen vorausgefahren, um die Lage zu checken und sich auf die Lauer zu legen. Hartriegel hatte sich geweigert, die Hausnummer zu nennen, und im Telefonbuch war der Name nicht eingetragen. Um Robin im Notfall zur Seite stehen zu können, blieb ihnen gar nichts anderes übrig als zu beobachten, wo er hingeführt wurde. Aber selbst wenn sie das herausfanden, wussten sie noch lange nicht, was im Haus vor sich ging und wann es nötig werden könnte einzugreifen. Deshalb hatten Daniel und Crisseltis – ausnahmsweise einer Meinung, was sie selbst irritierte – Robins Plan, sich zu bewerben, zunächst abgelehnt.

„Los jetzt!", befahl Crisseltis und begann schon, sich durch die Büsche zur Straße zu schlagen. Die Äste waren nass und kalt und teilweise von einer dünnen Eisschicht überzogen. Widerwillig folgte ihm Daniel durch den Matsch über die Straße. Es waren gut 50 Meter zu dem Abzweig, auf den sie Robin und seine Begleiter hatten verschwinden sehen. Als sie dort ankamen, lag der Zugang zum unteren Teil des Ferienparks menschenleer vor ihnen.

„Wahrscheinlich sind sie nach rechts", zischte Crisseltis und deutete auf eine Weggabelung, deren rechter Abzweig hinter dem vordersten Bungalow verschwand. Im Hintergrund über dem Ferienpark thronte die Lichtenberger Burg.

„Weiter unten verzweigt sich der Weg noch einmal. Oder sie sind im ersten Haus."

„Los, weiter."

Mit wenigen Schritten waren sie an der Gabelung. Der breite Hauptweg führte in den unteren Teil der Siedlung, ein abzweigender schmaler Pfad, romantisch eingerahmt von einer Trauer-Birke, Kiefern und Hecken an den Grundstücksgrenzen, erschloss die Häuser im mittleren Teil.

„Mist!"

„Wohin jetzt?"

„Sei mal still."

Sie schauten und lauschten in alle Richtungen. Unterhalb der flachen Bungalows lagen asymmetrische, L-förmige Holz- und Schieferhäuschen, deren Fassaden je nach Geschmack der Bewohner unterschiedlich gestaltet waren.

„Ich gehe hier entlang, du nach unten. Treffpunkt wieder hier."

„Jawoll, Herr General", murrte Daniel und wollte davon stapfen. Da sah Crisseltis die Bewegung einer sich schließenden Tür am übernächsten Haus und hielt ihn am Ärmel fest.

„Ich hab sie."

64

„Gibt es hier überhaupt schon Strom und Telefon", fragte Robin, als er durch einen groben, scheinbar selbst gezimmerten Windfang in einen winzigen, dunklen, würfelförmigen Flur geführt wurde. Hinter ihm knarrten und ächzten die Stiegen sogar unter Hartriegels Leichtgewicht. Robin mit seinen zweieinhalb Zentnern hatte Angst gehabt einzubrechen. Schierling stieß die Flurtür zum Haus auf und machte Licht an. Der Eindruck änderte sich radikal.

„Das ist ja ganz allerliebst!", rief Robin entzückt. „Ja, so was Schönes, jetzt bin ich aber außer mir!"

Er trampelte mitten hinein in das einräumige Haupthaus, stand in einer verwinkelt gebauten Kombination aus Küche, Treppenhaus, Dachboden, Esszimmer und Wohnzimmer, ließ den Blick wandern, betrachtete jedes Detail und genoss den Blockhaus-Charme.

„Und wo geht's da oben noch hin?"

Robin deutete auf eine Holzleiter, die neben der Treppe ins erste Stockwerk auf einen kastenartigen Aufbau zwischen Dach und Flur führte.

„Da kann man Wäsche aufhängen, wenn man will. Oder Gäste übernachten lassen"

„Und dahinter?", beharrte Robin und deutete auf einen Vorhang, der eine hochgelegene und ebenfalls unters Dach führende Nische verbarg.

„Das ist nur Stauraum, den ich nicht nutze. Mit meinem Gewicht tue ich mir schwer, da überhaupt hoch zu klettern."

219

„Wirklich traumhaft, ich liebe solche verschachtelten Ecken und Winkel und Nischen."

„Freut mich, dass es Ihnen gefällt", brummte Schierling nicht ohne Stolz über Robins aufrichtige Begeisterung und legte seine Jacke über einen Stuhl.

„Gefällt ist gar kein Ausdruck! Ich würde sofort eines kaufen", rief Robin, „diese Konstruktion, diese Aussicht, das romantisch-wohlige Ambiente, der Blick aus den Küchenfenstern auf Bäume und Park. Das ist der ideale Platz für romantische Partys oder ein Wochenende im Grünen."

„Vielleicht haben Sie Glück, hier sind immer mal Häuser frei. Wissen Sie, mir ging es genauso, ich kam hierher auf einen Geschäftsbesuch, aber als ich das erste Mal ein solches Häuschen von innen sah, war ich für meine Heimat für immer verloren. Das hier wird mein Altersruhesitz."

„Aber vorher gibt's erst noch ein bisschen Arbeit, nicht wahr?", mischte sich Hartriegel gepresst freundlich ein. Er wirkte wie eine entschärfte Bombe, die sich selbst am Explodieren zu hindern versuchte.

„Er denkt immer nur ans Geschäft", übernahm Schierling, „aber meistens hat er recht. Stöpseln Sie also Ihren Laptop ein, junger Freund, und dann legen wir los."

Robin setzte sich mit zusammengepressten Knien hin, ließ eine Hand in seiner überproportionalen Flauschjacke verschwinden und tippte mit dem Zeigefinger der anderen Hand an die Lippen.

„Was ist?", fragte Schierling, während er Gläser aus dem Küchenschrank nahm und zum Esstisch trug.

„Wir legen erst mal gar nicht los, sondern besprechen die Geschäftsbedingungen."

„Was? Aber das haben wir doch längst!"

„Ihrerseits mag das ja stimmen, aber was ist mit mir?"

„Keine Angst, Sie bekommen exakte Anweisungen."

„Also, Sie sind vielleicht gut!", tat Robin amüsiert-empört. „Ich muss doch schließlich entlohnt werden, wenn ich was für Sie tue."

Schierling, zunächst noch irritiert, grunzte erleichtert.

„Das beleidigt mich fast ein bisschen, dass Sie das ausdrücklich ansprechen. Es versteht sich doch von selbst, dass Sie außergewöhnlich angemessen entlohnt werden."

„Was heißt denn das genau?", beharrte Robin, den Finger noch immer an den Lippen und die rechte Hand in der Jackentasche. Hartriegel, der breitbeinig an der Treppe verharrte, die hinunter ins Wohnzimmer führte, starrte ihn feindselig an.

„Dann nennen Sie doch einfach Ihren Preis. Aber bleiben Sie im vernünftigen Rahmen, das hier kostet Sie maximal einen halben Tag."

„Ach ja? Ich denke, Zeit ist hier nicht der Maßstab für die Preiskalkulation."

„Was wollen Sie damit sagen?"

„Je, sagen wir mal, illegaler die Dienstleistung ist, die Sie von mir erwarten ..."

„Stimmungsmache in Zockerforen ist durchaus nicht illegal", unterbrach ihn Schierling scharf.

„Tja, na ja und trallala – sofern es dabei bleibt. Was sind denn überhaupt so Ihre Pläne und Ziele?"

Hartriegel machte wortlos einen Schritt auf Robin zu, packte seine rechte Hand am Handgelenk und zog sie ihm aus der Jackentasche.

„Aua, nicht so grob, Sie Rüpel", protestierte Robin und versuchte sich zu befreien. Seine Faust umklammerte etwas.

„Her damit", fauchte Hartriegel.

„Das ist doch nur mein Handy."

„Soll ich erst den Fleischklopfer holen?!"

Robin schaute ihn entsetzt an, gab seinen Widerstand auf und öffnete die Faust.

„Da sehen Sie's", tat er arglos.

Hartriegel betrachtete das Display.

„Die Diktiergerät-Funktion ist aktiviert."

„Na und?"

„Löschen", befahl Schierling und wandte sich Robin zu: „Jetzt bin ich aber ganz ernsthaft enttäuscht. Was soll denn das?"

„Wie soll ich anders nachweisen, dass ein Vertrag zwischen uns geschlossen wurde? Ich bin leider schon allzu oft um meine Provision beschummelt worden. Bababa …!"

Robin wollte verhindern, dass Hartriegel die Sim-Karte aus seinem Handy entfernte, und schnappte danach. Hartriegel entzog sich dem Versuch durch einen Schritt nach hinten.

„Löschen ist zu unsicher", kommentierte er, gab Robin das Handy zurück und steckte die Karte ein. Er zeigte auf den Laptop.

„Und jetzt an die Arbeit!"

„Und wenn ich nun nicht mehr mag?"

Hartriegel machte einen weiteren Schritt auf ihn zu und baute sich drohend über Robin auf.

„Dann …"

In dem Moment schraken alle drei zusammen, sogar Hartriegel. Denn es klopfte unvermittelt heftig ans Küchenfenster direkt hinter ihnen.

65

„Bist du verrückt geworden!", rief Crisseltis entsetzt und wollte Daniel am Klopfen hindern, aber der hatte schon dreimal fest gegen die Scheibe gepocht, bis er sein Handgelenk erwischte.

„Aufmachen!", schrie Daniel, deutete mit der freien Hand auf die andere Seite des Hauses, wo die Eingangstür lag, riss sich von Crisseltis los und stampfte davon, ohne abgewartet zu haben, wie die schemenhaft im Innern des Hauses erkennbaren Personen reagierten.

„Spinnst du jetzt komplett!", schrie ihm Crisseltis hinterher und beeilte sich, ihn einzuholen. „Du hast alles versaut!"

„Der hat Robins Handy zerlegt und ihn bedroht. Damit war die Sache gelaufen", kam es gehetzt von Daniel, der um den Schuppen an der Südseite des Hauses herummarschierte, über eine kleine Kies-Terrasse zum nächsten Eck und schon am Windfang der Eingangstür war, als Crisseltis zu ihm aufschloss und ihn festhielt.

„Und was jetzt?"

Daniel riss sich los, ohne sich zu ihm umgedreht zu haben, trampelte die Holztreppchen hinauf, läutete an der entenförmigen Bimmelglocke und drückte die Tür des Windfangs auf.

„Wir holen ihn da raus, und das war's dann."

An der eigentlichen Haustür war ein Löwenkopf als Klopfer angebracht. Daniel wollte gerade danach greifen, entschlossen, einen Höllenlärm zu veranstalten, da wurde die Tür auch schon aufgerissen. Im finsteren Flur baute sich die massive Gestalt von Schierling vor ihnen auf.

„Wer zum Teufel ..."

Daniel stürmte wortlos auf ihn zu und an ihm vorbei, hinter ihnen drängte auch Crisseltis ins Haus. Ehe Schierling protestieren oder den Eingang verbarrikadieren konnte, waren die ungebetenen Besucher an ihm vorbei. Hartriegel hatte sich an die Treppe zum Wohnzimmer zurückgezogen und verharrte lauernd – bis er Crisseltis erkannte.

„Was will denn der hier!", kreischte er mit seiner Quäkstimme, streckte sich und versuchte vergeblich, seine bisherige Überlegenheit am Telefon auch körperlich zu demonstrieren, aber gegen Crisseltis war er ein verschrumpeltes Würstchen.

„Wieso, wer ist das?", grollte Schierling, abgelenkt von seinem eigentlichen Groll über das überfallartige Eindringen.

„Das ist der Totalversager, der davon träumt, eine einsturzgefährdete Kasernenruine zur Touristen-Attraktion aufzumöbeln."

„Und den Sie beauftragt haben, Lilia Fuchsried auszuspionieren", ergänzte Crisseltis. Beim Anblick Hartriegels war er innerlich für Sekunden in seine demütige Rolle als Bittsteller und Auftragsempfänger verfallen, aber als sich die Wut über die öffentliche Herabwürdigung seines Projektes meldete, löste er sich mit Ruck daraus. Mit zwei Schritten war er bei Hartriegel, packte ihn am Handgelenk, als der sich die Treppe ins Wohnzimmer hinunter zurückziehen wollte, und zerrte ihn nach oben.

„Ich will jetzt auf der Stelle wissen, was Sie mit Lilia gemacht haben."

„Wieso, keine Ahnung, ich …"

„Seit zwei Tagen ist sie nicht erreichbar und meldet sich auch nicht."

„Aber wie kommen Sie denn bloß darauf, dass ich, dass wir …", jammerte Hartriegel wie ein quiekendes Schweinchen und wand sich in Crisseltis Griff. Der packte so fest zu wie er konnte, zog Hartriegel auf Mundgeruchsnähe zu sich heran und drohte: „Wenn Sie nicht auf der Stelle mit der Wahrheit herausrücken, zerlege ich das ganze Haus. Ich durchwühle jeden Schrank und Schub und jede Ecke und grabe notfalls auch den Garten um. Wo – ist – sie?"

Die Entschlossenheit und Angriffslust, mit der die Frage gestellt wurde, ließ alle für einen Augenblick erstarren. In der Erwartung, dass die Situation eskalieren würde, kämpfte jeder mit seinen Gefühlen und Erwartungen. Robin wollte eingreifen und schlichten, das Beste aus den neuen Gegebenheiten machen. Daniel freute und ärgerte sich zugleich darüber, wie sehr Crisseltis sich für Lilia einsetzte, und wollte ebenfalls Einsatz zeigen. Schierling war verärgert und verwirrt hoch drei: über die Fehleinschätzung des unkonventionellen und pfiffigen jungen Traders, über das plötzliche Eindringen und Auftauchen der beiden rüpelhaften Fremden, aber vor allem über Hartriegels Bockmist. Der wiederum war sich keiner Schuld bewusst und zerfloss vor Angst, dass es ihm an den Kragen gehen könnte, obwohl er doch alles richtig gemacht hatte. Kraft und Wut seines Gegners lähmten seine Kreativität, er fand keinen Ausweg aus der Situation. Crisseltis war kurz davor, zu einer Ohrfeige auszuholen, um eine Antwort zu erzwingen und sich die Hausdurchsuchung und das Gartenumgraben oder eine Rücknahme der Drohung zu ersparen.

„Wo ist sie?", wiederholte er.

Da erklang von oben, zwei Meter über ihnen direkt unterm Dach schüchtern und leise Lilias Stimme: „Ich bin hier."

66

Sie klang wie eine ertappte Sünderin. Und das ließ die Stimmung kippen. Der Sturm, der in der Luft gelegen hatte, brach in sich zusammen und verflüchtigte sich. Die aufgestaute Energie wurde in eine Frage gelenkt, die Schierling als Erster laut herausbrüllte: „Wo kommt die denn plötzlich her?"

„Lilia!", kam es gleichermaßen erleichtert und synchron von Daniel und Crisseltis, und Robin fragte verdattert:

„Aber Häschen, was machst du denn da oben auf dieser wackeligen Plattform?"

Hartriegel war einfach nur froh, dass dieser asoziale Knilch sein Handgelenk losgelassen hatte, weil die blöde Kuh von selbst aufgetaucht war. Er war es vermutlich tatsächlich gewesen, der zuletzt Kontakt mit ihr gehabt hatte, und wäre sie verschwunden geblieben, hätte man ihm das in die Schuhe geschoben, denn man hätte ihm angemerkt, dass er nicht völlig reinen Gewissens behaupten konnte: „Ich hatte nie mit einer Lilia Fuchsried zu tun."

Als er das kleine Miststück in der Nacht zuvor auf Schierlings Terrasse ertappt hatte, war er in der Zwickmühle gewesen. Er musste sie loswerden, für immer, aber ohne Gewalt, denn im Grunde verabscheute er Gewalt. Letztlich konnte dieser Brennnessel-Ableger ihnen ja nichts, aber trotzdem, es wurde langsam lästig. Dauernd schlich sie in der Nähe herum. Und man wusste ja nicht, was sie so alles wusste und zu tun bereit war. Was also anstellen mit ihr?

Ein Nachbar hatte ihn gerettet und zugleich auch Lilia das Gefühl gegeben, gerettet worden zu sein.

„Juten Abend, liebe Leute, allet in Ordnung da oben?", hatte der anonyme nächtliche Spaziergänger vom Weg heraufgerufen, und Lilia war fluchtartig in Richtung der Stimme losgestürmt. Problem gelöst. Hartriegel war sicher gewesen, dass er sie genug eingeschüchtert hatte, um sie ein für allemal zu verjagen. Sie würde sich hüten, die Polizei einzuschalten, denn immerhin hatte sie sich nachts auf einem fremden Grundstück herumgetrieben und einen wehrlosen alten Mann durchs Terrassenfenster belauert.

Aber von wegen eingeschüchtert! Nun hockte sie auf der Empore des abgegrenzten kleinen Wäschebodens, alle starrten zu ihr hinauf. Der Vorhang zum spitzwinkeligen Stauraum daneben war ein Stück geöffnet, dahinter also hatte sie sich verkrochen gehabt und sie belauscht. Fieberhaft durchsuchte Hartriegel seine Erinnerungen an das, was er und Schierling in den Stunden vor Eintreffen der Trading-Schwuchtel besprochen hatten, aber ihm fiel nichts Belastendes ein.

Interessante Situation, das. Er gewann wieder an Sicherheit. Man konnte ihm nach wie vor nichts. Mit den Sekunden in der Gewalt des Kasernenruinenmenschen war für ihn das Schlimmste überstanden. Jetzt galt es, die absonderliche Viererclique aus dem Haus zu schmeißen. Und das würde Schierling ja wohl alleine schaffen.

„Kommen Sie sofort da herunter und erklären Sie sich", hörte Hartriegel ihn grollen. Genau wie erwartet: Auch sein ebenso dicker wie dämlicher Auftraggeber schätzte die Lage richtig ein und drehte den Spieß jetzt um.

„Erklären *Sie* sich erst mal", fauchte Lilia zurück. „Ich will jetzt sofort wissen, was Sie mit meinem Vater gemacht haben!"

Sie hatte sich da oben aufgerichtet, stützte sich auf das aus zwei hölzernen Querlatten bestehende Geländer und funkelte wie eine Racheteufelin zu Schierling herunter. Ihre strähnigen, ungewaschenen und nach allen Richtungen abstehenden Haare und die zerknitterte Jacke unterstrichen den Eindruck.

„Aber wer sind Sie denn überhaupt? Und wer ist Ihr Vater? Ich hab ja keine Ahnung, was Sie und diese ganze Bande von Wilden hier von mir wollen. Gehört ihr alle zusammen? Er auch?"

Er deutete mit dem Daumen über die Schulter zu Robin. „Vielleicht kann ich als der Besonnenste für Aufklärung sorgen", wollte der die Gelegenheit ergreifen, aber weder Schierling noch Lilia beachteten ihn.

„Schierling zerstört Solare Revolution."

„Wie bitte?", kam es überrascht von Schierling. „Was meinen Sie denn damit?"

„Hier."

Lilia zog einen mehrmals gefalteten Zettel aus der Tasche und ließ ihn zu Schierling hinunter fallen. Der bückte sich, um das Papier vom dunkelgrünen Filzteppichboden aufzuheben, faltete es auseinander und las: „SCHIERLING ZERSTOERT SOLARE REVOLUTION – TREFF THERME – FOLTERN MIRANDA – DURST – MUSS ALLES VERSPIELEN – STRAFE FUER – ... Und weiter? Strafe wofür? Was soll der Unsinn?"

„Das will ich von Ihnen wissen."

„Wieso?"

„Weil Sie dieser Schierling sind!"

„Ach was, das ist lediglich ein Codename, ein Jux unter Tradern. Ich bin Schierling, das ist Hartriegel, außerdem gibt es noch Salbei und Sauerklee. Nicht mal wir untereinander kennen unsere richtigen Namen. Das ist nichts als eine Vorsichtsmaßnahme, damit keiner den anderen wegen einer in die Hose gegangenen Trading-Empfehlung verklagen kann. Wir sind ein harmloser, kleiner, privater Club. Und wie mein Codename auf diesen Zettel kommt, kann ich beim besten Willen nicht begreifen."

„Der Zettel stammt von meinem Vater. Er war bis zu seinem Tod vor einem halben Jahr Mitglied bei Ihnen: Corald Fuchsried."

Schierling schnaubte scheinbar erleichtert auf, ließ den Kopf in den Nacken sinken, verdrehte die Augen, ließ sein Haupt wieder nach vorne fallen und schüttelte es mit zu Boden gesenktem Blick.

„Hören Sie schon auf mit dem Theater!", befahl Lilia von oben. „Unser Nachname kommt ja nicht gerade allzu häufig vor."

„Ich sage Ihnen doch, Kindchen, dass wir uns nur mit unseren Codenamen nennen. Aber die Zeitangabe klärt alles auf, Ihr Vater war vermutlich Brennnessel, den Namen gab er sich selbst. Soweit ich gehört habe, starb er an akuter Nierenfunktionsstörung. Tut mir aufrichtig leid um ihn, er war ein guter Mann."

Schierling schaute mit hängenden Armen und zusammengepressten Lippen zu ihr hoch, seine Augen schimmerten feucht. Lilia war drauf und dran, sich von seiner Anteilnahme täuschen zu lassen. Sie schüttelte den Kopf.

„Nein, er starb an Austrocknung. Und Sie haben ihn auf dem Gewissen!"

Schierling machte mit der rechten Hand eine Geste der Ratlosigkeit und stieg langsam und seufzend die Treppe hoch, bis er an die Leiter kam, die zu Lilias Podest führte. Fast auf Augenhöhe mit ihr, schaute er sie traurig an.

„Aber wie kommen Sie denn darauf? Und was hat dieser Zettel zu bedeuten?"

„Das ist eine verschlüsselte Botschaft meines Vaters, der klare Beweis dafür, dass er keines natürlichen Todes gestorben ist. Und Ihr Name wird darauf genannt."

„Vielleicht ist das ein dummer Scherz oder einfach ein Irrtum? Was sagt denn die Polizei dazu?"

„Leider nicht besonders viel", gab Lilia widerwillig zu.

„Na sehen Sie. Ihr Vater war schwer krank, das wusste jeder. Nachdem er in der Sauna zweimal zusammengebrochen war, kam er in den letzten Monaten vor seinem Tod nur noch zum Entspannen und Debattieren mit. Er nahm zu wenig Flüssigkeit zu sich, weil sein Durstgefühl immer mehr nachließ, auch das wusste jeder, und dann diese Hitzewelle letzten Sommer. Ich verstehe aber, dass es schwer für Sie sein muss, sich damit abzufinden. Sie hatten kaum noch Kontakt zum ihm, da macht man sich im Nachhinein die größten Vorwürfe."

„Woher wollen Sie das denn wissen?", unterbrach ihn Lilia schroff. Man sah ihr an, dass sie der versteckte Seitenhieb getroffen hatte.

„Was wissen?"

„Dass wir kaum Kontakt hatten."

„Weil er das oft erzählt hat."

„Was?"

„Dass er eine Tochter habe und sich wünsche, sie öfter zu sehen, aber sie komme kaum noch in die Heimat und so weiter … Vielleicht bin ich ja schon längst Großvater und weiß es gar nicht, hat er manchmal geulkt – scherzhaft, aber auch ein bisschen schmerzlich. Ich glaube, eine Einladung von Ihnen oder ein kleiner Besuch hätten ihm sehr viel bedeutet. Er liebte Sie mehr als Sie sich vorstellen können."

Lilia schniefte und wischte sich kurz über die Nase, räusperte sich, wollte zu einer einlenkenden Erwiderung ansetzen, aber verbat es sich selbst mit einem trotzigen Ruck.

„Tut mir leid, Kindchen", redete Schierling leise und sanft weiter, „aber manches Versäumte lässt sich nicht wieder gutmachen. Man muss sich einfach damit abfinden und nach vorne schauen. Vielleicht gibt es noch andere Menschen in Ihrem Leben, die Sie zurzeit vernachlässigen und denen Sie sich zuwenden können, bevor es auch da zu spät ist."

Lilia schüttelte den Kopf und fuhr ihm ins Wort:

„Hören Sie bloß auf mit dem Mist, von Ihnen lasse ich mir kein schlechtes Gewissen machen. Und ich lasse mich nicht abbringen. Auch wenn ich Ihnen den Mord an meinem Vater vielleicht nie direkt nachweisen kann, es bleibt immer noch das Verschwinden seiner Lebensgefährtin. Wenn sie tatsächlich gefoltert wurde vor ihrem Tod …"

„Welche Lebensgefährtin denn?", unterbrach sie Schierling. „Etwa diese ominöse Miranda?"

Er hielt ihr fragend den Zettel entgegen. Lilia nickte.

„Ganz genau."

„Miranda Heilweg?"

„Ja", antwortete Lilia irritiert darüber, dass er den Nachnamen kannte. War das ein Geständnis? Schierling schnaubte und ging langsam und kopfschüttelnd die Treppe hinunter.

„So ein Unsinn! Jetzt ist es aber genug. Bitte verlassen Sie auf der Stelle mein Haus, Sie alle!"

„Sie kannten Miranda?"

Schierling hatte die Zwischentür zum Ausgang erreicht, riss sie auf und deutete zur Haustür. Lilia schwang sich über die

Leiter und sprang die Treppenstufen zu Schierling hinunter. Bevor sie ihre Frage wiederholen konnte, zischte er ihr entgegen: „Miranda ist weder tot noch verschwunden noch wurde sie je gefoltert. Und wenn Sie sich nicht auf der Stelle verziehen, rufe ich die Polizei. Sie sind bei mir eingebrochen und haben wer weiß wie lange und einschneidend meine Privatsphäre verletzt. Eigentlich sollte ich Sie zwingen, die Taschen auszuleeren, bevor ich Sie gehen lasse."

„Ich bin nicht eingebrochen", behauptete Lilia im Brustton der Überzeugung und fügte kleinlaut hinzu: „Die Terrassentür stand schließlich sperrangelweit offen …"

„Als ob das dann kein Einbruch wäre! Raus jetzt, aber dalli!"

„Woher wollen Sie denn so genau wissen, dass es Miranda gut geht?"

„Weil ich heute morgen erst mit ihr telefoniert habe. Ich sage Ihnen das nicht gerne, aber Ihr Vater hat fremdes Geld verzockt. Miranda hatte Angst, dass sie als seine Lebensgefährtin dafür aufkommen müsste. Das ist natürlich lächerlich, und deshalb wird sie sich den Behörden auch baldmöglichst erklären. Sie hat nichts zu befürchten deswegen. Und falls Sie mir das alles nicht glauben …"

Er faltete beim Reden Lilias Code-Zettel zusammen, holte sich vom Telefonschränkchen einen Kugelschreiber und kritzelte eine Nummer auf das Papier.

„… dann rufen Sie sie doch selbst mal an. Hier bitte."

Inzwischen hatten sich Robin, Daniel und Crisseltis um Lilia gruppiert und starrten Schierling ratlos und fragend an.

„Aber …", wollte Lilia anfangen und unterbrach sich gleich wieder. Gedankenverloren betrachtete sie die Nummer auf dem Zettel. Robin übernahm die Frage: „Welche Verbindung besteht denn zwischen Ihnen und Frau Heilweg?"

Schierling streckte sich und antwortete dann leise und bestimmt:

„Ganz einfach: Sie ist meine Schwester."

67

„Was sagt sie?", fragte Robin und schaute Lilia mitfühlend-fragend an. Sie hockten in seiner American-Diner-Küche um den Chromtisch herum, Crisseltis mit einer Bierflasche in der Hand, Daniel am Strohhalm eines Saftglases schlürfend und Robin einen Ananas-Kokos-Cocktail vor sich. Lilia hatte gerade „Auflegen" gedrückt und das Mobiltelefon auf den Tisch gelegt.

„Ihr habt's ja zum Teil mitbekommen. Sie bestätigt die Geschichte hundertprozentig. Angeblich hat sie schon vor zwei Wochen eine Aussage bei der Dortmunder Polizeizentrale gemacht. Der Fall sei nun bei den Akten."

„Und wie klang sie?", fragte Robin.

„Zerstreut, aber nett. Wie immer. Hat sich tausendmal entschuldigt, macht sich Vorwürfe. Erklärt alles mit Schock und Panik. Ist noch ganz außer sich vor verdrängter Trauer."

Lilia schaute kurz in die Runde und griff zu ihrem Wasserglas. Crisseltis kippte sich den letzten Schluck Bier aus der Flasche direkt in den Rachen.

„Die Enthaltsamkeitsphase ist wohl schon vorbei", stichelte Daniel.

„Ich kann das steuern, du Fatzke", konterte Crisseltis und wandte sich Lilia zu: „Du hast sie gar nicht nach dem Code und der Foltersache gefragt."

„Weil sie es von sich aus erwähnt und für abwegig erklärt hat. Ihr Bruder hatte ihr von dem Code erzählt."

„Und wie heißt denn nun dieser Bruder richtig?", wollte Daniel wissen. „Heilweg, so wie sie?"

Lilia schüttelte den Kopf.

„Der heißt Ucker, Dr. Herbert Ucker. Miranda hat früher gelegentlich von ihm erzählt. Er kam mir in der Sauna auch gleich irgendwie bekannt vor. Die Familie besitzt in soundsovielter Generation eine Maschinenfabrik oder so was im Ruhrgebiet, ich glaube für Braunkohlebagger. Ucker alias Schierling ist der Chef dieser Firma, Miranda war oder ist Mitglied des Vorstandes."

„Moment mal, Ucker? Nicht Ocker?", stutzte Robin. „Das kommt mir doch bekannt vor ..."

Er klappte den bereitstehenden Laptop auf und schaltete ihn ein.

„Glaubst du denn die Geschichte jetzt?", fragte Daniel.

„Dass mein Vater sein Geld verzockt hat und gestorben ist, weil er vor lauter Aufregung und Ärger vergessen hat zu trinken? Auf keinen Fall!"

„Und wieso nicht?", fragte Crisseltis und tippte Robin beim Stichwort trinken an den Unterarm. Als der kurz vom Laptop aufschaute, machte Crisseltis die Geste des Aus-der-Flasche-Nippens. Robin zeigte sofort auf den Kühlschrank.

„Schierling hat sich selbst verraten", antwortete Lilia und spähte auf Robins Laptop-Bildschirm. Er hatte die Seite des Brokers Comdirekt aufgerufen und gab das Wertpapierkürzel srx.etr in die Suchzeile ein.

„Inwiefern?", kam es dumpf von Crisseltis, der inzwischen halb in den Kühlschrank gekrochen war. „Hast du kein Hofer Bier?"

„Meine Gästinnen und Gäste bevorzugen zurzeit Mixgetränke", antwortete Robin abgelenkt, während er auf den Laptop starrte.

„Das ist keine Ausrede dafür, dass in einem Hofer Haushalt ausgerechnet Kulmbacher Bier im Kühlschrank lagert."

„Das hat mir mal jemand mitgebracht. Ich kaufe überhaupt keine Gerstensäfte irgendwelcher Art. Willst du vielleicht einen Prosecco?"

„Ne."

„Wie hat sich Schierling verraten?", wiederholte Daniel die Frage. Lilia antwortete: „Na, durch diese Namen. Angeblich wissen die nicht, wie der jeweils andere richtig heißt, aber als ich Corald Fuchsried sagte, war ihm sofort klar, wer gemeint ist."

„Dein Vater war mit seiner Schwester zusammen. Da muss er ihn zwangsläufig näher und mit echtem Namen gekannt haben", gab Daniel zu bedenken.

„Darum geht es nicht, sondern um die Abfolge seiner Eingeständnisse. Das hat einfach nicht zusammengepasst. Zunächst mal las er: Foltern Miranda – übergeht das aber völlig. Dann sagte er: Das muss Brennnessel gewesen sein. Also tat er zunächst noch so, als wäre mein Vater einer der unbekannten Trader in seiner Clique gewesen und er begreife gerade erst, dass Brennnessel gleich Fuchsried ist. Erst später, als er nicht mehr anders konnte, gab er zu, dass Miranda seine Schwester ist und mit meinem Vater zusammen war. Versteht ihr, was ich meine?"

„Überzeugt mich nicht so recht", meinte Crisseltis und nippte mit gespieltem Widerwillen beim Blick auf das Etikett an seiner Bierflasche.

„Mich macht etwas ganz anderes stutzig", bemerkte Daniel, „aber das spricht eher für Schierlings Version."

„Was?", fragte Lilia.

„Dein Vater und er kannten ihre richtigen Namen, daran gibt's ja keinen Zweifel. Die Codenamen wiederum sind nur innerhalb der Clique bekannt. Und trotzdem schrieb dein Vater in den Code, der den Mord an ihm selbst aufklären soll, nicht: Ucker zerstört Solare Revolution – sondern: Schierling zerstört ... Wenn er davon ausgeht, dass du als seine Tochter den Code knackst, und wenn er weiß, dass dir zwar der Name Ucker etwas sagt, aber nicht der Name Schierling ..."

„Dafür gibt es eine ganz einfach Erklärung", meldete sich Robin von seinem Laptop aus zu Wort.

„Und die wäre?", fragte Lilia, sichtlich irritiert von Daniels Einwand und Robins spontaner Aufklärungsbereitschaft.

„Weil Ucker auch der Name des Gründers und Vorstandsvorsitzenden der Solaren Revolution war. Hätte dein Vater also ‚Ucker zerstört ...' geschrieben, hätte das in die Irre geführt. Er wollte deutlich machen, dass nicht der Solar-Ucker, sondern der Schierling-Ucker gemeint war. Der Solar-Ucker, so die offizielle Medienversion, war ja wirklich federführend bei der Zerstörung des eigenen Unternehmens."

Robin hatte während seiner Erläuterungen unausgesetzt getippt und gescrollt.

„Und jetzt haltet euch fest …", raunte er, drehte den Laptop so, dass alle den Bildschirm sehen konnten, und zeigte auf den Tageskursverlauf der MSV AG, der senkrecht nach unten zeigte und einen Verlust von aktuell 47 Prozent auswies.

„Dieser Pit-Herbert Ucker, der mit seiner Solaren Revolution baden ging, ist seit kurzem bei dieser Gesellschaft beschäftigt, der Mar-Sol-Ventu AG. Und meine Aufgabe als Trading-Gott bei Schierling-Ucker wäre es gewesen, eine ganz bestimmte Aktie abzuschlachten."

Das Wort abzuschlachten setzte er verbal in Anführungszeichen.

„Damit wird mir alles klar", murmelte Lilia und starrte auf den Chart. „Wir haben ihn."

Crisseltis schielte zu Daniel, um zu sehen, ob der etwa folgen konnte, aber sah ihn genauso stutzen. Seine, Daniels und Robins Blicke trafen sich.

„Unseren beiden nicht tradenden Freunden ist noch gar nichts klar", bemerkte Robin, und auch seine Stimme klang ziemlich fragend.

„Miranda hat mal erwähnt, der Haussegen in ihrer Familie hänge schief. In ihren Dimensionen hieß das: Die Zukunft ihrer Dynastie steht auf dem Spiel", erklärte Lilia, ohne den Blick vom Aktienticker zu wenden. Der Kursverlust betrug inzwischen 51 Prozent. Die Abwärtsbewegung schien sich noch zu beschleunigen. „Hintergrund war, dass der Sohn ihres Bruders, der einzig infrage kommende Erbe des Familienunternehmens, sich zum Ökofreak entwickelte und aus Überzeugung keinerlei Interesse an einer Firma zeigte, die den Braunkohleabbau in Betrieb hielt. Wenn aber die Firma verkauft werden müsste, wäre damit der Untergang des über 100 Jahre alten Familienbetriebs unausweichlich. Da ich weder ihren Bruder noch dessen Sohn kannte, interessierte mich das nicht sonderlich, nur die Art, wie sie sich ereiferte, beschäftigte mich etwas. Das passte überhaupt nicht zu der sonst so sanften Miranda. Ich sagte irgendetwas wie: Das ist doch nur eine Firma und keine heilige Kuh. Ein blöder Vergleich, ich weiß, aber ihre Reaktion war so …"

„Wie?", unterbrach Crisseltis. Lilia starrte kopfschüttelnd auf den Bildschirm und murmelte: „Ziemlich hysterisch, fast gewaltbereit. Oh Mann, 60 Prozent minus, 61 ... Wie machen die das bloß?"

„Wenn sie es so machen, wie ich denke, und aus dem Grund, den ich vermute, dann wird es langsam Zeit", flötete Robin, packte beherzt seinen Laptop, drehte ihn wieder zu sich und begann mit abgespreiztem kleinen Finger die Maus hin- und her zu bewegen und gleichzeitig mit dem linken Zeigefinger Tasten zu drücken.

„Zeit wofür?", fragte Daniel, der noch immer ziemlich wenig begriff und damit erstmals etwas Fundamentales mit Crisseltis gemein zu haben schien.

„Na zu kaufen!"

„Willst du das wirklich für mich riskieren?", fragte Lilia, die genau zu wissen schien, was Robin vorhatte.

„Nicht nur für dich, Häschen, sondern auch für mich selbst. Ich kaufe Aktien wie Kunstwerke, Klamottis oder Kaviar, wobei ich letzteren übrigens gar nicht selbst verkonsumiere. Ich kaufe höchste Qualität zu niedrigsten Preisen. Und bei diesem Einkauf trägt das gute Geschäft auch noch zur Lösung des Falls bei."

68

Mit einer Drahtschlinge fixierte Schierling die Holztüre seiner Terrasse an einem Pfosten und stellte zufrieden fest, dass seine Konstruktion sich auch bei starkem Rütteln bewährte. Nicht mehr zu öffnen, schon gar nicht von außen. Drüberklettern konnte man auch nicht so einfach, weil zwischen Tür und Rasen einige wackelige Holzstiegen lagen, die als Tritt wenig taugten. Jetzt konnte er wieder unbesorgt lüften, ohne Eindringlinge befürchten zu müssen.

Dass Lilia Fuchsried sich stundenlang unbefugt in seinem Haus aufgehalten hatte, ließ ihm keine Ruhe. Privatsphäre verletzt, das klang so banal, aber man fühlte sich wirklich verletzt, tief drin. Was für ein Glück, dass er nichts Verräterisches mit Hartriegel besprochen oder gar verdächtige Unterlagen da oben gelagert hatte. Eine Frechheit von dem kleinen Biest, überhaupt noch mal hier aufzutauchen, nachdem Hartriegel sie doch angeblich zu Tode erschreckt und verjagt hatte. Dieser verdammte Hartriegel, immer wieder nichts als Murks und Lügen!

Andererseits verband Schierling den Gedanken an Lilias heimliche Anwesenheit in seinen allerprivatesten Räumen und ihm körperlich so nah auch mit unerwartet angenehmen Gefühlen. Eine junge hübsche Frau, die ihn belauerte, ganz allein mit ihm in seinem Haus, die ihn bei allem beobachtete, was er so machte, die seine Aura von Macht fühlte und ihn trotz des Altersunterschiedes vielleicht sogar begehrte …

Schrilles Telefonläuten riss ihn aus seinen Gedanken. Schierling eilte von der Terrasse ins Haus, stürmte durchs Wohnzimmer und die Treppe hoch zum Telefon.

„Ja!"

„Hier Pit", hörte er eine zaghafte, schüchterne, kleinlaute Stimme, und allein der Tonfall brachte den Dampfkessel in ihm zum Pfeifen.

Welch herrlicher Ton!

Er war am Ziel!

Das war der Anruf, auf den er gewartet hatte. Nachdem alles schon gedroht hatte, katastrophal schief zu gehen, war er zu guter Letzt doch noch erfolgreich. Er hatte es hingebogen nicht mit Hilfe von, sondern trotz der Pfuscherei von Hartriegel. Jetzt aber alle Konzentration sammeln für das Happy End. Schierling justierte seine Stimmbänder auf ein freudig-überraschtes Timbre, leicht verletzt im Unterton, aber versöhnungsbereit im Hauptklang.

„Mein Junge, das freut mich, von dir zu hören. Wie geht es dir denn?"

Genau richtig: freundlich, neugierig, väterlich, etwas distanziert, aber ganz der rettende Hafen in schwerer See.

„Ehrlich gesagt, nicht so gut. Die Firma, für die ich seit kurzem arbeite …"

„Ja?", fragte Schierling besorgt in eine kurze Pause seines Anrufers hinein.

„Es gab einen Crash vorgestern. Du hast wahrscheinlich nichts davon gehört, weil eigentlich kein Anlass für einen derart heftigen Kursverfall bestand, es kam auch keine Nachricht dazu. Die letzten Quartalszahlen und der Ausblick waren außerdem in Ordnung ..."

„Nur in Ordnung?", fragte Schierling in einem Ton, als habe er damit gleich die Antwort auf eine offene Frage gegeben.

„Na ja, ich dachte sogar, die Zahlen seien ziemlich gut gewesen, wenn man die hohen Erwartungen betrachtet, die im Kurs schon drin waren ..."

„Du musst gar nicht weiterreden, Junge", unterbrach ihn Schierling. „Hab ich dir nicht immer wieder gepredigt ..."

O je, viel zu vorwurfsvoll – Kurswechsel, sofort. Er räusperte sich.

„Was ich sagen will: Diese Start-ups sind einfach anfällig für heftige Schwankungen, vor allem, wenn sie gleich nach der Gründung an die Börse gehen und dann abzischen wie die Raketen. Auch nach Ende des Neuen Marktes kommt so was noch oft genug vor. Du warst doch hoffentlich nicht mit privatem Geld investiert?"

„Leider doch."

„Und?"

„Hat mich voll erwischt."

„Tut mir leid, das zu hören. Kann ich dir irgendwie helfen?"

„Ich würde gern mal mit dir reden."

„Sehr gern. Wie geht es übrigens Nadine?"

Schierling ließ sich auf einen Esszimmerstuhl fallen und lächelte zufrieden. Genau der richtige Moment, um die liebe, hilfreiche Schwiegertochter ins Spiel zu bringen. Er hörte ein Räuspern am anderen Ende.

„Mit ihr hab ich zurzeit auch so meine Probleme."

„Ach ja? Wieso denn?"

„Im Zusammenhang mit diesem Kurssturz und auch meinem beruflichen Werdegang, aber das will ich jetzt nicht unbedingt am Telefon erörtern. Wann bist du wieder zu Hause? Ich würde dich wirklich gern mal persönlich treffen."

„Komm mich doch hier besuchen. Bist du in Berlin?"

„Ja, aber …"

„Dann ist der Frankenwald näher als das Ruhrgebiet. Wie wär's gleich morgen?"

„Noch lieber wäre mir heute Nachmittag. Ich könnte gleich losfahren."

„Bestens. Du kommst in die Therme Bad Steben."

„Aber …"

„Frag nach der Erdsauna. Da findest du mich ab 15 Uhr. Ich freue mich auf dich, Junge."

„Hör mal …"

„Gute Fahrt, bis dann."

Und schon hatte er aufgelegt. Schierling lehnte sich zurück und gab sich ganz dem Gefühl hin, gewonnen zu haben. Sein letzter großer Sieg. Ab jetzt wurde nicht mehr gestritten, ab jetzt wurde nur noch entspannt und genossen. In dieser Minute hatte er begonnen: der lang ersehnte, hart erkämpfte, wohl verdiente Ruhestand.

Schierling wollte zum Kühlschrank gehen und ein Raubritter Dunkel holen, um sich selbst auf den Sieg zuzuprosten, da klingelte schon wieder das Telefon.

„Ja!"

„Hier noch mal Pit. Es gibt da etwas, das ich schon vorab mit dir besprechen müsste …"

69

Die Erdsauna war eine halb in einen Hügel hineingebaute Blockhütte mit Grasdach ohne Fenster. Schierling zog zehn Minuten vor 15 Uhr bester Laune die Außentür weit auf und hinter sich gleich wieder zu. Unter seinen Saunabadetüchern brachte er ein Diktiergerät und ein gelbes Schild mit schwarzen Buchstaben zum Vorschein: „Aufguss – bitte nicht betreten." Er vergewisserte sich mit einem Blick durch die quadratische kleine Scheibe der Innentür, dass er die Sauna für sich hatte, und pinnte das Schild dann mit zwei Reißzwecken, die bereits im Plastik des Laminats steckten, an die Holztür. Vorsichtshalber hatte er das Schild diesmal selbst mitgebracht, statt es aus dem Geräteraum zu stibitzen – die Bademeister wurden immer wachsamer.

Schierling streifte seine Schlappen ab, hängte eines der Badetücher an einen Haken im Vorraum, betrat die Saunakabine und zog die Tür hinter sich schnell wieder zu, um die kostbare Hitze zu erhalten. Dieser Duft nach Holz und Harz und Rauch. Diese sanfte rötliche Dunkelheit und das Schattenspiel der Flammen. Hier drin fühlte man sich wirklich wie unter der Erde, in einem warmen, heimeligen Versteck ganz für sich allein. Schierling liebte diesen Ort. Jeden Nachmittag gedachte er von nun an hier zu verbringen. Nach jeweils ausgiebigen Wandertouren an den Vormittagen.

Er drückte die Aufnahmetaste des Diktiergerätes, bückte sich und versteckte das kleine schwarze Kästchen unter der linken der unteren Sitzbänke. Zufrieden erklomm er die gegenüberliegende Bank, breitete sorgfältig sein Badetuch aus und ließ sich wohlig seufzend auf den Rücken sinken. Er starrte zu den schweren Baumstämmen der Decke und rollte den Kopf dann so zur Seite, dass er schräg unter sich ins halb heruntergebrannte Feuer im knisternden Kamin schauen konnte. Eine erste dünne Schweißschicht überzog seinen Körper, auf der Stirn traten schon dicke Perlen hervor.

Endlich frei!

Erst jetzt, da er aus seinem Berufsleben austrat, wurde ihm bewusst, wie sehr er seine Tätigkeit verabscheut hatte. Fast 40 Jahre lang Zähne zusammenbeißen und durchhalten, das war sein Leben gewesen. Nicht, dass er als Geschäftsführer der Ucker-Werke besonders nervenaufreibende oder mit ständigem Ärger verbundene Herausforderungen zu meistern gehabt hätte. Seine Marktnische war kaum umkämpft, Bestellungen und Aufträge waren ihm stets über Jahre hinaus sicher gewesen. Er hatte den Job einfach nicht gemocht, und wenn man immerzu etwas tun musste, wonach einem nicht war, wurde daraus mit der Zeit Widerwillen und schließlich Hass.

Tat das gut, es endlich hinter sich liegen zu sehen! Er hätte seine Freiheit viel früher gehabt haben können, vor Jahren schon und ohne Ärger, wenn sein Sprössling sich nicht quergelegt, seine Pflicht der Familie gegenüber geleugnet hätte und seinen Öko-Spinnereien nachgegangen wäre. Verlorene Jahre für alle Beteiligten. Vielleicht hatte Pit die Abneigung des Alten gegen die Firma schon als Kind gespürt und sich deshalb verkrümeln wollen. Aber in dieser Familie stellte man sich der Verantwortung! Schierling hatte seinem Vater geschworen, die Firma der nächsten Generation zu übergeben, allein deswegen hatte er überhaupt geheiratet und Nachwuchs gezeugt, und heute würde er sich hier und heute von seinem Sohn auf die Familienehre schwören lassen, dasselbe zu leisten. Jetzt begannen Herrn Pit-Herbert Uckers 40 Jahre Quälerei, geschah ihm recht.

Er hörte die Außentür aufgehen und sah kurz darauf durch die Glasscheibe der Tür das erstaunte Gesicht seines Sohnes. Ucker alias Schierling winkte ihn herein, wälzte seinen Körper herum und setzte sich aufrecht hin.

„Das Schild …"

„… hab ich angebracht, damit wir ungestört sind. Komm rein und setz dich, Junge."

Senior und Junior schüttelten sich die Pranken und hockten sich gegenüber, der Junior auf die untere Bankreihe. Schierling büßte sofort etwas von seiner guten Laune ein, als er ihn da unten den Hintern auf seinem Handtuch-Gewurstel zurechtrücken sah. Das hier hätte ein Gespräch auf Augenhöhe werden sollen mit einem, der etwas aushält, genau wie er selbst.

„Du wolltest mich also sprechen?", fragte er kratzbürstiger als er hatte klingen wollen. „Worum geht es genau?"

„Urig hier", antwortete der Junior, „aber für meinen Geschmack zu heiß."

„Alles Gewöhnungssache."

„Wo ist das Gerät?"

„Direkt unter dir. Wie viel Geld hast du verloren?"

„Ist das jetzt wichtig?"

Schierling betrachtete seinen Sohn und begriff, dass es nicht von Bedeutung war. Dieser Weichling würde vielleicht auch die Ucker-Werke an die Wand fahren, aber das wäre ihm egal, selbst wenn es noch zu seinen Lebzeiten geschähe. Seine eigene Aufgabe war erfüllt. Er hatte die Firma über die Runden gebracht und würde sie, wenn das hier erst ausgestanden war, an die nächste Generation übergeben – das einzige, was zählte, war, diesen Moment der Übergabe abzuwickeln und nicht kurz vor dem Ziel noch alles zu gefährden, indem er den alten Streit aufwärmte.

„Nein", sagte Ucker senior, schüttelte den Kopf und zwang sich zu einem väterlichen Lächeln. „Ich erzähle dir jetzt mal was, mein Junge. Vor genau 45 Jahren saß ich deinem Großvater in der gleichen Angelegenheit gegenüber wie du jetzt mir. Mir war schon als kleiner Bub meine Rolle im Leben eingetrichtert worden, und ich spielte sie widerspruchslos bis zu diesem Moment am Tag nach meinem Examen. Plötzlich wurde mir bewusst, was mir da aufgeladen werden würde, die Verantwortung nicht nur für ein traditionsreiches Werk und damals schon über 300 Mitarbeiter, sondern auch die Verantwortung für ein Stück deutscher Maschinenbaugeschichte."

Schierling lehnte sich zurück, ließ den Blick über die Flammen im Kamin gleiten und das Gefühl von damals in sich aufsteigen.

„In diesem Moment der Vertragsunterzeichnung zögerte ich und hatte Angst. Ich wollte viel lieber frei sein, mir wenigstens darüber klar werden, was ich im Leben wollte, statt nur zu parieren und zu funktionieren. Aber damals war jeglicher Ansatz von Rebellion undenkbar."

Er beugte sich wieder nach vorn und fixierte den bisher so rebellischen Junior mit einem düsteren Blick.

„Du dagegen hattest diesen Freiraum, du konntest dich in der Welt umschauen, etwas ausprobieren, mal jemand ganz anderes sein, dir die unternehmerischen Hörner abstoßen ..."

Pit verdrehte die Augen und wollte protestieren. Der Senior gebot ihm mit einer Handbewegung zu schweigen.

„Keine Angst, das wird kein Rückfall in die alten Vorhaltungen, nicht heute, wo das alles hinter uns liegt und wir in dieser einen besonderen Sache zusammenhalten müssen. Ich will dir Mut machen für die Zukunft."

„Indem du mir deine Unterwürfigkeit zum leuchtenden Beispiel machst? Auf keinen Fall!"

„Nein, du kleiner Ignorant, sondern indem ich dir gegenüber eingestehe, dass ich die Verantwortung zunächst auch nicht wollte. Aber ich bin daran gewachsen. Es war gut und richtig so. Man gewöhnt sich daran und lebt sich ein, und irgendwann kann man es sich gar nicht mehr anders vorstellen. Außerdem will ich dir klar machen, dass ich dich verstehe. Und dass ich dir verzeihe."

Schierling unterbrach sich und lauschte. Die Außentür war aufgegangen, Leute kamen in den Vorraum und tuschelten. Dann ging die Außentür wieder zu, ohne dass jemand die Saunakabinentür angerührt hätte.

Pit schaute ihn an und nickte, als wolle er ihm ein Startzeichen geben. Schierling nickte zurück und setzte seinen Monolog fort. Nach vorne geneigt saß er auf seinem Badetuch, die Flammen im Kamin ließen sein Gesicht dämonisch glänzen und flackern, der Schweiß floss und tropfte in Strömen an ihm herunter.

„Du hast mir viel Kummer bereitet, aber jetzt bist du aus freien Stücken zu mir gekommen, und ich werde trotz vieler böser und bitterer Szenen in der Vergangenheit genau das tun, was ein Vater in einem solchen Moment zu tun hat, nämlich den verlorenen Sohn annehmen, als sei er nie fortgewesen, ihm sein Verhalten völlig und für immer verzeihen und ihm das Erbe zukommen lassen, das ihm zusteht. Genauso handelt ein Vater, auch wenn er seinen Sohn in Gedanken bereits hundertmal enterbt hat. Und egal, wie viel Geld vom Familienvermögen bereits durchgebracht wurde …"

„Also jetzt reicht's aber", fauchte Pit, sprang auf und trat an die Tür. Er schaute durch die Scheibe in den Vorraum, machte eine auffordernde Kopfbewegung nach draußen und setzte sich wieder auf sein Handtuch. Schierling fiel auf, dass er überhaupt noch nicht schwitzte.

„Das Gleichnis vom verlorenen Sohn für unser Verhältnis heranzuziehen, ist ja wohl eine Frechheit sondergleichen", schimpfte Pit. „Ich bin ganz sicher nicht gekommen, um mir von dir die Ucker-Werke aufs Auge drücken zu lassen. Denkst du, ich weiß nicht, dass du hinter allem steckst, was mir in den letzten Jahren an Pleiten, Pech und Pannen zugestoßen ist?"

„Was ist los?! Willst du damit vielleicht andeuten …"

„… dass du es warst, der meine eigene Firma vernichtet hat, ganz genau. Und auch den Kurssturz der Firma, für die ich bis gestern gearbeitet habe, hast du verursacht."

Schierling richtete sich auf und holte tief Luft für ein theatralisches Donnerwetter. Die aufschnappende Tür lenkte ihn ab. Sein Kopf zuckte herum, er schnauzte:

„Verdammt noch mal, haben Sie das Schild nicht ge…"

Als er sah, wer da hereingewuselt kam, unterbrach er sich und schaute zwischen seinem Sohn und den beiden Personen hin und her, die es trotz seines Verbotsschildes gewagt hatten, die Sauna zu betreten: Lilia und Robin, beide in blau-weiße Bad-Steben-Badetücher eingewickelt. Sie hockten sich links und rechts neben Pit und schauten einträchtig zu Schierling hinauf.

70

„So sieht man sich wieder", trällerte Robin. Lilia starrte finster und drohend.

„Kennt ihr drei euch etwa?", fragte Schierling.

„Das sind meine neuen Mehrheitsaktionäre", antwortete Pit förmlich.

„Was soll der Quatsch? Ich denke, du bist gefeuert."

„Das hab ich zwar nie gesagt, aber es stimmt, meine Stelle als Kreativberater bin ich los."

„Dafür wollen wir ihn bei der nächsten MSV-Hauptversammlung als neuen Vorstandsvorsitzenden vorschlagen", übernahm Lilia und beobachtete Schierling dabei ganz genau.

„Dann kannst du ja ein zweites Mal mit einem lecken Kahn untergehen", höhnte der und starrte seinen Sohn böse an. „Diesmal wirst du ganz bestimmt ersaufen. Deshalb rate ich dir, nutze deine letzte Chance hier und jetzt, stattdessen endlich die Firma zu übernehmen, die dir zu übernehmen bestimmt ist."

Pit schüttelte langsam und ernst den Kopf.

„Hast du mich also hierher bestellt, um mir in Gegenwart übelwollender Menschen auf den Kopf zu spucken?", fragte Schierling.

„Nicht ich habe dich, du hast mich hierher bestellt."

„Angerufen hast du mich. Du wolltest ein Treffen."

„Um ein für allemal reinen Tisch zu machen."

„Du übernimmst die Ucker-Werke also nicht?"

„Nein, niemals."

„Dann hau ab! Ihr alle drei, los, raus hier! Und wehe ihr kommt mir noch mal unter die Augen!"

Er schaute von seinem erhöhten Sitzplatz auf die drei jungen Leute hinunter und durch sie hindurch, machte eine Kopfbewegung zum Ausgang und fauchte:

„Abmarsch, verpfeift euch, wird's bald!"

Pit lehnte sich demonstrativ zurück.

„Meine Mehrheitsaktionäre und ich …"

„Hört mir doch auf mit diesem Scheiß", schrie Schierling sofort dazwischen, „ihr seid keine Mehrheitsaktionäre, wie soll denn das gehen? Die Mehrheit über eine Aktiengesellschaft übernimmt man nicht über Nacht."

„Wenn man es so wie du machst, geht das sehr wohl", konterte Pit gelassen. „Robin hat nur dein System kopiert."

„Ich habe keine Ahnung, was du meinst."

„Dann überleg mal, was mir deine Trading-Club-Freunde erzählt haben könnten, Salbei und Sauerklee."

„Ts! Das ist ein ganz billiger Bluff. Nicht mal ich selbst weiß, wie die richtig heißen. Ihr habt nie mit ihnen gesprochen."

„Sauerklee heißt Tietje", behauptete Robin und schaute erwartungsvoll nach oben.

„Ein erfundener Name", gab Schierling zurück.

„Gar nicht erfunden. Daniel hat lange und ausführlich mit ihm gesprochen."

Robin wischte sich über die Stirn und zog sein Badetuch um die Brust zurecht. Obwohl er ganz unten saß, war er schweißüberströmt. Sein Kopf leuchtete rot unter der hellen Lockenpracht.

„Ihr wisst überhaupt nichts."

„Wir wissen alles", beharrte Lilia. „Das System ist verblüffend einfach: Sie spinnen ein Netzwerk und geben dann Tipps, die Ihren Interessen entsprechen. Jeder Tippempfänger, der kauft, bleibt unter der Schwelle von fünf Prozent, aber alle zusammen können irgendwann auf eine Mehrheit kommen und, von Ihnen gelenkt, mit der jeweiligen Firma machen, was ihnen beliebt. Sie geben ihren Club-Freunden den Befehl zum Kauf oder Verkauf und die an jeweils fünf, sechs, sieben Freunde in der nächsten Stufe der Hierarchie, die Sie gar nicht kennen, und so weiter."

„So etwas kann niemals funktionieren", wehrte sich Schierling.

„Und ob das funktioniert", übernahm Pit. „Genau so hast du nämlich vorgestern das Kursbeben bei Mar-Sol-Ventu ausgelöst – erst großangelegt kaufen lassen, den Kurs in die Höhe gejagt, und dann folgte die Hinrichtung. Nur kam dir diesmal keine Gewinnwarnung in Begleitung einer Kapitalerhöhung zupass. Diesmal konnte sich der Kurs innerhalb von Stunden wieder erholen, was du anscheinend gar nicht mitbekommen hast, und deshalb habe ich mein Geld nicht verloren, sondern mit Hilfe von Robin und Lilia und Daniel sogar beachtlich vermehrt."

„Reimt euch zusammen, was ihr wollt", brummte Schierling, stand schweißüberströmt auf und kletterte nach unten. Er streckte die Hand nach der Tür aus, drehte sich noch mal um und schaute auf Pit herab. „Mit einem billigen Trick wolltest du mich, deinen eigenen Vater, in die Falle locken und zu einem

Geständnis treiben. Pfui Teufel, ich schäme mich für dich. Du bist nicht mehr mein Sohn."

Seufzend drehte er sich wieder zur Tür, drückte, stockte, drückte fester. Die Tür blieb verschlossen. Am Fenster erschien das Gesicht von Gerhard Crisseltis. Langsam und ernst schüttelte er den Kopf.

Schierling schaute über die Schulter nach unten zu Lilia, Pit und Robin, ohne den Türgriff loszulassen.

„Wollt ihr mich etwa weich kochen? Das könnt ihr vergessen. Ich kann es hier stundenlang aushalten, wenn es sein muss."

„Wir wollen nur mit dir reden", antwortete Pit unbeeindruckt.

Schierling schüttelte den Kopf, schnaubte und setzte sich auf die unterste Bank so weit weg wie möglich von den dreien und in einer Haltung, dass er sie nicht ansehen musste, wenn er geradeaus schaute.

„Das wird ein kurzes Gespräch. Das Feuer ist gleich heruntergebrannt, das heißt, in ein paar Minuten kommt der Bademeister zum Nachlegen."

„Schon klar", sagte Lilia, „und Daniel wird dafür sorgen, dass er nicht hereinkommt, bevor wir mit Ihnen fertig sind."

„Ich sag dir eins, Junge", begann Schierling mit seiner alten Leier, ohne Pit anzuschauen. Ellenbogen auf die Knie gestützt hockte er vorne übergebeugt da und starrte zu Boden. „Sämtliche Branchen, die sich auf sogenannte alternativen Energien spezialisiert haben, werden über kurz oder lang den Bach runter gehen. Das sind durch Fördergelder erzeugte gigantische Luftblasen. Die Menschheit wird noch für zig Jahrzehnte wenn nicht gar Jahrhunderte auf Kohle und Öl angewiesen sein, und unsere Firma kann demnach noch deinen Kindern und Enkeln ein sicheres Auskommen garantieren."

„So weit kann niemand in die Zukunft schauen. Diese Grundsatzdiskussionen haben wir auch längst hinter uns. Wegen deiner Verbohrtheit gingen die 30 Arbeitsplätze meiner Firma verloren …"

„Die hatten so oder so keinen Bestand."

„… zig Millionen Euro Kapital meiner Investoren wurden vernichtet", redete Pit gegen ihn an. „Und Corald Fuchsried fand den Tod. Vor allem dafür wirst du heute die Verantwortung übernehmen."

„Darauf könnt ihr lange warten."

„Wir haben Beweise", entgegnete Pit ruhig und leise.

„Weitere geheimnisvolle Mitverschwörer mit erfundenen Alltagsnamen?"

„Gar nicht erfunden", protestierte Robin, „Daniel hat wirklich mit einem Tietje gesprochen und Lilia sogar mit ihm telefoniert!"

Schierling prustete und drehte sich wieder weg.

„Wir brauchen deine Kumpane gar nicht, um dich dranzukriegen", beharrte Pit.

„Jetzt hört schon auf mit dem Klamauk", fauchte Schierling dazwischen. „Was sind das für angebliche Beweise?"

71

Daniel sah nicht den Schilfteich, der unter dem klaren blauen Winterhimmel nur wenige Meter vor ihm Wellen warf und von einem plätschernden Bach mit Wasserfall gespeist wurde. Er hatte die Erdsaunahütte hinter sich vergessen und das äußerst skurrile Vorhaben seiner Freunde, dem vermeintlichen Mörder von Lilias Vater ausgerechnet mit Hilfe von dessen Sohn ein Geständnis abzupressen. Ihm selbst war bei dem Plan die undankbarste Rolle zugefallen, nämlich bei Temperaturen nahe Null Grad nur mit einem Badetuch um die nackten Schultern und einem Handtuch um die Hüften barfuß im Freien Wache zu schieben. Er schlotterte erbärmlich, spürte ein erstes kratzendes Jucken im Rachen, seine Füße waren schon taub. Um sich von der Gänsehaut und dem immer stärker werdenden Zittern abzulenken, ging er vor der Tür zur Erdsauna in kleinen Runden auf und ab und dachte über das Buch nach, das er gerade las. Irgendwas mit C, denn er war bei seinem Lesemarathon durch den Büchereibestand beim Buchstaben C angekommen. Aber er wusste nicht mal, ob sich das C auf den Autor bezog oder auf den Titel. Coelhos Jakobsweg hatte er wegen vorübergehender Konzentrationsmängel beiseite gelegt. Stattdessen hatte er zu etwas Leichterem gleich daneben gegriffen. Eine Frau auf der Suche nach sich selbst, ständig irgendwelche Scheinhindernisse bewältigend, die sie sich letztlich selbst geschaffen hatte. Schlecht geschrieben, voller Klischees und vor allem stinklangweilig.

Warum also tat er sich das an? Niemand zwang ihn dazu. Er strebte ja nicht mal einen offiziellen Rekord an, sondern folgte einem spontanen Einfall. Die Idee, sich durch sämtliche Bücher einer Bibliothek zu fressen wie der berühmte Bücherwurm, war neu und witzig, sie passte zu ihm, sie verschaffte ihm Aufmerksamkeit. Er wollte wissen, ob er es schaffte, wie lang es dauerte und ob es ihm etwas bringen würde. Mangels besserer Pläne war Gewohnheit daraus geworden und schließlich Sucht. Er hatte inzwischen tatsächlich ein schlechtes Gewissen, wenn er einen Tag ausfallen ließ, so wie heute, oder sein Wochensoll von mindestens 50 Büchern nicht schaffte.

Crisseltis klopfte schon wieder von innen an die Scheibe der Außentür und nervte mit einem fragenden Kopfnicken. Wieso hatte dieser Penner eigentlich den Job im Warmen bekommen, ohne jedes Risiko und mit Blick auf die halbnackte und schwitzende Lilia? Und was hatte der ihn dauernd zu belästigen, als sei er sein Kommandeur?

„Ja-ja, schon gut", brummte Daniel halblaut und gab ihm lustlos ein Zeichen, dass alles in Ordnung sei. Nichts los hier draußen, kein Mensch in Sicht – da sah er im letzten Moment einen Typen im orangefarbenen T-Shirt auf sich zusteuern, einen Stapel Brennholz in den Armen.

„Ha-llo!", rief Daniel entsetzt und stellte sich dem Bademeister in den Weg. Der blieb verdutzt stehen, drauf und dran Daniel zu fragen, ob er ihm nicht die Tür öffnen könnte.

„Ich hab da eine Frage", platzte Daniel heraus.

„Bin gleich wieder da", antwortet der Bademeister freundlich, aber ganz auf sein Ziel fixiert. „Dauert nur eine Minute."

„Sie wollen Brennholz nachlegen", schwafelte Daniel weiter und lehnte sich gegen die Tür, „darum geht's mir ja. Wissen Sie, ich komme gerade aus dieser Sauna, und irgendwas ist da mit dem Abzug nicht in Ordnung, habe ich den Eindruck."

„Ach ja?"

„Allerdings! Sie sollten, bevor Sie nachlegen, erst mal den Kamin inspizieren ... – von außen!"

Der Bademeister schüttelte den Kopf und wurde sichtlich ungeduldig. Er hatte seinen Holzstapel in die rechte Armbeuge verlagert und griff mit der linken Hand an Daniel vorbei nach dem Türgriff.

„Erst mal schau ich mir das von innen an. Zieht der Rauch nicht ab oder was?"

Er zerrte an der Tür, Daniel lehnte sich fester dagegen, pochte mit der Ferse Alarm, war sich aber sicher, dass Crisseltis ohnehin längst reagiert hatte.

„Was ist denn los?", fragte der Bademeister, jetzt sichtlich ärgerlich.

„Mir ist auf einmal ... so komisch", würgte Daniel hervor, tat so, als lehne er sich aus körperlicher Schwäche heraus fest an die Tür, und ließ sich dann, mit dem Rücken daran entlang rutschend, zu Boden sinken.

„Ganz ruhig atmen. Sie haben wahrscheinlich zu wenig getrunken."

Der Bademeister bückte sich, ließ seinen Brennholzstapel krachend auf den Steinboden fallen und versuchte, den schon halb zu Boden gesackten Daniel aufzufangen. Der rutschte gar ganz auf den Hintern, erschrak über die Kälte, stützte sich mit den angewinkelten Beinen fest ab und verkeilte die Tür.

72

„Corald Fuchsried hat mich besucht, und zwar genau zwei Tage vor seinem Tod", behauptete Pit. Inzwischen war auch er, wie alle anderen, schweißgebadet.

„Wo, etwa in Berlin? Das glaubst du doch selbst nicht!", giftete Schierling. „Der war die ganze Zeit hier in Bad Steben, weil ich nämlich auch hier war."

„Ich weiß", antwortet Pit gelassen, „Ihr hattet Eure täglichen Krisensitzungen, und zwar wegen meiner Firma."

„Als ob uns dein popeliges Solarlädchen überhaupt interessiert hätte", winkte Schierling ab. „Es stimmt, wir haben uns damals ziemlich oft getroffen, aber es ging um Wichtigeres."

„Ja, dir ging es darum, wohin die immensen Gewinne fließen sollten, die ihr mit der Liquidation meiner Firma gescheffelt hattet. Corald wollte, dass Aktien der Solaren Revolution zurückgekauft werden, um den Kurs zu stützen, die Kapitalerhöhung noch möglich zu machen und den Konkurs zu verhindern. Aber der Konkurs war es ja gerade, was du von Anfang an gewollt hattest. Auch von der geplanten Kapitalerhöhung hattest du als Einziger vorher gewusst. Ihm hast du erzählt, du willst nur meinen Rücktritt erzwingen und die Firma ohne mich weiterbestehen lassen. Als er endlich begriff, dass ihr kurz davor wart, ein kerngesundes, schnell wachsendes und Arbeitsplätze schaffendes Unternehmen zu zerstören, hat er gedroht, zur Polizei zu gehen."

„Und diese Fantasiegeschichte nennst du beweiskräftig?"

„Euer Netzwerk lässt sich verfolgen, auch jetzt noch. Und ihr habt Falschmeldungen in Umlauf gebracht, auch das lässt sich nachweisen."

„Dann versuch's doch. Nach der langen Zeit dürfte das schwierig werden. Außerdem braucht es für solche Untersuchungen ein bisschen mehr als den vagen Verdacht eines frustrierten Doppel-Pleitemachers."

„Ich habe auch mehr als das. Corald hat eines eurer Gespräche aufgezeichnet, das Band ist in meinem Besitz."

Schierling schaute ihn lange an, schüttelte dann den Kopf und grinste.

„Das wird ja immer abenteuerlicher. Du versuchst mit aller Gewalt, mir ein Geständnis zu entlocken, aber ich habe nichts zu gestehen. Mit dem Tod dieses Mannes hab ich nicht das Geringste zu tun."

„Du hast sogar angekündigt, es genau so zu machen wie es dann auch passiert ist."

„Was, wie bitte?", fragte Lilia, die schon die ganze Zeit betreten, schweigend und etwas ungläubig zwischen beiden hin und her geschaut hatte.

„Der perfekte Mord", bestätigte Pit, „das hast du wörtlich gesagt: Ein abgehalfterter Zocker, der während einer Hitzwelle alles verspielt, der bekanntermaßen kein Durstgefühl mehr hat und vor Ärger und Verzweiflung vergisst zu trinken – bei einer solchen Sachlage gibt es nicht mal eine Autopsie. Kommt dir dieser Wortlaut bekannt vor? Es sei zwar schade um seine Millionen, die dabei tatsächlich verzockt werden müssten, aber deine Philosophie sei es, das Ganze im Auge zu behalten. Die einen Millionen weggeben, damit man die anderen einstecken kann."

„Eines muss ich dir lassen", murmelte Schierling kraftlos, „du hast ein Talent dafür, dir Geschichten auszudenken, die tatsächlich stimmen könnten. Das klingt alles sehr glaubhaft, auch wenn ich mich nicht erinnern kann, so etwas gesagt zu haben. Aber selbst wenn es so gewesen wäre, wir haben uns immer hier getroffen. Hier drin. Zuletzt saß er wegen seiner Verfassung ganz unten, so wie wir jetzt. Und er war immer ganz nackt. Ich sah ihn sein Handtuch ausbreiten und sich hinsetzen. Außer seinem Handtuch hatte er nichts dabei. Verstehst du, was ich meine?"

„So wie wir jetzt?", fragte Pit.

„Ganz genau."

Pit beugte sich schweigend nach vorn, tastete unter der Saunabank herum und zog schließlich das Diktiergerät hervor. Er spulte ein Stück zurück und drückte auf Start: „... sein Handtuch ausbreiten und sich hinsetzen. Außer seinem Handtuch hatte er nichts dabei. Verstehst du, was ich meine?", hörte Schierling seine eigene Stimme. Sein Grinsen verbreitete sich.

„Ein wirklich guter Bluff. Aber ich bin kein Mörder. Ich habe nichts zu gestehen."

„Musst du auch gar nicht", sagte Pit und stand auf. „Wie gesagt, ich hab ja dein Geständnis von damals auf einem anderen Band sicher verwahrt bei mir zu Hause."

„Junge!"

Schierlings Stimme war laut geworden und klang alarmiert. Sein überlegenes Grinsen war wie weggewischt, er straffte sich auf seiner Bank. „Jetzt überlege doch mal: Warum sollte ich dem potenziellen Opfer den geplanten Mord an ihm ankündigen und ihm zwei Tage Zeit geben, sich dagegen zu wappnen?"

„Weil du es vielleicht zu dem Zeitpunkt noch nicht wirklich vorhattest? Du stößt doch ständig wüste Drohungen aus, die du gleich darauf wieder vergisst. Corald ist auch nicht deswegen zu mir gekommen, sondern weil er dachte, ich könnte meine Firma noch retten, wenn ich erfahre, unter welchen Umständen sie in den Ruin getrieben wurde. Leider war es bereits zu spät."

„Aber warum hast du dann nichts gegen mich unternommen? Warum erst jetzt?"

Pit schnaubte.

„Familienbande. Auch wenn ich deine Firma nicht will, heißt das noch lange nicht, dass ich ihr und dir gegenüber keine Verantwortung empfinde."

„Und der Tod meines Vaters …?", fragte Lilia, die damit beschäftigt war, all die neuen Informationen zu verarbeiten. Nichts von dem, was hier vor sich ging, war von Pit mit ihr abgesprochen gewesen.

„Damals war ich stinkwütend auf ihn, denn er hat ja nicht nur mitgemacht, er war sogar der Experte, ohne den es gar nicht möglich gewesen wäre, meine Firma zu zerstören. Seine Reue kam ziemlich spät."

Lilia schaute ihn etwas ungläubig an und wurde dann von einer Bewegung hinter ihm abgelenkt. Sie schielte zur Tür und sah Crisseltis mit aufgerissenen Augen durch die Scheibe starren und aufgeregt Zeichen geben. „Beeilt Euch!", las sie von seinen Lippen. Mit ausgestrecktem Zeige- und Mittelfinger wollte sie ihm andeuten: nur noch zwei Minuten … Crisseltis stutzte: V wie Victory – ist alles zu Ende? Warum dann der gehetzte Blick?

„Trotzdem bin ich es nicht gewesen", beharrte Schierling, der mit dem Rücken zur Tür saß und von Crisseltis nichts mitbekam.

„Das kannst du dann ja sicher auch beweisen. Ich gebe das Tonband bei der Polizei ab, und damit ist für mich der Fall erledigt."

Pit wandte sich zur Tür, setzte an, dagegen zu drücken, sah durch die Scheibe Crisseltis mit dem Daumen hinter sich deuten und die Außentür aufgehen. Ein Mann im orangefarbenen T-Shirt kam in den Vorraum, die Arme voller Holzscheite.

„Jetzt warte doch mal, Junge, setz dich wieder hin."

Pit blieb stehen und schaute zu ihm hinunter.

„Wenn es ein solches Band gibt, dann weckt es einen völlig falschen Eindruck. Natürlich habe ich ihm gedroht. Aber wie soll ich denn beweisen, dass ich die Drohungen niemals in die Tat umgesetzt hätte? Wenn es wirklich Mord war, dann steckt dieser verdammte Hartriegel dahinter. Vermutlich hat er die Sache ohne mein Wissen durchgezogen."

Er unterbrach sich und sah zu Lilia hinüber.

„Ich hätte das niemals gewollt, wirklich, Kindchen, ich mochte Ihren Vater. Trotz aller Zwistigkeiten …"

„Wo ist dieser Hartriegel jetzt?", fragte Lilia mit finsterem Blick.

„Keine Ahnung. Ich habe ihn ausbezahlt, und das war's. Seit vorgestern ist er verschwunden."

Lilia stand auf.

„Dann gehen wir jetzt sofort zur Polizei."

Sie schloss sich Pit an, der direkt an der Tür stand und öffnen wollte. Sein Oberkörper verdeckte die Sichtscheibe, aber man hörte, dass es draußen laut wurde. Robin schob von hinten und machte ein Gesicht, als sei mit seinem sofortigen Hitzekollaps zu rechnen. Ein getarnter Alarmruf von Crisseltis ließ alle zusammenzucken: „Also gut, dann legen Sie eben Holz nach, wenn das so dringend sein muss."

Und da ging die Tür auch schon auf, der Bademeister mit seinem Brennholzstapel kam herein, irritiert über die drei stehenden und betreten dreinschauenden Besucher und das Diktiergerät in der Hand des einen. Sie versuchten, ihm Platz zu machen, er schob sich vorbei. Sein Blick fiel kurz auf Schierling.

„Das falsche Schild habe ich beschlagnahmt", bemerkte er und öffnete die Kaminsichtscheibe. Das Feuer war niedergebrannt, aber ein Rest von Glut stob auf, als die Holzscheite in den Kamin fielen. Erste Flämmchen leckten an den Spreißeln.

„Jetzt aber huschhusch raus hier", quengelte ein puterroter Robin, während von draußen Crisseltis und Daniel hereindrängten.

„Oh Gott, ist mir kalt, ich muss mich dringend aufwärmen", presste Daniel zwischen klappernden Zähnen hervor und kletterte auf die oberste Bank.

Crisseltis machte eine fragende Kopfbewegung zu Lilia. Die bedeutete entschieden: Jetzt nicht.

„Und, war das Ganze jetzt ein Bluff?", fragte Schierling in das Chaos hinein. „Gibt es ein Band mit meiner Stimme? Gedroht habe ich ihm mit Sicherheit, bestimmt auch hier drin, aber ich kann mich wirklich nicht erinnern, was ich alles gesagt habe."

Pit, schon halb zur Tür draußen, deutete ein Schulterzucken an.

„Das ist wie beim Pokern: Die Karten müssen nach dem Sieg nicht aufgedeckt werden."

73

Mit Lockenstab, Bürste und Föhn gleichzeitig hantierend, versuchte Robin vor einem der Spiegel im Umkleidebereich den gewohnten Turm auf seinem Kopf zu errichten – vergeblich, die Pracht sackte immer wieder in sich zusammen und hing ihm schlapp über Stirn und Ohren.

Aus Richtung der Umkleidekabinen erschien Lilia, eine bunte Mütze über den nassen Haaren, gefolgt von Daniel und Crisseltis, die sich um irgendetwas zankten.

„Sie hat sie *mir* zum Tragen gegeben", krakelte Daniel und zerrte an einer gelben Umhängetasche, die Crisseltis fest umklammert hielt.

Robin schimpfte: „Aber Jungs, he, ihr Bengels, sind wir denn hier im Kindergarten? Dann trage ich eben Häschens Tasche, wenn ihr nur streiten könnt, und ihr dürft dafür meine tragen."

„So weit kommt's noch", murrte Daniel und gab nach.

„Unglaublich, was Pit da abgezogen hat", sagte Lilia. „Ich war ja äußerst skeptisch, dass wir was Verwertbares aus Schierling herausbekommen, aber dass es so gut laufen würde …"

„Na hoffentlich kriegen sie diesen Hartriegel, bevor er noch mehr Leute foltert und umbringt", gab Crisseltis zu bedenken.

„Die erwischen ihn schon", versicherte Lilia schon halb abgewandt, hielt plötzlich inne und drehte sich langsam wieder um.

„Moment mal …"

„Hm?"

„Jetzt, wo du das mit dem Foltern sagst … – ich denke die ganze Zeit schon, irgendetwas stimmt doch da nicht."

„Was?"

„Sind die beiden schon weg?"

„Wer?"

„Die Uckers sind kurz vor euch raus", sprang Robin bei und pustete nach einer Locke. „Die hatten es ziemlich eilig."

„Wir müssen sofort hinter!", fiel ihm Lilia ins Wort, drehte sich um und rannte davon.

74

Als Crisseltis sie, gefolgt von Daniel, am größeren der beiden Thermen-Parkplätze einholte, hatte sie Pit an dessen Auto gestellt. Aufgebracht rief Lilia:

„Wo ist dein Vater? Du wolltest ihn doch bei der Polizei abliefern!"

„Er wollte selbst hinfahren."

„Und das glaubst du ihm? Wo steht sein Auto?"

„Dort drüben hinter den Bäumen muss es noch einen Parkplatz geben. Was ist denn überhaupt los?"

„Da fährt er!", rief Daniel und zeigte auf Schierlings Monster-Jeep, der vom oberen Parkplatz kommend notgedrungen an einem Zebrastreifen stoppte, weil eine Gruppe Senioren gemächlich plaudernd die Straße überquerte. Nervös schaute Schierling herüber und versuchte die Fußgänger durch ruckendes Anfahren und Stoppen zu drängen.

Lilia sprintete los. Gerade als der letzte Fußgänger die Straße freigemacht hatte und Schierling anfahren wollte, riss sie die Beifahrertür auf und hüpfte in den Jeep.

„Was wollen Sie denn noch?", empörte er sich. „Verlassen Sie auf der Stelle mein Fahrzeug!"

Lilia nutzte seinen Wutanfall, um blitzschnell zum Zündschlüssel zu greifen, ihn herumzudrehen und abzuziehen.

„Aussteigen!", befahl sie, sprang selbst auf den Gehsteig und entzog sich damit Schierlings Versuch, ihr den Zündschlüssel wieder wegzunehmen. Sofort stieß der Beklaute seine Tür auf, wuchtete sich heraus und trampelte ihr hinterher. Als die anderen hinzukamen, reichte Lilia den Schlüssel an Crisseltis weiter, der ihn in die Hosentasche steckte, bevor Schierling heran war.

„Dieser Hartriegel hat meinen Vater ganz sicher nicht allein umgebracht", verkündete Lilia in das Durcheinander von Fragen hinein, das auf sie einprasselte. „Miranda hat auch mitgemacht und mindestens eine weitere Person."

„Aber wieso denn das jetzt auf einmal?", schrie Schierling lauter als alle anderen.

„Weil es in dem Code nicht *foltert Miranda* heißt, sondern *foltern* – Mehrzahl. Von diesem Hartriegel selbst ist dabei nicht mal die Rede."

„Schwachsinn!", tobte Schierling. „Ihr Vater hat ja wohl kaum geglaubt, dass ich meine eigene Schwester foltere. Und welches Motiv sollte Miranda denn gehabt haben, so was zu spielen? Sie war seine Lebensgefährtin!"

„Außerdem", gab Pit mit ruhiger Stimme zu bedenken, „ist das nur ein Buchstabe Unterschied. Vielleicht ein Fehler im Code. Oder du hast diesen Buchstaben falsch übertragen."

Lilia schüttelte den Kopf und bekräftigte:

„Einer allein hätte das alles gar nicht hinbekommen. Vor allem aber …"

Sie lächelte begreifend, als habe sie nun die Lösung gefunden, und verlangte an Crisseltis gewandt:

„Ruf diesen Hartriegel einfach mal an. Du hast doch seine Nummer."

Crisseltis zog zweifelnd die Mundwinkel nach unten.

„Schon, aber …"

„Der geht doch nicht ans Telefon", fauchte Schierling dazwischen, „immerhin ist er auf der Flucht!"

„Noch wird er ja nicht mal gesucht", warf Daniel ein.

„Trotzdem, über ein Handy kann man geortet werden", kam es von Pit. „Jemand wie der wechselt bestimmt regelmäßig das Gerät."

„Versuch's", verlangte Lilia von Crisseltis. Der zuckte die Schultern, zog sein Handy hervor und drückte Tasten. Ehe er sich das kleine Telefon ans Ohr halten konnte, nahm Lilia es ihm weg und trat zwei Schritte zur Seite. Sie lauschte eine Weile und reagierte dann, als sei soeben abgehoben worden.

„Hier Lilia Fuchsried."

Schierling stöhnte und behauptete lautstark:

„Ein billiger Trick!"

Unbeirrt redete Lilia ins Telefon:

„Ihr Kumpel Schierling hat Sie soeben als Mörder meines Vaters verpfiffen. Aber ich glaube nicht, dass Sie allein schuldig sind."

„Sie lügt!", schrie Schierling dazwischen, als nehme er nun doch an, ein Kontakt zu seinem Mitverschwörer sei hergestellt.

„Sollten Sie geschnappt werden", sagte Lilia halb abgewandt, aber für alle vernehmlich, „werde ich mich vor Gericht für Sie einsetzen, wenn Sie mir sagen, wer noch am Mord beteiligt war, und mir einen unwiderlegbaren Beweis für dessen Anwesenheit liefern."

Sie lauschte. Die umstehenden Männer lauschten mit ihr, inzwischen mehr gespannt als zweifelnd. Passanten, die durch den kleinen Auflauf auf dem Bürgersteig behindert wurden, wechselten zögernd die Straßenseite oder blieben stehen, schauten und tuschelten. Schierling stand da wie auf glühenden Kohlen und schien hin und her gerissen zwischen einer Flucht zu Fuß, einem Angriff auf Crisseltis, der seinen Autoschlüssel beschlagnahmt hatte, und neugieriger Erwartung auf das, was bei dem zweifelhaften Telefonat herauskommen mochte.

„Genau das wollte ich hören", sagte Lilia plötzlich, legte auf und gab Crisseltis das Handy zurück.

„Und?", stieß Daniel als erster hervor.

„Ich weiß jetzt Bescheid über die Klopfzeichen", antwortete Lilia, als sei damit alles geklärt, und schaute erwartungsvoll zwischen Pit und Schierling hin und her.

„Welche Klopfzeichen?", fragte Pit verdattert. Schierling verdrehte die Augen, grunzte und fluchte kaum hörbar: „Dieser verdammte Vollidiot!"

Triumphierend deutete Lilia mit ausgestrecktem Zeigefinger auf ihn und verkündete:

„Er war dabei! Sofort die Polizei anrufen!"

„Ich versteh nur Bahnhof", kommentierte Crisseltis die allgemeine Verwirrung, aber zog folgsam sein Handy wieder hervor, wählte 110 und wandte sich zum Sprechen ab. Schierling machte Anstalten, sich zu verdrücken. Lilia fragte gelassen:

„Wohin wollen Sie denn zu Fuß, ohne Mantel bei der Kälte und vermutlich ohne Papiere und Geld?"

Schierling sah an sich herunter, schielte zu seinem Kofferraum, wo er Tasche und Mantel verstaut hatte, schaute zu Crisseltis, der den Schlüssel nicht kampflos hergeben würde, und resignierte.

„Miranda hatte nichts damit zu tun", ergab er sich kleinlaut in sein Schicksal. „Sie war nur so weit informiert, dass es um die Existenz der Ucker-Werke ging und dass sie immer laut schreien sollte, wenn Hartriegel einen bestimmten Rhythmus klopfte."

„Als ob sie sich nicht hätte denken können, was das für meinen Vater für Konsequenzen hatte!"

„Nein, konnten wir beide nicht. Corald sollte doch nur eingeschüchtert, aber nicht umgebracht werden."

„Wer's glaubt!"

Schierling zuckte die Schultern.

„Er hätte eben nicht so hastig trinken dürfen, als Hartriegel es ihm wieder erlaubte."

Lilia schnappte nach Luft und wollte gegen die Verdrehung der Tatsachen protestieren, aber Pit kam ihr zuvor:

„Das höre ich mir nicht mehr länger an! Wer erschossen wurde, war dann wohl auch selbst schuld, weil er der Kugel im Weg stand."

„Völlig egal. Hören wir doch auf, das noch mal durchzukauen. Ich will sofort meinen Autoschlüssel!"

„Auf keinen Fall. Mit dem Geständnis von gerade eben ist mein Vater-Sohn-Deal mit dir geplatzt."

„Was soll das heißen", fragte Lilia verständnislos.

„Dass er dich zum zweiten Mal heute glauben lassen will, er sei auf einen Bluff hereingefallen, um hochdramatisch ein Minimum an Schuld gestehen zu können, das ihn seiner Meinung nach gerade mal so am Gefängnis vorbeischrammen lassen würde. Wenn er denn überhaupt vorhätte, sich der Polizei zu stellen."

„Das in der Sauna vorhin zwischen ihm und dir, das war …"

„… abgesprochen, aber nur, was das Tonband betraf. Er hat mir vorgelogen, dieser Hartriegel sei der alleinige Mörder, aber er könne seine eigene Unschuld nicht beweisen. Nur ein dosiertes Geständnis könne ihn davor bewahren, unschuldig hinter Gitter zu wandern. Ein alter Börsentrick: lieber einen kleinen Verlust realisieren, bevor er sich zum großen Verlust auswächst."

„Pass bloß auf, oder du öffnest die Büchse der Pandora!", warnte Schierling mit mühsam beherrschter Stimme.

„Meinetwegen. Ich bin froh, dieses Schmierentheater zu beenden. Hätte es ein Tonband mit einer Morddrohung gegeben, wäre ich nach Coralds Tod auf jeden Fall damit zur Polizei gegangen und …"

„Wärst du nicht!", würgte Schierling ihn ab und wandte sich an Lilia.

„Jetzt sag ich Ihnen mal was über Ihren sauberen Herrn Vater, Kindchen: Der Mann war vielleicht ein Top-Trader, aber leider war er auch ein Lügner, Betrüger und Erpresser. Von wegen voll Edelmut die Solarfirma retten wollen! Er verlangte fünf Millionen dafür, dass er es zu Ende bringt und Pit hinterher nicht über die ganze Aktion aufklärt."

„Mein Vater musste niemanden erpressen! Er war ausgesprochen vermögend."

„Ja, vermögend mit Kapital, das von allen möglichen zwielichtigen Gestalten zum Geldwaschen bei ihm zwischengelagert worden war. Was meinen Sie wohl, warum Miranda untertauchen musste, nachdem die Depots abgeräumt waren? Die Unterwelt der halben Republik stand plötzlich bei ihr auf der Matte, Kindchen. Wir mussten sogar ihre Flucht nach New York vortäuschen, um endlich Ruhe zu haben."

Lilia machte einen schnellen Schritt auf ihn zu und starrte zu ihm hoch.

„Ich bin nicht Ihr Kindchen. Ich weiß, wie mein Vater war, meine Mutter hat ihn deswegen schließlich verlassen. Ich selbst bin ihm jahrelang aus dem Weg gegangen und habe seine Versuche ignoriert, sich mit mir auszusprechen."

Sie unterbrach sich, schniefte und verpasste Schierling einen Stoß gegen die Brust, als der mit einem „Sehen Sie" zu neuen Rechtfertigungstiraden ansetzen wollte.

„Nichts da mit *Sehen Sie*! Das alles lässt sich nicht mehr rückgängig machen, aber wenigstens seine letzte Botschaft an mich habe ich ernst genommen. Sein letzter Wille wäre es gewesen, dass Sie für den Mord an ihm ins Gefängnis wandern, und dieser letzte Wille ist jetzt erfüllt."

75

„War denn dieser Hartriegel vorhin überhaupt am Telefon?", fragte Daniel, als alle Aussagen gemacht waren und Schierling ins Polizeiauto verfrachtet wurde.

„Nein", gab Lilia zu. „Hätte ich diesen Mistkerl dran gehabt, ich hätte wohl kaum so freundlich mit ihm verhandelt. Was ich wollte, war Schierling mit den Klopfzeichen aus der Fassung zu bringen, damit er sich verrät."

„Und woher wusstest du davon überhaupt?"

„Gar nicht, aber das war doch naheliegend. Miranda ist nichts passiert, also kann mein Vater keine Folterung gesehen, sondern nur Schreie aus dem Nebenraum gehört haben. Und wie verständigt man sich am besten mit jemandem in einem Nebenraum?"

„Halli-hallo!", ertönte es aus Richtung Kurpark.

„Zum Beispiel ganz altmodisch per Stimme", kommentierte Daniel Robins Gebrüll. „Du hattest Glück mit deiner Klopfzeichen-Vermutung."

Bepackt mit allen zurückgelassenen Badetaschen kam Robin angetappt.

„Klärt mich mal auf und bringt mich auf den neuesten Kenntnisstand", schnaufte er.

„Wo hast du denn gesteckt? Das dauert ja immer länger mit deiner Frisur", meinte Daniel mit Blick auf einen steiler denn je aufragenden Lockenturm.

„Hach, meine Not mit den Haaren hat mich auf etwas gebracht, aber das würde jetzt zu weit führen und euch nur konfus machen. Es geht um meine neueste Vernissagen-Eröffnungsidee."

„Jetzt sag schon!"

„Ich habe etwas ausprobiert. Hier bitteschön, euer tragbares Eigentum."

Mit allgemeinem Danke-Geraune wurden die Taschen geschultert.

„Halt, nein, nicht umhängen, hineinschauen!"

„Wieso denn?"

„Na macht schon! Das Thema lautet: Wer hat sich denn da in meinem Umhängeversteck eingenistet?"

Lilia war die erste, die befremdet etwas aus ihrem Beutel hervorzog: Robins gigantische Badehose.

„Ich habe dafür das da", jauchzte Robin, holte Lilias Haar-
spray aus seiner Tasche und demonstrierte mit einem leeren
„Pft"-Geräusch der Spraydüse, worin das Geheimnis der besonderen Standfestigkeit seiner Frisur bestand.

„Ich bin mit der Neuverteilung ganz zufrieden", grinste Crisseltis, als er Daniels Geldbörse aus seiner Plastiktüte fischte und
die Bündel von 100-Euro-Scheinen darin präsentierte.

„Her damit!", befahl Daniel und schnappte nach seinem Geld.
Aus seiner eigenen Tasche zog er drei leere, zerknüllte Bierdosen
und stopfte sie Crisseltis zurück in dessen Plastiktüte.

„Seht ihr", warf sich Robin in die Brust, „und schon wurde
zur Freude aller das Geheimnis von Daniels Bargeldleidenschaft
und Gerhards Lieblingsbiermarke offenbart, die Kommunikati-
on wurde gefördert und ein Stück menschlicher Annäherung in
die Wege geleitet. Jetzt aber avanti zu mir nach Hause, dann fei-
ern wir eine Zurücktausch-Party beziehungsweise Taschenin-
halt-Neutausch-Test-Vernissage. Und dabei will ich ausführlich
darüber in Kenntnis gesetzt werden, was sich hier draußen ohne
mein Beisein und Zutun abgespielt hat …"